सच्चिदानंद जोशी
की
लोकप्रिय कहानियाँ

सच्चिदानंद जोशी
की
लोकप्रिय कहानियाँ

सच्चिदानंद जोशी

प्रभात
पेपरबैक्स
www.prabhatbooks.com

प्रकाशक

प्रभात पेपरबैक्स

4/19 आसफ अली रोड, नई दिल्ली–110002

फोन : 23289555 • 23289666 • 23289777 ❖ फैक्स : 23253233

इ–मेल : prabhatbooks@gmail.com ❖ वेब ठिकाना : www.prabhatbooks.com

संस्करण

प्रथम, 2017

मूल्य

एक सौ पचहत्तर रुपए

अ.मा.पु.स. 978-93-86300-71-3

मुद्रक

आर–टेक ऑफसेट प्रिंटर्स, दिल्ली

★

SACHCHIDANAND JOSHI KI LOKPRIYA KAHANIYAN

Published by **PRABHAT PAPERBACKS**
4/19 Asaf Ali Road, New Delhi-110002

ISBN 978-93-86300-71-3

₹175.00

मालविका को
जो पत्नी होने के साथ-साथ
मेरी सबसे अच्छी मित्र भी है

क्या कहूँ?

अपने इस कहानी-संग्रह के बारे में क्या कहूँ, समझ नहीं पा रहा। लिखने का शौक शुरू से रहा। लेखन का बीज तो जन्म से ही मिला था। इसलिए लिखता रहता था, कभी कविता, कभी कहानी, कभी व्यंग्य; और तो और कुछ प्रसिद्ध कृतियों के रेडियो और मंचीय नाट्य रूपांतरण भी कर डाले वह भी बहुत कम उम्र में। जब भी कहीं कुछ छपता था तो बड़ी खुशी होती थी। पेपर में या पत्रिका में अपना छपा नाम देखकर गर्व होता था। कम उम्र में शायद इस बात का शौक भी ज्यादा होता है, इसलिए 'छपास' भी बहुत होती है। जब जो मन में आया, जिस विधा में आया लिखता रहा। काफी छपा और उससे बहुत ज्यादा लौटकर भी आया। आई-बाबा ने हमेशा हौसला बँधाया। अपने बेटे की रचना को अपने ईष्ट मित्र परिवार जनों को पढ़कर सुनाया या पढ़ने के लिए बाध्य किया। लोगों को मजबूरी में कहना भी पड़ा कि बेटा अच्छा लिख रहा है।

सब तरह का लिखा; इसलिए किसी एक विधा पर टिक नहीं पाया। जब व्यंग्य लिखे तो सपना था शरद जोशी बन जाऊँगा। जब कहानी लिखी तो उसमें आई जैसा पैनापन और भाव लाने की कोशिश करता; कविताएँ लिखीं तो इस आशा के साथ कि भवानी प्रसाद मिश्र के इर्द-गिर्द पहुँच जाऊँ। ऐसे सपने शायद हर युवा लेखक देखता है। एक समय तो अपने लिखने पर इतना विश्वास हो चला कि लेखन को ही अपना कॅरियर बनाने की सोच बैठा। वह तो भला हो नाते-रिश्तेदारों का, जिन्होंने वास्तविकता के पैने नश्तर मेरी इस

महत्त्वाकांक्षा के गुबारे में चुभोए और मेरे लेखक बनने की उड़ान टेकऑफ से पहले ही धराशायी हो गई। इससे हिंदी के बहुत सारे पाठक मुझे झेलने की त्रासदी से बच गए, यह भी कोई कम उपलब्धि नहीं है।

एक बात जरूर बाबा मजाक में कहते थे, ''नंदू एक धड न भारंभार चिंध्या मत करो, किसी एक बात पर टिको।'' कहावत मराठी की है, जिसका सार यह है कि एक भी कपड़ा साबुत नहीं, बस चिंदियाँ ही चिंदियाँ है। उनकी इस प्यार भरी हिदायत को मैंने सुना जरूर गौर से, पर अमल नहीं कर पाया। इसलिए जब किसी ने पूछा, ''एक संग्रह के लायक तो कहानियाँ हो ही गई होंगी आपकी।'' तो मैं जैसे नींद से जागा। कहानियों की कभी गिनती ही नहीं की थी मैंने। ऐसा तब भी हुआ था, जब मेरा पहला कविता संग्रह 'मध्यांतर' प्रकाशित हुआ। औरों की तो छोड़िए, आई को ही विश्वास नहीं हुआ कि मेरे पास एक संग्रह के लायक कविताएँ हैं। अब 'लायक या नालायक' यह तो नहीं बता सकता, लेकिन उस संग्रह में बावन कविताएँ हैं। ऐसा ही एक और संग्रह बन जाए, इतनी और पुस्तक के रूप में आने के लिए बेताब हैं।

इस संग्रह के लिए जब कहानियाँ जुटाने बैठा तो एक संग्रह से भी ज्यादा कहानियाँ निकल आईं। लेकिन अभी एक ही संग्रह आपके लिए प्रस्तुत है। अपने सुधी पाठकों पर एक साथ कितना अत्याचार किया जाए, यह सोचने का दायित्व भी लेखक का ही होता है। निश्चयपूर्वक यह तो कह नहीं सकता कि यह मेरा अंतिम कहानी-संग्रह होगा, पर निश्चयपूर्वक कह सकता हूँ कि यह मेरा पहला कहानी-संग्रह है। इसे आपका प्यार मिले, आशीर्वाद मिले तो अपने आपको धन्य समझूँगा।

इस संग्रह में बहुत अलग-अलग मूड की कहानियाँ हैं। किसी एक फ्रेम में बँधना कभी भी पसंद नहीं रहा। इसलिए लेखन की किसी एक शैली पर कभी नहीं टिका और एक ही शैली में किसी एक प्रकार पर भी नहीं टिका। अब जैसा भी है, उसे आप स्वीकार करें।

—सच्चिदानंद जोशी

अनुक्रम

अभी मनुष्य जिंदा है

सुबह-सुबह जब डॉक्टर भंडारी अपनी डिस्पेंसरी खोलने पहुँचे तो देखा कि दुकान के बाहर ओटले पर एक दस-बारह साल का बच्चा दुबका हुआ बैठा है। उसके घुटनों से खून बह रहा था और हाथ में भी चोट लगी थी। हल्की-हल्की सिसकियाँ भरते हुए वह बच्चा एक हाथ से अपने आँसू पोंछ रहा था और दूसरे हाथ से अपनी गंदी सी कमीज के एक कोने से अपने घावों को सहला रहा था।

"अरे-अरे! यह क्या कर रहे हो?" डॉक्टर भंडारी से न रहा गया। "यह गंदा कपड़ा मत लगाओ जख्म पर, इससे तो जख्म और बढ़ जाएगा। चलो, चलकर अंदर बैठो, मैं अभी मरहम-पट्टी किए देता हूँ।" उन्होंने डिस्पेंसरी का ताला खोलते हुए कहा।

डॉक्टर साहब को देखकर वह बच्चा बमुश्किल अपनी रुलाई रोकते हुए इतना ही कह सका, "नमस्ते डॉक्टर साहब!" और बिलख-बिलखकर रोने लगा।

"अरे-अरे! ऐसे रोते नहीं बेटा। इतनी देर तक तो बड़ी बहादुरी से बैठे थे और अब एकाएक रोने लगे। डरो नहीं, मैं तुम्हें सुई नहीं लगाऊँगा। अब इतनी चोट लगी है, तो थोड़ा दर्द तो सहना ही पड़ेगा।" डॉक्टर भंडारी उसे समझाते हुए अंदर ले आए और एक कोने में बैठा दिया। "हम अभी तुम्हारा इलाज करते हैं, बस दो मिनट भगवान् की पूजा कर लें।" और फिर डॉक्टर साहब ने रोज की तरह ही अपनी टेबल के पास रखी देवी माँ की फोटो के

सामने अगरबत्ती जलाई और दुर्गा चालीसा का पाठ किया। बच्चा कौतुक और विस्मय से डॉक्टर साहब को देखता रहा। वह पैंट, टाई पहने डॉक्टर साहब की इस मुद्रा से सर्वथा अपरिचित था।

अपनी पूजा खत्म कर डॉक्टर साहब ने उस बच्चे को एक्जामिनेशन टेबल पर लिटा दिया, फिर उसके घावों को देखने लगे। दोनों घुटनों में बहुत गहरी चोट लगी थी। एक-दो टाँके भी लगाने पड़ सकते थे। बच्चे को बातों में उलझाकर डॉक्टर भंडारी मरहम-पट्टी करने लगे।

"कहाँ रहते हो?" उन्होंने पूछा।

"यहीं कबीटपुरे में।" बच्चे ने दर्द से कराहते हुए कहा।

"इसी मोहल्ले के हो। अच्छा बताओ चोट कैसे लगी?"

"कल रात बगिया में झाँकियाँ देखने गया था न दुर्गाजी की, वहीं पर गिर गया।"

"बेटा, झाँकी देखने मेले में अकेले तो नहीं जाना चाहिए। वहाँ तो बड़ी भीड़ होती है।"

"मैं अकेले थोड़े ही गया था। मेरे अब्बा भी थे साथ में। उन्होंने वहीं पर मूँगफली का ठेला लगाया था। जब तक भीड़ थी, तब तक तो मैं उनके साथ काम कर रहा था। अभी सुबह जब भीड़ जरा कम हुई, तभी मैं झाँकी देखने चला गया।"

"फिर?"

"फिर क्या, तीन-चार झाँकीवालों में दुर्गा मैया को पहले सिराने पर से झगड़ा हो गया। पुलिस ने डंडे फटकारे, तो मैं भी भागकर पीछे हो लिया। उसी धक्का-मुक्की में मैं नीचे गिर गया।"

"नाम क्या है तुम्हारा?"

"अनीस!" बच्चे ने जवाब दिया। बच्चे का जवाब सुनकर पट्टी बाँधते डॉक्टर भंडारी के हाथ काँप गए। ऐसे लगा, जैसे उनके पैर सुन्न पड़ते जा रहे हों और घुटने जड़ हो गए हों। लेकिन जैसे-तैसे सँभलते हुए उन्होंने बच्चे की

पट्टी बाँधी और फिर बच्चे से बोले, ''देखो अनीस बेटा, अभी तुम्हें थोड़ी सी जलन होगी, पर तुम रोना नहीं। तुम तो बहादुर बच्चे हो न। मैं अभी तुम्हें एक बारीक सा इंजेक्शन लगाऊँगा, जरा दर्द होगा। पर बेटा, अगर इंजेक्शन नहीं लगाया तो तुम्हारी चोट जल्दी ठीक नहीं होगी।''

बच्चा हिम्मती था, लेकिन जैसे ही डॉक्टर साहब ने ए.टी.एस. का इंजेक्शन लगाया, उसने डॉक्टर साहब का हाथ कसकर पकड़ लिया और रोने लगा। डॉक्टर साहब उसे दिलासा देते रहे कबीटपुरा में धीरे-धीरे सुबह की हलचल शुरू हो गई थी। सब्जीवाला बल्लू पठान अपनी दुकान में सब्जी जमा रहा था। कोनेवाला देवीदास नाई भी दो-तीन लोगों को साबुन लगाकर उनकी दाढ़ी बनाने में व्यस्त हो गया था। टोस्ट बेचने वाला मगरू साइकिल पर अपनी खास आवाज में चिल्लाता निकल चुका था। अखबारवाला भी डिस्पेंसरी में अखबार डालकर चला गया था। डॉक्टर साहब ने बच्चे को कोने में रखे तख्त पर लिटाया और अखबार पढ़ने लगे।

तभी खालिद धड़धड़ाता हुआ डिस्पेंसरी में दाखिल हुआ। ''डॉक्टर साहब, मेरा बेटा?''

''कौन अनीस? वह तुम्हारा बेटा है?''

अपने पिता की आवाज सुनकर बच्चा भी उठ बैठा और डर के मारे उसके चेहरे पर हवाइयाँ उड़ने लगीं।

''अच्छा तो तू यहाँ बैठा है'', बेटे को देखते ही खालिद भड़क उठा, ''कितनी बार मना किया था तुझे कि उस तरफ मत जा, वहाँ बहुत भीड़ है। पर बाप तो बेवकूफ है न! उसकी बात कौन सुने। और फिर बिना बताए वहाँ से खिसक आया। कितनी देर तक मैं पागलों की तरह ढूँढ़ता रहा तुझे। वो तो मगरू ने बताया कि तू यहाँ है, तब जाकर मेरी जान में जान आई।'' खालिद गुस्से में बोले जा रहा था।

''जरा सब्र करो, खालिद मियाँ। बच्चा डरा हुआ है और उसका जख्म भी गहरा है। दो टाँके लगाने पड़े हैं घुटने के नीचे। जरा उससे प्यार से बात

करो, उसका भी हौसला बढ़ेगा।'' डॉक्टर साहब ने उसे समझाते हुए कहा।

''और इन्हें खोजने में हमारे हौसले पस्त हो गए, उसकी भी तो सोचिए। कितना परेशान हुए हम वहाँ पर। एक तो बेतहाशा भीड़, उस पर भोंपुओं का शोर।''

''अब तो शांत हो जाओ, अब तो बच्चा मिल गया है। तुम तो यह बताओ कि मेला कैसा रहा, कितनी झाँकियाँ निकलीं और तुम्हारी कुछ कमाई-वमाई हुई या नहीं?'' विषय बदलने के लिहाज से डॉक्टर भंडारी ने दूसरी बात छेड़ दी। वे जानते थे कि कमाई शब्द से खालिद के चेहरे पर अजीब सी चमक आ जाती है। पिछले दस सालों से उसे देख रहे हैं। कभी-कभार उससे मूँगफली खरीद लेना, कभी-कभार उसका इलाज कर देना बस। लेकिन जब भी उन्होंने खालिद को देखा है, उसमें उसके पेशे के प्रति गहरा आत्मविश्वास और निष्ठा देखी है। न जाने क्या हासिल करना चाहता है वह अपने इस मूँगफली ठेले से। उसने लाख प्रलोभनों के बावजूद अपना ठेला नहीं छोड़ा। एक बार उसके किसी रिश्तेदार ने दुबई चलने के लिए कहा था, एक बार उसे बैंक से ऑटो रिक्शा के लिए लोन दिलवाने की बात भी चली थी, लेकिन खालिद अपने मूँगफली के ठेले से ही खुश था, न वह वतन छोड़ना चाहता था, न अपना पेशा।

''अरे डॉक्टर साहब, मेले की क्या कहें, इतनी भीड़ थी, इतनी भीड़ कि चारों तरफ लोग ही लोग दिखाई दे रहे थे और झाँकियाँ, एक-से-एक सुंदर। ऐसी सुंदर मूर्तियाँ थीं दुर्गाजी, रामजी की, हनुमानजी की, कि बस देखते ही बनती थीं! एक के बाद एक आती ही जा रही थीं झाँकियाँ। लगता था कि यह मेला खत्म ही न हो।''

''हाँ, तुम क्यों होने दोगे खत्म! तुम्हारी तो कमाई का दिन था।'' डॉक्टर साहब ने चुटकी ली।

''सच डॉक्टर साहब, तीन बोरा मूँगफली बिकी हैं कल रात! पहले खरीदी सब मूँगफली बिक गईं। फिर गणेशीलाल से एक बोरा उधार लिया,

वह भी बिक गया। एक समय तो ऐसा आया कि भूनने का टाइम ही नहीं मिला, लोग कच्ची मूँगफली खाते जा रहे थे।''

''कब तक चला मेला ?'' डॉक्टर साहब ने पूछा।

''कब तक ? अरे साहब ! अभी भी चल रहा है। अभी भी झाँकियाँ आती जा रही हैं, तालाब में सिराने के लिए। लगता है कि आज दोपहर तक ऐसा ही मेला लगा रहेगा वहाँ। पर इस हरामजादे की वजह से मुझे बीच में ही आना पड़ा।'' खालिद ने अनीस पर अपना गुस्सा उतारते हुए कहा।

''और कौन-कौन गया है अपने मोहल्ले से दुकान लगाने ?''

''सभी गए हैं, आज कमाई का दिन है, कौन नहीं जाएगा और फिर ऐसा मेला, ऐसी झाँकियाँ साल में एकाध बार ही तो देखने को मिलती हैं। वो बिजली की चकाचौंध, भोंपुओं का शोर, वो ढोल-नगाड़ों की गूँज। सच साहब, बड़ा मजा आता है। करमू चचा ने फेरी लगाई है, इस्माइल गुब्बारे और चरखी बेच रहा है। सलीम गजक-रेवड़ी लेकर बैठा है और वो बुढ़िया नसीमा आपा भी अपनी बिंदिया, टिकली, झुमके, कंगन की गठरी खोलकर बैठी है।'' खालिद का उत्साह फिर लौट आया, ''सच में डॉक्टर साहब, ऐसा लगता है कि यह मेला खत्म न हो। लोगों का ऐसा सैलाब है वहाँ पर। सभी खुश हैं, खूब नाच-गा रहे हैं, खरीदारी कर रहे हैं। लेकिन डॉक्टर साहब, आप क्यों नहीं जाते वहाँ पर ?''

''अरे खालिद, अब उमर हो चली है और फिर भीड़-भाड़ मुझे पसंद नहीं है। यही हाल हमारी श्रीमतीजी का है। बीस साल पहले एक बार देखा था मेला, तभी से तौबा कर ली।'' डॉक्टर साहब ने सफाई देते हुए कहा।

''सच कहूँ डॉक्टर साहब'', खालिद एकाएक गंभीर होकर बोला, ''ऐसे खुशी से नाचते-गाते लोगों को देखता हूँ तो बस मन में यही सवाल उठता है कि इतने प्यार से, इतनी खुशी से आपस में मिलने-जुलनेवाले लोग एकाएक हैवान क्यों हो जाते हैं ?''

खालिद की बात सुनकर डॉक्टर साहब भी खामोश हो गए। उनकी आँखें

शून्य की ओर निहारने लगी। खालिद भी उदास हो गया था। फिर एकाएक बच्चे की तरफ देखकर बोला, ''अरे अनीस तो सो गया, रात भर जागा है मेरे साथ, थक गया होगा। फिर चोट की भी तकलीफ है। अब इसे लेकर घर कैसे जाऊँगा?''

''इसे यहीं सोने दो। तब तक तुम चाहो तो एक चक्कर और लगा आओ बगिया पर। अभी तो मेला लगा ही है वहाँ, थोड़ी बिक्री भी हो जाएगी।'' डॉक्टर भंडारी की बात सुनकर खालिद के मन में उत्साह जागा और वह जाने के लिए मुड़ा, लेकिन तभी वह रुककर बोला, ''डॉक्टर साहब, पैसे?''

''कैसे पैसे?''

''अनीस के इलाज के।''

''जानता हूँ, अच्छी कमाई हुई है तुम्हारी, बहुत पैसे आ रहे हैं, क्यों? सब वसूल लूँगा बाद में, तुम चिंता मत करो।'' डॉक्टर साहब ने कहा और प्यार से खालिद के सिर पर चपत लगा दी। झेंपता हुआ खालिद चला गया।

डॉक्टर साहब जानते थे कि आज ज्यादा मरीज तो आएँगे नहीं, क्योंकि उनके ज्यादातर मरीज तो मेले में दुकान लगाए बैठे हैं। जो बचे हैं, वो रात भर मेला देखते रहे हैं। लिहाजा उन्होंने डिस्पेंसरी का परदा डाल दिया और आरामकुरसी पर बैठ-कर अखबार पढ़ने लगे। लेकिन उनका ध्यान बार-बार अखबार की लाइनों पर से उचट जाता। बार-बार उनके कानों में खालिद के शब्द गूँजने लगते, 'इतने प्यार से इतनी खुशी से मिलने-जुलनेवाले ये लोग एकाएक हैवान क्यों हो जाते हैं?'

खालिद के शब्द लगातार उनके कानों में गूँजते जा रहे थे और उनका मन अतीत की कंदराओं में खोने लगा था।

अतीत ही, मगर क्या उसे अतीत कहा जाएगा। बात ज्यादा पुरानी भी तो नहीं है।

आज से बारह साल पहले जब भंडारी अपनी सरकारी नौकरी से रिटायर हुए थे तो उन्हें आजीविका में थोड़ी मदद और हाथ-पैर चलते रहने की दृष्टि

से काम की जरूरत थी। यों तो डॉक्टरी पेशा ही फायदे का पेशा है, लेकिन डॉक्टर भंडारी ठहरे ईमानदार डॉक्टर, अपने उसूलों के पक्के। उन्होंने अपनी नौकरी में कभी प्राइवेट प्रैक्टिस नहीं की। पूरी निष्ठा से सरकारी अस्पतालों में मरीजों को दवा खिलाते रहे, दवा लगाते रहे। नतीजन रिटायरमेंट के बाद उनके पास बहुत ही थोड़ी पूँजी बची। उससे किसी अच्छी जगह में क्लीनिक की कल्पना भी व्यर्थ थी।

उनके दोस्त उनकी माली हालत और उनके स्वभाव से वाकिफ थे और उन्होंने उन्हें अपने साथ क्लीनिक में बैठने का न्योता भी दिया। डॉक्टर भंडारी अपने एक मित्र डॉक्टर कोहली के अस्पताल में गए भी कुछ दिनों तक। डॉक्टर कोहली ने उन्हें बतौर सुपरिंटेंडेंट रखा और उन्हें इस काम के लिए दस हजार रुपए महीना देना तय भी किया। दरअसल बात इतनी यारी-दोस्ती में हुई थी कि डॉक्टर भंडारी ने इन सब व्यावहारिक बातों की ओर ध्यान नहीं दिया था। उन्हें तो हाथ-पैर चलाने के लिए काम चाहिए था, जो उन्हें मिल गया था। पैसा कमाकर भी क्या करते। बेटा फौज में अफसर था और अपने परिवार लायक अच्छा कमा-खा रहा था। बेटी की शादी एक अच्छे घर में हुई थी, वह भी सुखी थी।

लेकिन ज्यों-ज्यों उन्होंने अस्पताल के काम में रुचि लेनी शुरू की, उन्हें अस्पताल के बारे में कई गलत और नाजायज बातें मालूम पड़ने लगीं। उन्हें बार-बार लगने लगा कि वे गलत जगह आ गए हैं। कई बार उन्होंने डॉक्टर कोहली को इन बातों के बारे में बताना चाहा। पर शायद वे पहले से इन बातों को जानते थे और उनकी नजरों में, पहला और अंतिम सत्य पैसा ही था। कई बार डॉक्टर कोहली ने दबे-छिपे शब्दों में डॉक्टर भंडारी को इशारा भी किया कि वे तनख्वाह लेते रहें, उनका काम न करना ही ज्यादा बेहतर है।

दोस्ती का रिश्ता धीरे-धीरे मालिक और नौकर के संबंधों में बदलने लगा। पेशे में जूनियर होते हुए भी डॉक्टर कोहली वरीयता के नाते भूल गए और डॉक्टर भंडारी का जब-तब अपमान करने लगे। यह सब डॉक्टर भंडारी

को असह्य होने लगा और हारकर उन्होंने वह नौकरी छोड़ दी। उसी दिन उन्होंने निश्चय किया कि छोटी सी ही सही, वे अपनी खुद की डिस्पेंसरी खोलेंगे, किसी की नौकरी नहीं करेंगे।

कबीटपुरा में जब उन्होंने डिस्पेंसरी खोली तो बहुतों ने उन्हें मना किया, समझाया। कुछ की दलील थी कि यहाँ उनकी कमाई अच्छी नहीं होगी। कुछ ने कहा कि यहाँ डिस्पेंसरी खोलना उनके स्टेटस के अनुकूल नहीं है। लेकिन सच तो यह था कि डॉक्टर भंडारी की जेब उन्हें यहीं डिस्पेंसरी खोलने की इजाजत देती थी।

एक दुकान बेहद मामूली किराए पर उन्हें मिल गई थी। कुछ काम चलाऊ फर्नीचर और थोड़ी-बहुत दवाइयाँ रखकर उन्होंने अपनी डिस्पेंसरी शुरू की। यहाँ पर वार्ड बॉय भी वही थे, कंपाउंडर भी वही, नर्स भी वही और डॉक्टर भी वही। हाँ, सुबह साफ-सफाई का जिम्मा जरूर एक भगरू का था, जो उनके आने से पहले डिस्पेंसरी को झाड़ू-पोंछा करके साफ करता था। सामने का बल्लू सब्जीवाला जब अपनी दुकान के लिए पानी भरता था तो दो बाल्टी पानी डिस्पेंसरी के लिए भी भर दिया करता था। यहाँ पर न सरकारी नौकरी का रुतबा था, न डॉक्टर कोहली के फाइव स्टार अस्पताल का ऐशो-आराम, पर संतोष था, सुकून था।

मोहल्ले के सभी तरह के मरीज डॉक्टर साहब के पास जाने लगे। छोटी-मोटी चोट खरोंच से लेकर गंभीर फ्रैक्चर और गहरे जख्मों का इलाज भी डॉक्टर भंडारी पूरे मनोयोग से करते। गंभीर बीमारियों से ग्रस्त पुराने रोगियों को भी वे अपनी सलाह देते और उनका इलाज करने की भरसक कोशिश करते। उनकी कोशिश रहती थी कि आनेवाले हर रोगी का इलाज उनकी डिस्पेंसरी में ही हो जाए। लेकिन जब कभी उन्हें साधनों की कमी के कारण मरीज को दूसरी जगह भेजना पड़ता तो उन्हें बहुत बुरा लगता। इसलिए नहीं कि उनकी कमाई मारी गई, बल्कि इसलिए कि उसका इलाज नहीं कर पाए। क्योंकि फीस का तो हिसाब-किताब डॉक्टर भंडारी ने किया ही नहीं, आज भी जबकि शहर का मामूली डॉक्टर भी हजार पाँच सौ फीस ले लेता है।

डॉक्टर भंडारी की फीस का आँकड़ा पचास पर ही अटका हुआ था। कई-कई बार तो मरीज उन्हें दस रुपया तक दे जाते थे। पर उन्होंने उसका बुरा नहीं माना। ऐसा कई बार हुआ कि उन्होंने मरीज को टेंपो का किराया देकर बड़े अस्पताल जाने के लिए कहा।

इन आठ-दस सालों में डॉक्टर भंडारी को कभी नहीं लगा कि जिस मोहल्ले में उनकी डिस्पेंसरी है, उसमें मुसलमान बसते हैं। उनके लिए सब मरीज बराबर थे। वे बाकायदा अपने मरीजों के घर जाते, उनके हालचाल पूछते, उनकी खुशी और गम में शरीक होते।

लेकिन पिछले साल जो हादसा हुआ, उसे याद करते ही उनके बूढ़े शरीर में कँपकँपी सी दौड़ जाती है। पैर सुन्न पड़ जाते हैं, घुटने जड़ हो कर रह जाते हैं।

देश के हालात से बेखबर डॉक्टर भंडारी जब उस दिन अपनी डिस्पेंसरी पहुँचे तो मोहल्ले की फिजा बदली हुई थी। चारों ओर बदहवासी का आलम था। सभी की शक्लें बदली हुई थीं और चेहरे पर नकाब लगे लोगों में अपने-परायों को पहचानना मुश्किल हो रहा था। लेकिन फिर भी डॉक्टर साहब को विश्वास था कि ऐसा कुछ नहीं होगा जिस अनिष्ट की कल्पना की जा रही है। लेकिन कई बार हमारी कल्पना सिर्फ कल्पना बनकर रह जाती है।

एकाएक लोगों का एक ऐसा रेला आया कि सारी चीजें तहस-नहस करता चला गया। पूरा मोहल्ला धुएँ से भर उठा और चारों ओर आग की लपटें उठने लगीं। हाहाकार मच गया और लोग चीत्कार करते इधर-से-उधर भागने लगे। नर-पिशाचों ने अपना तांडव प्रारंभ कर दिया था और मानवता पद दलित हो रही थी।

इतने में उनमें से कुछ ने डॉक्टर भंडारी की डिस्पेंसरी की तरफ रुख किया। भद्दी गालियाँ और तीखे नारे लगाते वे लोग डिस्पेंसरी में घुस आए। बढ़ते शोर में डॉक्टर भंडारी इतना ही समझ पाए कि उन्हें गद्दार, बेईमान और बदजात कहा जा रहा है।

इसके बाद शुरू हुई डिस्पेंसरी में तोड़-फोड़। सारा सामान टूटकर इधर-

उधर बिखर गया। फर्नीचर को बाहर सड़क पर लाकर उसमें आग लगाई गई। यहाँ तक कि उनकी डिस्पेंसरी का बोर्ड भी उस आग में जलाकर स्वाहा कर दिया गया। इस तांडव में पता ही नहीं चला कि कब डिस्पेंसरी का दरवाजा टूटा और कब वह डॉक्टर भंडारी के घुटनों पर आ लगा। डॉक्टर भंडारी वहीं अचेत होकर गिर पड़े।

जब उन्हें होश आया तो वे अस्पताल में थे। उनके दोनों पैरों में प्लास्टर चढ़ा हुआ था। दो-चार जगह और भी चोटें आई थीं। पूरा शरीर दर्द से टूटा जा रहा था। पता नहीं कितनी बार उनकी चेतना आई और फिर लौटी। लेकिन जब भी उनकी आँखें बंद होतीं उनकी आँखों में उन नर-पिशाचों के तांडव का दृश्य घूम जाता।

तीन महीने बाद जब प्लास्टर खुला और डॉक्टर भंडारी चलने-फिरने के काबिल हुए तो पत्नी ने एक ही जिद लगा रखी थी कि यहाँ से सामान समेटो और चलो अपने बेटे के पास देहरादून। उनका लड़का भी बार-बार कह रहा था कि जैसे ही वे ठीक हों, सीधे देहरादून चले आएँ। लेकिन डॉक्टर भंडारी न यह शहर बदलना चाहते थे, न अपना व्यवसाय।

कई दोस्तों ने सलाह दी कि यदि डॉक्टर भंडारी फिर से प्रैक्टिस ही करना चाहते हैं तो किसी दूसरे मोहल्ले में करें। अब उनका इस मोहल्ले में जाना ठीक नहीं है। ऐसे कई लोगों के उदाहरण सामने थे, जिन्होंने इस हादसे के बाद अपने घर बदल दिए थे, अपनी दुकानें बदल दी थीं। लेकिन उनका बस एक ही सवाल रहता, ''कबीटपुरे ने मेरा क्या बिगाड़ा है ?''

तीन महीने बाद जब उन्होंने मोहल्ले में पहली बार कदम रखा तो उसकी सूरत देखकर उनके दिल पर साँप लोट गया। वैसे वह मोहल्ला गरीब और मजदूर तबके के लोगों का था, लेकिन उस हादसे के बाद तो जैसे वह उजड़कर सिर्फ किसी पुराने कबाड़खाने की शक्ल अख्तियार कर चुका था। एक-एक की आपबीती सुनते-सुनते डॉक्टर भंडारी का दिल भर आया। उन सबकी तुलना में उन्हें अपना दुख बहुत ही छोटा महसूस होने लगा।

डिस्पेंसरी को फिर से जमाने में मोहल्ले के लोगों ने उनकी बड़ी मदद की। लोगों ने चंदा जुटाकर फर्नीचर खरीदा। गरीब लोग ही थे वे, चंदा जुटाकर भी कितना जुटा पाते। लेकिन उनका प्यार, उनकी भावना और उनकी इच्छा, इसी ने बल दिया और डॉक्टर भंडारी एक बार फिर उत्साह से अपनी डिस्पेंसरी को सँवारने में लग गए।

लेकिन उस दिन के बाद जब भी शहर में कोई हलचल होती, डॉक्टर साहब डर के मारे काँप जाते थे। भीड़ और शोर-शराबे से उन्हें पहले से ही नफरत थी। लेकिन अब यह दहशत में बदल चुकी थी। जब भी झंडे लहराते, नारे लगाते लोगों को देखते, उनके शरीर पर रोंगटे खड़े जो जाते, पाँव थरथराने लगते और घुटने जड़ होकर रह जाते।

यों डॉक्टर भंडारी कभी निराशावादी नहीं रहे, लेकिन अब उन्होंने आशा छोड़ दी थी कि हालात बदलेंगे, सामान्य होंगे। हालात बदले थे, सामान्य भी दिखने लगे थे, लेकिन डॉक्टर भंडारी के मन में अभी भी वह डर समाया हुआ था। इसीलिए जब खालिद ने कहा कि 'इतने प्यार से, इतनी खुशी से मिलने-जुलनेवाले ये लोग एकाएक हैवान क्यों हो जाते हैं?' तो एक बार फिर वही खौफनाक नजारा उनकी आँखों के सामने घूम गया। मन किसी अनिष्ट की आशंका से घबराने लगा।

पैरों की आहट से डॉक्टर भंडारी की तंद्रा टूटी। अनीस जाग गया था।

"डॉक्टर साहब, मेरे अब्बा?" अनीस ने पूछा।

"तुम्हारे अब्बा मेले की तरफ गए हैं। तुम्हें नींद लग गई थी न इसीलिए। अभी आते ही होंगे। तब तक तुम यहीं बैठो।"

"नहीं डॉक्टर साहब, मैं भी मेले में जाऊँगा। मुझे अभी और झाँकियाँ देखनी हैं। अभी तो गोविंदपुरा, बरखेड़ी, घोड़ा नक्कास, सभी की झाँकियाँ आनी हैं। सुना है, वहाँ बहुत सुंदर मूर्तियाँ सजाई हैं, दुर्गा मैया की।" अनीस जिद करता हुआ बोला।

"अभी नहीं बेटा। अभी तुम्हें चोट लगी है, इसलिए तुम आराम करो।

झाँकियाँ तो तुम अगले साल भी देख सकते हो, पहले ठीक तो हो जाओ।'' डॉक्टर भंडारी बोल तो गए, लेकिन फिर किसी अनिष्ट की कल्पना ने उन्हें घेर लिया। वे सोचने लगे, 'अगले साल पता नहीं क्या हो? मैं इस दुनिया में रहूँ या न रहूँ। यह माहौल रहे या न रहे? क्यों लालच दिखा रहा हूँ मैं इस बच्चे को आनेवाले कल का?'

''अगले साल मैं देखूँगा नहीं।'' अनीस उछलकर बोला। डॉक्टर साहब पल भर को चौंके। तो क्या इस बच्चे के मन में भी यही आशंका है?

लेकिन अनीस तो अपनी रौ में बोलता चला जा रहा था। ''अगले साल तो मैं भी झाँकी बनाऊँगा। मैंने छोटू को वादा किया है कि अगले साल हम अपने मोहल्ले में भी झाँकी बनाएँगे। खूब सुंदर! तब देखना डॉक्टर साहब, हमारी झाँकी को ही मिलेगा पहला इनाम। मैंने तो अभी से उसके बारे में सोचना भी शुरू कर दिया है।''

अनीस बोल रहा था और डॉक्टर साहब की आँखों से आँसू बह रहे थे। अनीस उनकी तरफ देखकर उनके आँसुओं का मतलब समझने की कोशिश करने लगा। लेकिन डॉक्टर साहब को अब उसकी परवाह नहीं थी। उन्हें किसी की परवाह नहीं थी। उनका मन चिल्ला-चिल्लाकर कहने को बेताब था, 'अब मुझे इन झंडों की, इन नारों की, इन जुलूसों की परवाह नहीं है। क्योंकि मुझे मालूम है कि हालात बदलेंगे, क्योंकि अभी मनुष्य जिंदा है।'

लेकिन डॉक्टर साहब बोले कुछ नहीं, सिर्फ उन्होंने प्यार से अनीस को गले लगा लिया।

□

देवदासी

आज फिर किरण से मेरा झगड़ा हो गया और मैं उसे आदतन बुरा-भला कह बैठा।

अब मन घबरा रहा है कि कहीं बात का बतंगड़ न बन जाए। ऐसा न हो कि एक बार फिर हम दोनों अपने-अपने द्वीपों पर लौट जाएँ और समय का प्रवाह फिर हमारे बीच से बह निकले। पता नहीं क्यों, हर बार झगड़ा होने पर यही डर मन में समाए रहता है। फिर भी मन झगड़ा किए बगैर मानता ही नहीं।

यों तो पति-पत्नी का रिश्ता ही ऐसा है कि इनमें छोटी-मोटी नोक-झोंक चलती ही रहती है; बल्कि वह तो संबंधों को और प्रगाढ़ होने में मदद देती है। पर शायद मेरी जिंदगी में ऐसा नहीं है। मेरे अपनी पत्नी से संबंध ऐसे नहीं हैं कि मैं ऐसी नोक-झोंक का, ऐसे झगड़ों का आनंद ले सकूँ। सच कहूँ तो अब तक मुझे इसकी कोई शिकायत भी नहीं थी। पर अब न जाने क्यों मन मर्यादाओं को तोड़ने के लिए अकुला सा रहा है, आदर्शों के बाँध टूटते नजर आ रहे हैं और विचारों के रेले ने एक नया मोड़ ले लिया है।

अभी मेरे पास सोई किरण को देखें, तो लगेगा कि कुछ हुआ ही नहीं है हम दोनों के बीच। यही विशेषता है उसकी, पता ही नहीं चलता कि उसके मन में आखिर है क्या? वह सोचती क्या है? करती क्या है?

न जाने क्यों, किरण समझती है कि मैंने उस पर कोई उपकार किया है। न जाने कौन सी ऐसी ग्रंथि है उसके मन में, जो उसे हीन-भावना से भर देती है। मैं उसे उस हीन-भावना से बाहर निकालने का लाख प्रयत्न करता

हूँ, लेकिन सब बेकार चला जाता है। मैं हमेशा उसे समझाने का प्रयत्न करता रहता हूँ कि हमारा विवाह कोई मजबूरी, लाचारी या परोपकार में लिया गया निर्णय नहीं था। पर मैं उसके मन की गहरी कंदराओं में भटक जाता हूँ। उसके मन की थाह लेने में अपने आपको असफल पाता हूँ।

आज भी बात इतनी सी ही थी, पर बढ़ते-बढ़ते इस मकाम पर पहुँच गई। आज हमारी शादी की चौथी सालगिरह है। दोस्त लोग भी काफी दिनों से पीछे पड़े थे, इसलिए मैंने एक अच्छी-खासी पार्टी का आयोजन कर डाला। वैसे मैं शुरू से ही एकांतचित्त आदमी हूँ, पार्टियाँ मुझे रास नहीं आतीं। पर पार्टी में घिर जाने पर चुपचाप रहना भी पसंद नहीं है। मैं पार्टी का पूरा आनंद उठाता हूँ।

लेकिन किरण का नजरिया दूसरा है। उसे लोगों से मिलना-जुलना, उनके बीच बैठकर बतियाना अच्छा लगता है, कई बार वह शालीनता की सीमा-रेखा पार करने की हद तक पहुँच जाती है। किरण ऐसे ही माहौल में बातचीत कर रही थी, मेरे कुछ सहकर्मियों से। उनमें से कुछ पूरे मदहोश थे, कुछ आधे होश में थे। ऐसे में किरण का उनसे बात करना, मजे लेकर खिलखिलाना मुझे अच्छा नहीं लगा। किरण का स्वभाव निश्छल है, पर सामने वाले की हालत भी तो देखनी चाहिए। लिहाजा मैंने किरण को एक तरफ ले जाकर उसे समझाना चाहा।

"किरण जरा बचपना कम करो। अब यह सब अच्छा नहीं लगता। वे लोग होश में नहीं हैं, कल दफ्तर में वाही-तबाही बकते फिरेंगे तुम्हारे बारे में।"

मेरा इतना कहना था कि किरण मुँह फुलाकर बैठ गई, मैंने उसे समझाने का प्रयत्न किया। मैंने लाख कोशिश की कि आए हुए मेहमानों के सामने तमाशा न हो। "जरा समझो किरण। अब तुम छोटी नहीं हो। हमारी शादी को चार साल होने जा रहे हैं। थोड़ी तो गंभीरता लाओ अपने व्यवहार में। अब अगर तुम माँ बन गई होती तो सोचो, क्या यह सब शोभा देता तुम्हें?"

यह बात मैंने उसे समझाने के उद्देश्य से कही थी, पर किरण को चुभ गई। पश्चात्ताप मुझे भी हुआ। मैंने उसके मर्म पर अंगुली रख दी। हालाँकि यह बात उतनी ही सच थी कि यदि वह माँ नहीं बन सकी, तो मैं भी पिता बनने से वंचित रह गया था। लेकिन किरण तो यकायक भड़क उठी। कहने लगी, "मेरी कोई भी बात तुम्हें अच्छी नहीं लगती। क्यों खीज उतार रहे हो मुझ पर। अब अगर मुझे बच्चा नहीं हुआ, तो इसमें मेरा दोष कितना है ?" और फिर वह एकाएक गंभीर होकर बोली, "सुनो नंदन, क्या तुम्हारे भी मन में शंका है कि मैं कभी माँ नहीं बन सकती। उस घटना के बाद मैं सचमुच माँ बनने के काबिल नहीं रह गई हूँ क्या? क्या अभी भी तुम सोचते हो कि इस घटना में सारा दोष मेरा है। क्या तुम्हें पश्चात्ताप हो रहा है अपने निर्णय पर ?" और किरण ने उस घटना का हवाला देते हुए एक बार फिर मुझे आहत कर दिया।

किरण अपनी रौ में बोले चली जा रही थी, "सुनो नंदन! तुमने शादी करके बहुत-बहुत बड़ा उपकार किया है मुझ पर। अब यदि तुम मुझे छोड़ना भी चाहो, तो मैं बुरा नहीं मानूँगी। तुम्हारे साथ बिताए ये चाल साल ही मेरी बाकी जिंदगी को चलाने के लिए संचित पूँजी होंगे। यदि सचमुच तुम मुझे छोड़कर जाना चाहते हो तो जाओ। मैं सारा दोष अपने ऊपर ले लूँगी, तुम पर आँच नहीं आने दूँगीं।"

बात-बात में उसका स्वर कब ऊँचा हो गया, पता ही नहीं चला और सारे मेहमान धीरे-धीरे हमारे इर्द-गिर्द इकट्ठा होने लगे। अपनी बात कहकर किरण जब रुकी, तो लोगों को अपने पास खड़ा देखकर वह जड़वत् हो गई और चेतना-शून्य होकर नीचे गिर गई।

कहना मैं भी उससे बहुत कुछ चाहता था। बताना चाहता था उसे कि हमारा विवाह कोई आदर्शवाद नहीं था, न ही वह कोई सामाजिक कार्य था। वह तो इकतरफा प्रेम की परिणिति था। एक ऐसा प्रेम, जिसे किरण कभी नहीं समझ पाई। एक ऐसा प्रेम, जिसने किरण के तमाम दोषों को ढक लिया। एक ऐसा प्रेम, जो शाश्वत है, क्योंकि वह किसी घटना से

नहीं, बल्कि व्यक्ति से जुड़ा है; एक ऐसे व्यक्ति से, जिसे मैंने पूरे जीवन के लिए संगिनी बनाया है। पर मैं उससे ऐसा कुछ नहीं कह पाया। हो सकता है कि मेरा अहं, मेरा पुरुषार्थ आड़े आ गया हो। बहुत अच्छे से शुरू हुई पार्टी अब बदरंग हो गई थी। दोस्तों को किसी तरह विदा किया और खामोशी से पार्टी भी समेट दी।

सुबह के इंतजार में लेटा पड़ा हूँ। कब दिन शुरू हो और मेरा विचार-चक्र टूटे।

बात तब की है, जब मैं नौकरी के सिलसिले में लखनऊ पहुँचा था। नई-नई नौकरी थी और नया-नया उत्साह। किराए पर एक अच्छा सा फ्लैट मिल गया था। तनख्वाह भी ठीक-ठाक थी और कुल मिलाकर दिन बड़े अच्छे गुजर रहे थे। माँ भी एक-दो बार घर-गृहस्थी जमाने के उद्देश्य से आई और जाते-जाते बहू ले आने की हिदायत देकर चली गई।

रोज नए-नए रिश्ते आ रहे थे। अच्छे-से-अच्छे घरों के। सुंदर लड़कियों के! लेकिन मुझे कोई लड़की पसंद ही नहीं आ रही थी। मेरी कल्पना की जीवन-संगिनी किसी की समझ में नहीं आ रही थी। माँ का उलाहना भरा खत भी आया इस बीच, कि तेरे लिए मैं लड़की कहाँ से ढूँढ़ूँ, अच्छा होगा तू खुद ही ढूँढ़ ले।

मैं कैसे बताता माँ को कि मेरी साकार कल्पना तो यहीं थी मेरे पास, मेरे साथवाले फ्लैट में। हूबहू मेरी ही परिकल्पना, वैसे ही नाक-नक्श, वैसा ही रंग, कद-काठी। मैं ईश्वर से रोज मनाता कि 'भगवान् कैसे भी हो, मेरी शादी इसी से होनी चाहिए।

साथ-साथ रहने के कारण उन लोगों से थोड़ी-बहुत जान-पहचान तो हो ही गई थी। वे लोग पंजाबी थे और किरण उनकी इकलौती बेटी थी। पहला खटका तो यही था कि माँ कभी राजी नहीं होगी इस अंतरजातीय विवाह के लिए। दूसरा खटका था किरण खुद। किरण से मेरे कभी भी आत्मीय संबंध नहीं हो पाए। बावजूद इस बात के कि उसके माता-पिता मुझे बहुत चाहते

थे, किरण के स्वर में एक अजीब सा रूखापन मुझे झलकता था। मैं अकसर उनके घर बैठता, उनके पिता के साथ लगाता, कभी-कभार खाना खा लेता, पर किरण से मेरी दूरी ज्यों-की-त्यों बनी रही।

मन हुआ कई बार कि सीधे किरण के पिता से बात करूँ। पर यही सोचकर अपने आपको जब्त कर लिया कि जब तक किरण का झुकाव मेरी तरफ नहीं होगा, उसके पिता से मैं इस विषय में बात नहीं करूँगा।

मैं बड़े भइया के सुझाए रिश्ते पर लगभग अपना मन बना चुका था और इसकी स्वीकृति माँ को भेजनेवाला ही था कि वह भयानक हादसा हो गया। ऐसा हादसा कि जिसने मुझे अंदर से बाहर तक हिला दिया।

अचानक एक दिन किरण घर से गायब हो गई। उसके माता-पिता बदहवास से उसे इधर-उधर ढूँढ़ते रहे, पर वह नहीं मिली। चारों तरफ शोर मच गया। तरह-तरह की अफवाहें उठने लगीं, कई तरह की आशंकाओं ने जन्म लिया।

दुखदायी यह था कि किरण का अपहरण नहीं हुआ था, वह किसी लड़के के साथ भाग गई थी। एक लड़का था, जिसके साथ किरण का खूब मिलना-जुलना था, उसी के साथ। उसके माता-पिता तो एकदम किंकर्तव्यविमूढ़ से हो गए। लड़की का घर से गायब हो जाना, वह भी किसी लड़के के साथ। तरह-तरह की बातें उठ रही थीं, अनेकों लांछन लगाए जा रहे थे उन पर। कई सही और कई गलत मनगढ़ंत कहानियाँ प्रचलित हो गई थीं। ऐसे प्रसंग में माँ-बाप का सिर उठाकर चलना भी मुश्किल हो जाता है। और मेरी हालत भी तो उन दिनों अजीब हो गई थी। न जाने कैसी बौखलाहट, झुँझलाहट मन में थी। न जाने क्यों एक अपराध-भाव मुझे खाए जा रहा था।

सात दिन बाद ही पुलिस ढूँढ़ पाई उसे। उसके साथ मिले तीन लड़कों को गिरफ्तार कर लिया गया। मामला अपहरण और बलात्कार का बना। वह लड़का, जिसके बहकावे में किरण भागी थी, इतना गलीछ और घिनौना था कि उसके साथ किरण के विवाह की कल्पना भी नहीं की जा सकती थी।

लिहाजा पुलिस केस, कोर्ट-कचहरी, मुकदमेबाजी, इन सभी दौरों से किरण को गुजरना पड़ा। उन तीनों को सजा हो गई।

इस घटना पर जमकर अखबारबाजी हुई। विवाद उठते रहे। कई समाज-सुधारक कहलानेवाले लोगों ने इस घटना पर अपनी रोटियाँ सेंकी। किरण का नाम खासा परिचित हो गया और लोग उसके साथ हुई घटना के बारे में जानने को अधिकाधिक उत्सुक होने लगे। इसमें सहानुभूति का अंश नगण्य होता था, बस रस निष्पत्ति ही मूल उद्देश्य रहता था। अखबारों में उसके ऊपर हुए बलात्कार की खबरें लोग चटखारे लेकर पढ़ने लगे। फलत: किरण को समाज से मिली बदनामी और निर्वासन। लड़कियाँ, यहाँ तक कि उसकी अंतरंग सहेलियाँ तक उससे बातें करने से कतराने लगीं। बड़े-बूढ़े भी उसे घृणा और तिरस्कार से देखने लगे। प्रकरण भले ही अपहरण और बलात्कार का बना हो, लेकिन अधिकांश लोगों को यह बात पता थी कि किरण इस लड़के के साथ खुद भागी थी।

इस घटना के बाद किरण और भी खामोश हो गई। उसका घर से बाहर निकलना प्राय: बंद था। अब न तो वह कॉलेज जाती, न ही और कहीं। अपने ही अंदर घुलती जा रही थी वह! कच्ची उम्र में किया गया पाप उसे बराबर कचोट रहा था।

मैं उसे समझाना चाहता था, उसका मनोबल बढ़ाना चाहता था। पर हमेशा यही लगता था कि कहीं वह गलत न समझ बैठे। कहीं मेरी सहानुभूति को वह स्वार्थ न समझ बैठे। क्योंकि ऐसे मौकों पर सहानुभूति जताकर, इसका फायदा उठानेवालों की भी कमी नहीं थी। लेकिन उसे लेकर मन उद्विग्न था। बार-बार लगता था कि मैं एक बार, सिर्फ एक बार, जाकर किरण को समझा सकूँ। बरबस अपने आपको रोके था। मेरे मन की गुत्थी उलझती ही जा रही थी। उधर घर से शादी के लिए निरंतर दबाव बढ़ता जा रहा था। कई दिन अनिश्चय की स्थिति में रहने के बाद, अंतत: मैंने निर्णय ले ही लिया।

मैंने किरण के माता-पिता के सामने किरण से शादी का प्रस्ताव रखा। किरण के पिता मेरी बात सुनकर हक्के-बक्के रह गए, "तुम्हें तो सारी बातें मालूम हैं, नंदन। फिर तुम क्यों ऐसा कर रहे हो?"

"यह सब हुआ, मैंने तो कुछ भी याद नहीं रखा। आप भी उसे एक खराब सपना समझकर भुला दीजिए। बस आप किरण से इस विवाह की सहमति ले लें, बाकी सब मैं देख लूँगा।" मैंने दृढ़तापूर्वक कहा।

किरण के पिता फिर भी विचलित थे। मुझे भी मालूम था कि वे इस प्रस्ताव को इतनी आसानी से नहीं स्वीकारेंगे। "देखो बेटा, सोच-समझकर निर्णय लो। जीवन के निर्णय यों कोरे आदर्शवाद पर नहीं लिये जाते। कहीं ऐसा न हो कि यह निर्णय तुम्हारे और किरण दोनों के लिए घातक सिद्ध हो।" लेकिन मैं तो निश्चय करके ही आया था, "यह आदर्शवाद नहीं है, अंकल। आज नहीं तो कल, आप किरण की शादी के बारे में सोचेंगे ही। हो सकता है, शादी के पहले किरण का इतिहास लड़केवालों तक पहुँचे और रिश्ता होने से पहले टूट जाए। या आप किसी दूसरे शहर में चुपचाप बात तय कर दें और कल को यदि शादी के बाद यह रहस्य उजागर हो तो क्या गारंटी है कि वह लड़का उस हालत में किरण को स्वीकार कर ही लेगा। मैं सब जानते-बूझते शादी का प्रस्ताव कर रहा हूँ। इससे बढ़कर मेरी निष्ठा और ईमानदारी का क्या प्रमाण हो सकता है।"

मैं अपनी बात पर अड़ा रहा और आखिर किरण के पिता भी मान गए। मेरा यह प्रस्ताव उनके जीवन में संजीवनी बनकर आया था। किरण ने भी इसे अपनी मौन सहमति दे दी, जो मेरे लिए आवश्यक थी।

मेरे घर में इस विवाह की प्रतिक्रिया अपेक्षित ही थी। माँ और भैया भड़क उठे। उन्हें न विजातीय बहू पर एतराज था, न उसके रूप पर, उन्हें एतराज था तो उसके भूतकाल पर।

मैं अपनी जिद पर अड़ा रहा। शादी हुई, मैं अपने घर से अकेला बाराती था। एक-दो दोस्तों को भी बुला लिया था, जो निमंत्रित कम, गवाह ज्यादा थे।

मेरी शादी उसी से हुई, जिसे मैं चाहता था, पर परिस्थितियाँ भिन्न थीं। मैं बहुत ज्यादा सतर्क हो गया कि कहीं किरण को मेरी बात का बुरा न लग जाए और वह! वह मेरे ऋण के नीचे ऐसी दब गई, मानो वह पत्नी नहीं मेरी दासी हो।

स्वाभाविक था कि शादी के बाद हम लखनऊ छोड़ देते, लिहाजा मैंने अपना तबादला भोपाल करवा लिया, एक ऐसे शहर में, जहाँ मेरा कोई सगा, कोई परिचित नहीं था। किरण के लिए भी यह शहर एकदम अनजान था। यह हम दोनों के लिए अच्छा था। मैं चाहता था कि अतीत हमारा पीछा न करे। इस बहाने हम एक-दूसरे को समझ पाएँ।

नए शहर में गृहस्थी नए सिरे से शुरू की। हमारे अंदर एक नया उत्साह था, नई उमंग थी। अब उस वातावरण का तनाव भी हमारे ऊपर से उठ गया था। हमारी भावनाएँ पनपीं, हम एक-दूसरे को जानने-समझने की कोशिश करने लगे और जिंदगी खुशहाल लगने लगी।

लेकिन आज जो प्रसंग हुआ, वैसा प्रसंग कभी भी उठते ही मन दुविधा में पड़ जाता है। उसके मन में जो अपराधबोध है, उसे बाहर निकालना कठिन हो जाता है। मैं उसे हजार बार कह चुका हूँ, आश्वस्त कर चुका हूँ कि मैं उस घटना को भूल चुका हूँ। कई बार बता चुका हूँ उसे कि मैं उसे इस घटना के पहले भी यों ही चाहता था। पर न वह समझ पाती है, न मैं उसे विश्वास दिला पाता हूँ।

मैं एक सामान्य पति बनकर जीना चाहता हूँ, एक ऐसा पति, जिसे नाराज होने की, प्रेम करने की, कभी-कभी चंचल होने की स्वतंत्रता हो। पर उसने तो मुझे एकदम आदर्श बना दिया है। उसने मेरी मर्यादाएँ बाँध दी हैं। अपने आपको पूरी तरह समर्पित कर दिया है, अपना व्यक्तित्व भुलाकर और अब इस यंत्र चलित समर्पण से मुझे ऊब होने लगी है। मेरे सपनों के घर को जैसे उसने मंदिर बना दिया है और खुद देवदासी बनकर सेवा करने में जुटी है।

कब तक चलेगा ऐसा ? अपने ऊपर हुए अत्याचारों की सजा भुगत रही है वह खुद और मैं! मैं किस अपराध के लिए प्रताड़ित किया जा रहा हूँ।

मैं देवता बनकर नहीं जीना चाहता, मैं सामान्य आदमी बनकर जीना चाहता हूँ। मुझमें भावनाएँ हैं, संवेदनाएँ हैं और मैं उन्हें सँजोकर रखना चाहता हूँ।

अब सुबह का इंतजार है। फिर कोई नई बात सोचूँगा। नई तरकीब से सोचूँगा। फिर शायद किरण मेरी बात समझ सके। यही प्रयास तो मेरी नियति बनता जा रहा है अब। अंतहीन प्रयास!

□

मुआवजा

अवतार निर्विकार भाव से खड़ा अपने उस टूटे-अधजले मकान को देख रहा था। रोने के लिए अब उसकी आँखों में आँसू भी नहीं बचे थे। कितना रोए और कितनी बार! पहले जब भी वह इस हादसे को याद करता था, सहज ही उसकी आँखों में आँसू आ जाते थे। पर अब लगता है कि सारे आँसू सूख गए हैं।

''कभी न कभी तो सँवारना ही होगा अपने आपको।'' अवतार ने सोचा और मकान के अंदर दाखिल हुआ। सारा घर अस्त-व्यस्त, अध्वस्त पड़ा था। काफी चीजें जल गई थीं। कुछ टूट गई थीं। उस दो कमरे के छोटे से मकान को गौरी ने कितने करीने से सजाया था। इसी दो कमरों के मकान को उसने किसी आलीशान बँगले की तरह अलग-अलग हिस्सों में बाँट दिया था। एक कोना ड्राइंग-रूम था, तो एक कोना स्टडी-रूम। वहीं एक कोना ऐसा भी था, जो रात में बेड-रूम में तब्दील हो जाता था। दूसरे कमरे में किचन भी था, डाईनिंग-रूम भी और ड्रेसिंग-रूम भी। सच, कितने जतन से एक-एक चीज जोड़ी थी गौरी ने।

अवतार ने मलवे को हटाना शुरू किया ही था कि खटर-पटर की आवाज सुनकर फरहा दौड़ी-दौड़ी आ गई। ''अवतार भैया! आप अकेले कुछ न कीजिए। मैं अभी इन्हें बुला भेजती हूँ।'' फरहा बोली।

''रहने दो भाभी, उसे भी थोड़ा काम-धंधा कर लेने दो। न जाने कितने दिनों बाद तो सादिक ने आज दुकान खोली है।'' अवतार ने फरहा को रोकना

चाहा। "जहाँ इतने दिन कुछ नहीं किया तो एक दिन से कौन सा पहाड़ टूट पड़ेगा? ये खुद ही कहकर गए थे कि अवतार भैया को अकेले कुछ न करने देना, जैसे ही आ जाएँ, मुझे बुला भेजना। मैं अभी शौकत को भेजकर इन्हें बुलवा लेती हूँ।" फरहा ने कहा और जिस गति से आई थी, उसी गति से वह अपने घर चली गई।

अवतार फिर सोच में पड़ गया। सच पूछा जाए तो उस मलवे में हाथ डालने का बिल्कुल भी मन नहीं था अवतार का, पर किसी-न-किसी दिन तो करना ही था उसे यह सब। और फिर गौरी को भी तो वह ज्यादा दिन महेश भाई के यहाँ नहीं रख सकता था। मर्द तो कैसे भी निभा ले जाते हैं, पर औरतों का सभी जगह पर निभना मुश्किल हो जाता है। खासकर ऐसी परिस्थिति में, जब स्त्री को बेचारी होकर रहना पड़े और गौरी रहे भी क्यों बेचारी बनकर? जब सचमुच बेचारे होकर रहने के दिन आ गए थे, तब भी गौरी हिम्मत से लड़ी थी उस परिस्थिति से।

पिछले पंद्रह-बीस दिनों से गौरी जो मनस्ताप झेल रही थी, उसकी कल्पना अवतार को भी थी। महेश भाई वैसे तो दूर के रिश्ते से गौरी के भाई लगते हैं, परंतु हैं स्नेह और वात्सल्य की प्रतिमूर्ति। सदा सबकी सहायता में तत्पर रहना, उनका गुण है। फिर एक शहर में रहने के कारण गौरी से उनका स्नेह कुछ ज्यादा ही था। लेकिन उनकी पत्नी को विपदा में फँसे इन मेहमानों का बोझ ज्यादा दिन तक बरदाश्त न हो सका। घर में रोज कलह होने लगी। अवतार ने तभी निश्चय किया कि उसे जल्द-से-जल्द अपना घर ठीक-ठाक कर गौरी को वापिस लाना होगा।

"चाचाजी, अब्बा अभी आ रहे हैं, आपके लिए कहलवाया है कि जब तक वो न आ जाएँ, आप कोई काम न करें और हाँ, मम्मी ने कहलवाया है कि आप दोपहर का खाना हमारे घर ही खाएँ।" शौकत ने आकर सूचना दी और जाने के बजाय वहीं बैठ गया और घबराई आँखों से इधर-उधर देखने लगा।

"क्यों बेटा, क्या हुआ? क्या देख रहा है?" अवतार ने शौकत से पूछा।

"चाचाजी, इधर कोने वाले स्टूल पर मेरी किताबें रखी थीं। वो भी सब जल गईं। आप लोग उस दिन शादी में चले गए थे, सो मैं उठा नहीं पाया। अब अब्बा कहते हैं…" इसके आगे वह बोल नहीं पाया। लेकिन उसकी नम आँखें बता रही थीं कि उसके अब्बा ने उससे क्या कहा होगा।

सदिक का भी क्या दोष है? पैंचर बनाने की दुकान से आमदनी ही कितनी हो सकती है। उसमें छह लोगों का परिवार चलाना वैसे ही मुश्किल हो जाता है। उस पर पिछले पंद्रह दिनों से दुकान तो बंद ही पड़ी रही। अब पैसा भी आए तो कहाँ से। इन पंद्रह दिनों में जरूरी चीजें दुगने दामों पर खरीदनी पड़ीं सो अलग।

"बेटा, ऐसे दिल छोटा नहीं करते। हम फिर से ले आएँगे। एक बार घर तो जम जाने दो।" अवतार ने शौकत को दिलासा देने की चेष्टा से कहा। "पर अम्मी कह रही थीं कि अब आप शायद हमारे मोहल्ले में न रहें। चाचा, आप हमें छोड़कर मत जाना।" शौकत बस इतना ही कह पाया और उठकर भाग गया। शायद उसे जितना कहना चाहिए था उससे ज्यादा कह गया था वह।

बच्चे भी क्या करें। जब चारों ओर वही बातें सुनाई देती हैं तो कुछ-न-कुछ प्रतिक्रिया तो उनके दिमाग में भी होती ही होगी। फिर शौकत का दिमाग तो औसत बच्चों से कुछ ज्यादा ही तेज था। तभी तो जिद करके गौरी ने उसकी पढ़ाई का सारा जिम्मा अपने ऊपर ले लिया था। सादिक के चारों बच्चों में शौकत सबसे ज्यादा होशियार था। सादिक की बड़ी इच्छा थी कि वह पढ़-लिखकर कुछ बन जाए। वह बार-बार अवतार से कहता भी था—

"देखना भैया, शौकत ही हमारे कुनबे के हालातों में सुधार लाएगा। मैं चाहता हूँ कि शौकत इतना पढ़े कि हमें उस पर नाज हो।" उस दिन सादिक की खुशी देखने लायक थी, जब गौरी ने खुश होकर शौकत की पढ़ाई का जिम्मा अपने ऊपर लिया था। पूरे मोहल्ले वालों ने इस बात के लिए गौरी की प्रशंसा की थी।

गौरी थी भी मुहल्ले की सबसे ज्यादा पढ़ी लिखी औरत, बी.ए. पास

थी। इसके अलावा सिलाई-कढ़ाई का डिप्लोमा भी था उसके पास। गौरी के बारे में सोचकर अवतार उदास हो जाता है। क्या दिया उसने गौरी को अपनी शादी के इन तीन चार सालों में—दु:ख, कष्ट, वेदना, अस्थिरता?

जम्मू में अच्छा-खासा धंधा था अवतार के परिवार का। दो दुकानें थीं, दो ट्रक चलते थे और थोड़ा-बहुत ठेकेदारी का भी काम था। लेकिन कुछ अलग करने की जिद सवार थी अवतार पर। उसकी इच्छा थी बारामुला में तेल की मिल डालने की। उसने दोस्त से कहकर एक गाँव में थोड़ी-बहुत जमीन भी ले रखी थी। जैसे ही उसकी शादी हुई, उसने बाबा से जिद करके कुछ पैसा उधार लिया और बारामुला में तेल की मिल चालू कर दी।

उसके भाग्य से कहें या गौरी के भाग्य से, वह मिल चल निकली और अवतार की अच्छी-खासी आमदनी भी होने लगी। अवतार धंधे को जमाने में लग गया और गौरी अपने घर को। अवतार ने गाँव के लोगों से अच्छा मेलजोल रखा था और उसका लाभ भी उसे धंधे में मिलने लगा। उस पूरी तराई में उसकी मिल के तेल की खपत हो रही थी। अवतार ने भी सोच रखा था कि वह बाबा से लिये पैसे की पाई-पाई चुका देगा। वह किसी का कर्जदार नहीं रहना चाहता था।

गौरी भी अपने घर में मगन थी। उसने घर की एक-एक चीज करीने से सजाई थी। अच्छा-खासा बड़ा मकान था, जो गाँव के सबसे खूबसूरत और बड़े मकानों में से एक था। नौकर-चाकर, माल असबाब सभी कुछ तो था उसके पास।

इसी बीच गौरी ने घर में आ रहे नए मेहमान की भी शुभ सूचना अवतार को दी थी। लेकिन न जाने किसकी नजर लग गई और एक दिन वह अनहोनी घट गई। न जाने कहाँ से लुटेरे आए और गाँव में बलवा करने लगे। धर्म और वतन के नाम पर उन्होंने लूट-खसोट, खून-खराबा शुरू कर दिया। पूरे गाँव में आतंक का माहौल था और अवतार जैसे काश्मीरी पंडितों को गाँव छोड़ने का फरमान दे दिया गया। रोज कोई-न-कोई ऐसी खौफनाक वारदात हो

जाती कि जान साँसत में पड़ जाती। जान की सलामती के लिए अवतार को अपनी सारी दौलत छोड़कर आना पड़ा। लेकिन जमीन-छायदाद और काम के साथ-साथ और भी कुछ छूट गया था अवतार और गौरी का सादिक की आहट से अवतार के विचारों को विराम लगा। सादिक अकेला नहीं आया था। वह अकरम और छोटू को भी साथ ले आया था। अकरम सादिक की दुकान के पास ही पान की गुमती लगाता था और छोटू सादिक की दुकान में रोजदारी पर काम किया करता था। ''अरे तुम सब लोग आ गए। फिर दुकान कौन देखेगा।'' अवतार ने आश्चर्य से पूछा। ''क्या दुकान की रट लगा रखी है। अवतार भैया, हम तो कर लेंगे जैसे भी होगा, पर तुम्हें अकेले काम करने दें, यह हमसे नहीं होगा।'' सादिक ने कहा और फिर अकरम और छोटू को काम समझाने में व्यस्त हो गया।

यों अवतार ऊपर से काफी संयत और शांत दिखने की चेष्टा कर रहा था, पर उसके अंदर विचारों का बवंडर सा उठा हुआ था। सारी चीजें, सारी घटनाएँ घूम-घूमकर उसके मानस-पटल पर आती जा रही थीं।

सबकुछ लुट जाने के बाद अवतार की दोबारा जम्मू जाकर काम करने की इच्छा नहीं हुई। बाबा ने लाख समझाया, भाइयों ने उसे रोकना चाहा, लेकिन अवतार की खुद्दारी आड़े आ गई। कितनी शान से गया था वह कश्मीर और अब बेचारा बनकर लौटा है। लोग उस पर तरस खाएँ, उसे बेचारा कहें, यह उसे मंजूर नहीं था। बाबा से लिया कर्ज अब उसे और भी भारी लगने लगा था। वह जम्मू में रुककर इस बोझ को बढ़ाना नहीं चाहता था। ऐसे में अगर गौरी कमजोर पड़ जाती तो हो सकता था कि अवतार को जम्मू में ही रुकना पड़ जाता। पर इतने बड़े हादसे के बाद गौरी तो जैसे और भी पक्की हो गई थी। उसी ने अवतार को यहाँ आकर बसने का प्रस्ताव दिया और तमाम विरोधों में अवतार को संबल दिया।

कुल जमा कुछ सौ रुपए और थोड़े से जेवरात, बस इतनी सी पूँजी लेकर ये लोग यहाँ आए थे। कुछ दूर के रिश्तेदारों ने उनकी मदद की, ठहरने की

व्यवस्था की और अवतार को मिल में नौकरी भी दिलवा दी। इस मोहल्ले में रहने के पहले भी काफी सोच-विचार किया था अवतार ने। लेकिन यही मोहल्ला मिल के नजदीक था और मकान भी यहाँ कम किराए पर मिल रहे थे। एक नए उत्साह के साथ, एक नई आशा के साथ अवतार और गौरी ने फिर से अपनी गृहस्थी शुरू की। धीरे-धीरे मोहल्ले के लोगों से संपर्क बढ़ा और लोग अवतार के बारे में, उसके अतीत के बारे में जानने लगे। सभी के दिल में अवतार के प्रति सहानुभूति और आदर था। सभी जानते थे कि सिर्फ परिस्थितियों के कारण ही मिल का मालिक मिल में मामूली नौकर बनकर काम कर रहा है।

बाद में अवतार ने पैसे जोड़कर एक सिलाई मशीन भी खरीद ली। जिस पर सिलाई कर गौरी चार पैसे और कमा लेती थी। ऐसा लगने लगा कि अब सबकुछ ठीक हो जाएगा। अवतार के घर में एक बार फिर से किसी शुभ समाचार का संकेत हुआ और उसके कुछ ही दिनों बाद यह हादसा हो गया।

उस दिन अवतार शहर में ही अपने किसी रिश्तेदार के यहाँ शादी में गया हुआ था। घर में ताला लगा था। किसी एक घटना से पूरे देश में कौमी फसाद शुरू हो गए और यह शहर भी उसकी चपेट में आ गया। कोई अपना-पराया नहीं रहा, कोई दुश्मन-दोस्त नहीं रहा। वे चार-पाँच दिन दहशत भरे थे। अवतार पाँच दिन बाद जब अपने घर लौटा तो सबकुछ उजड़ चुका था।

''मैंने लाख समझाया, लाख रोकना चाहा, पर ये लोग बहुत ज्यादा तादाद में थे और फिर हथियारों से लैस थे।'' सादिक ने रोते-रोते बताया था, ''पता नहीं, कहाँ से आ गए थे इतने सारे लोग और यकीन मानना अवतार भाई, उनमें अपने मोहल्ले का एक भी आदमी नहीं था। उनमें से कई सूरतें तो मैंने आज तक इस शहर में नहीं देखीं। पिछले दरवाजे से जाकर मैं जो भी कीमती सामान उठा पाया, वह मेरे घर रखा है, बाकी सब उन्होंने जला डाला।''

अवतार जिंदगी में पहली बार उस दिन रोया था। कश्मीर से आने के बाद भी उसे इतना गहरा सदमा नहीं लगा था, जितना इस बार लगा था। बाद

के कुछ दिन तो वह बस निर्विकार भाव से गौरी की सुश्रुषा ही करता रहा था अस्पताल में। गौरी जो भोगा था, उसके लिए उसे क्या दिलासा दी जा सकती थी। अवतार के लिए तो यही संतोष था कि गौरी जिंदा थी और उसके पास थी। उस घटना के बाद जब पहली बार अवतार यहाँ आने के लिए निकला था, तो जिद करके गौरी भी साथ हो ली थी। अवतार की कतई इच्छा नहीं थी कि गौरी उस बरबादी को अपनी आँखों से देखे। उसने खुद भी तो कहाँ देखी थी वह बरबादी तब तक। जितना सुन रखा था, वही इतना भयावह था कि प्रत्यक्ष देखने पर कितना और भयावह होगा, इसकी कल्पना अवतार को थी।

गौरी ने जब सबकुछ अपनी आँखों से देखा तो वह पगला सी गई। एक-एक चीज जो उसने बड़े जतन से बनाई थी, यहाँ-वहाँ टूटी-फूटी हालत में बिखरी पड़ी थी। अपने होनेवाले बच्चे के लिए बनाई अधजली जुराबें देखकर तो वह बेकाबू हो गई। फरहा यदि साथ न होती तो उस दिन गौरी को सँभालना बहुत मुश्किल था। कितना लिपट-लिपटकर रोई थीं दोनों उस दिन। "कल फिर कलेक्टोरेट से आदमी आया था," सादिक अवतार को बता रहा था। अवतार के विचारों की तंद्रा टूटी और वह वर्तमान में आ गया। "कलेक्टोरेट से, क्यों?" अवतार ने पूछा।

"बताया नहीं था आपको? आपके मुआवजे के लिए अभी तक अर्जी नहीं पहुँची है। अपने मोहल्ले के दूसरे सभी घरों से अर्जियाँ जा चुकी हैं। पर आपका सबसे ज्यादा नुकसान हुआ है और आप ही की अरजी नहीं है।" नुकसान शब्द सुनते ही अवतार चौंका। क्या नुकसान हुआ था उसका? और जो नुकसान हुआ था, उसका कोई मुआवजा दे सकता था? "क्या सोच रहे हो अवतार भैया?" सादिक ने उसे टोका, "एक बात कहूँ अवतार भैया, आपके घर में सबसे ज्यादा तबाही होने की वजह मैं हूँ।" सादिक की बात सुनकर अवतार चौंका, लेकिन सादिक अपनी रौ में बोले जा रहा था—"उस दिन शौकत बड़े चाव से अपनी गुल्लक से पैसे निकालकर बालगोपालजी की तसवीर लाया था अपनी गौरी चाची के लिए। मैंने सोचा, जब आप लोग आ

जाएँगे तो आपके घर रखवा दूँगा। पर शौकत से न रहा गया। वह आपके आने से पहले इसे घर में लगा देना चाहता था। वह न जाने कैसे पीछे से जाकर वह तसवीर खिड़की में रख आया, जिससे कि जब आप आएँ तो आपको सबसे पहले वही तसवीर दिखे। बच्चे की नादानी बलवाइयों को संदेश दे गई। नहीं तो आपके घर तक तो किसी के आने का सवाल ही नहीं था।''

क्या करे अवतार, कैसे रोए? दुःख मनाए या खुशी, यह उसकी समझ से बाहर था। किसे सच माने वह, अपनी प्यारी गौरी चाची के लिए बाल गोपाल की तसवीर लानेवाले शौकत को या बलवाइयों द्वारा बेरहमी से तोड़ी गई उस तसवीर को। अपनी जान पर खेलकर उसके घर का सामान बचाने वाले सादिक को या भोलेपन से होनी के दोष को अपने सिर लेनेवाले सादिक को। रिश्ते में होते हुए भी तमाम प्रताड़नाएँ देती महेश की पत्नी को या केवल पड़ोसी का रिश्ता या होते हुए सगी बहन से बढ़कर प्यार देनेवाली फरहा को। ''भैया कलेक्टोरेट का आदमी कह रहा था कि आप फार्म जल्दी भर दें, वरना मुआवजे की तारीख निकल जाएगी और फिर आपको मुआवजा नहीं मिल पाएगा।''

अवतार का गला भर आया, उसे रह-रहकर अपने आप पर, अपने समाज पर गुस्सा आ रहा था। वह अपनी रौ में बोलता गया, ''किस बात का मुआवजा देगी सरकार मुझे? ये कुछ रुपए, इस घर के लिए टेबल, कुरसी, पलंग तो ले सकते हैं, लेकिन गौरी के पेट में मर गए उस बच्चे को वापस ला सकते हैं क्या? उस बेचारी ने दो बार माँ बनने का सपना देखा और दोनों बार उसे यही झेलना पड़ा। डॉक्टरों ने कह दिया है कि अब गौरी कभी माँ नहीं बन सकती। क्या गौरी का माँ बनना वापस ला सकता है यह मुआवजा? क्या शौकत की अधजली किताबों में दफन तालीम की ललक वापस ला सकता है यह मुआवजा? क्या बालगोपालजी की तसवीर के साथ दफन हो गई आस्था को लौटा सकता है यह मुआवजा? क्या उसकी आँखों में उतरे खौफ का कोई जवाब दे सकता है यह मुआवजा।''

कहने के साथ-साथ अवतार बिफरकर रोने लगा। वह लगातार रोऐे जा रहा था और सादिक ठगा सा उसकी ओर देख रहा था। अकरम, छोटू, फरहा, शौकत और मोहल्ले के जमा और भी लोग बस अवतार को देखे जा रहे थे। सबकी आँखें नम हो आई थीं। तभी अचानक सादिक को क्या सूझा पता नहीं, उसने पास खड़े शौकत का हाथ अवतार के हाथ में दे दिया और बस इतना ही कहा, ''अवतार भैया! मेरे पास यही एक कीमती चीज है, जो शायद तुम्हारे गम के लिए कुछ दिलासा बन सके।'' और अब ठगा सा खड़े रहने की बारी अवतार की थी।

□

कमाऊ पूत

टेबल पर बैठी-बैठी दाल बीन रही थी कि इतने में एक पैकेट धम्म से गिरा। मैंने ऊपर देखा, मेरा अंदाजा सही था। यह रघु ही था। यही तरीका अपना लिया है उसने आजकल अपनी तनख्वाह देने का। आजकल वह पहले की तरह मिठाई का पैकेट नहीं लाता, न ही वह भगवान् के सामने तनख्वाह रखता है। मुझे उसका यों तनख्वाह फेंकना अच्छा नहीं लगता, पर मैं कुछ बोल नहीं पाती। क्या बोलूँ, लगता है कि अपना अधिकार मैं खो चुकी हूँ। रघु बहुत पराया सा लगने लगा है। उसके चेहरे के हाव-भाव पहले से ही इतने बुरे रहते हैं कि उन्हें और बुरा बनाने की इच्छा नहीं होती।

न जाने कैसा हो गया है रघु। पहले का वह शालीन, लजीला, शरमीला रघु न जाने कहाँ खो गया है। मुझे तो अब उसमें एक व्यापारी नजर आने लगा है। निर्विकार सा रहने वाला एक व्यापारी!

''पूरे हैं, गिन लो।'' रघु ने स्वर को यथासंभव कड़ा बनाते हुए कहा।

''गिनने की क्या जरूरत है, बेटा। कोई साहूकारी है क्या? घर की ही तो बात है!''

''नहीं-नहीं, फाइनेंस डिपार्टमेंट वालों को यकीन नहीं होता न! गिन ही लेना अच्छा है, वरना बाद में दस-बीस रुपयों के लिए फिर मुझे एक लंबा लेक्चर सुनना पड़ेगा।''

रघु का यह वाक्य अपने पिता के लिए था। आजकल वह उन्हें इसी किस्म के ऊलजलूल संबोधनों से पुकारता है। अब वह पीठ पीछे तो बापू

कहता ही नहीं है, पर सामने पड़ जाने पर भी ठीक से बात तक नहीं करता उनसे। रघु के मन में अपने बापू के प्रति एक तिरस्कार का भाव पैदा हो गया है। रघु के बापू अपने बेटे के इस तिरस्कार को झेल नहीं पाते। तिरस्कृत तो शायद मैं भी कम नहीं हूँ, पर माँ हूँ न, बेटे की हर बुरी बात में अच्छाई निकालने की आदत है मुझे।

यह तनख्वाह गिननेवाली बात भी यों ही नहीं आई। एक दिन ये खाना खाते समय रघु से बोले, "रघु, सुना है तुम्हारी पे स्केल रिवाइज हो गई है। पिछले महीने से तुम्हारी तनख्वाह में चार सौ रुपए बढ़ गए हैं।"

रघु ने चौंककर कहा, "आपको किसने बताया?"

इन्होंने मजाकिया अंदाज में उत्तर दिया, "फायनेंस वाला हूँ न! पता लग ही जाता है।"

बात बहुत ही हलके अंदाज में कही गई थी, पर रघु को अचानक न जाने क्या हुआ, वह तड़ से उठा और बोला, "फायनेंस वाले हैं तो यह भी पता होना चाहिए कि तनख्वाह में से कट कितना रहा है। आपको लग रहा है, जैसे कि मैं दो-चार सौ रुपए आपसे छुपाकर कहीं रख रहा हूँ। अगर इतना ही अविश्वास है मुझ पर तो अगले महीने से आप ही आया कीजिए मेरी तनख्साह लेने।"

ये बेचारे एकदम सकपका गए। बेटे के हाथों इस तरह अपमानित होने का यह उनका पहला मौका था। इन्हें समझ में ही नहीं आया कि इनसे आखिर गलती क्या हुई। ये तो रोज की तरह मजाक कर रहे थे और उसका अनर्थ ही हो गया।

उस दिन के बाद से हर महीने की पहली तारीख को मुझे यही या इससे मिलता-जुलता कड़वा वाक्य सुनना पड़ता है। उस दिन से हम तीनों का साथ बैठकर भोजन करना और डाइनिंग टेबल पर चलने वाला हँसी-मजाक दोनों बंद हो गए।

ये इतने हँसमुख, इतने मिलनसार हैं कि सारा घर इनके ठहाकों से गूँजता रहता था। पर उस दिन की घटना के बाद तो जैसे इन्हें साँप सूँघ गया। बहुत

प्यार करते थे रघु को और शायद इसीलिए रघु का यह व्यवहार उन्हें भीतर तक आहत कर गया था। मैं जिस ज्वालामुखी की गरमी को इतने दिनों से झेल रही थी, उसे इन्होंने पहली बार झेला था। अपने बेटे के हाथों अपमानित होना उन्हें तोड़ गया। पहले इसी रघु के बारे में गर्व से कहा करते थे, 'देखना, हमारा रघु, श्रवण कुमार के लिए भी एक चुनौती बनेगा। ऐसा पितृभक्त लड़का न किसी ने देखा होगा, न कोई देखेगा।' उन्हें ही क्यों, मुझे भी तो अपने रघु पर कितना नाज था।

जब रघु को पहली तनख्वाह मिली थी, तब तो मैं भी कितनी खुश थी। रघु उस दिन एक बड़ा सा मिठाई का डिब्बा, मेरे लिए माहेश्वरी साड़ी और अपने पिताजी के लिए शर्ट लाया था। उस दिन हम लोगों ने न जाने कितने दिनों बाद साथ जाकर एक बड़े शानदार होटल में खाना खाया था।

उस बात को मुश्किल से दो साल ही हुए होंगे और कैसा हो गया है रघु? यों तनख्वाह फेंकना, छाहर-बुझी बातें करना! यकीन ही नहीं होता कि यह वही रघु है। पर यह बदलाव भी एकदम नहीं हुआ।

न जाने कैसे रघु के मन में यह बात घर करती चली गई कि सारा घर-खर्च उसी की कमाई से चल रहा है और हम लोग उसी की तनख्वाह के भरोसे जी रहे हैं। यह बात कितनी खोखली थी, यह रघु को बताना जरूरी नहीं।

ये एक सीधे-सादे क्लर्क ही तो थे, जब रघु का हायर सेकेंडरी का रिजल्ट निकला था। रघु ने प्रीइंजीनियरिंग की परीक्षा भी अच्छे अंकों में पास की थी और उसे इंजीनियरिंग कॉलेज में दाखिला मिल रहा था। इन्होंने रघु के बचपन से उसे इंजीनियर बनाने का सपना पाल लिया था। रघु ने अपना कर्तव्य निभाया था, अच्छी पढ़ाई कर, अब कर्तव्य निभाने की बारी इनकी थी।

"इतनी सी आमदनी है, रमा-उमा की शादी करनी है, फिर अपनी गुड़िया भी बड़ी हो रही है। कैसे करोगे ये सब?" मैंने पूछा।

"कमला," इन्होंने गुस्से में कहा, "रमा-उमा की शादी? बाबूजी ने मेरे नाम जो जमीन कर दी है, उसे बेच दूँगा। आखिर उस संपत्ति पर इन बहनों

का भी तो हक है ! अपनी गुड़िया की शादी का भी बंदोबस्त मैंने कर लिया है। मैंने सोचा है कि हमारा रघु इंजीनियर ही बनेगा। जरा से पैसों की तंगी के लिए मैं अपने बच्चे का भविष्य तो नहीं खराब कर सकता। अभी मुझमें ताकत है, हिम्मत है, मैं कैसे भी करके रघु को पढ़ाऊँगा।''

''इन्होंने बैंक से रघु की पढ़ाई के लिए कर्ज लिया। ऑफिस के बाद एक टाइपिंग इंस्टीट्यूट में काम किया, दो-चार जगह के एकाउंट्स देखने का काम हाथ में ले लिया। रमा-उमा की शादी के लिए बाबूजी की जमीन ही काफी नहीं थी। इस पर मेरे गहनों की आहुति दी गई। गुड़िया की शादी के लिए भी कर्ज लिया गया। इन सभी कर्जों की किस्तें अभी पिछले साल तक चुकाते रहे हम लोग।

कितनी ही परेशानियों में रहे, पर रघु के पिता ने रघु को किसी चीज की कमी नहीं होने दिया। खुद दफ्तर बस से जाते थे, लेकिन रघु को कॉलेज जाने के लिए स्कूटर खरीद कर दी। कपड़े, किताबें, किसी बात के लिए रघु को कभी कॉलेज में शर्मिंदा नहीं होना पड़े, इस बात का खयाल रखा।

रघु अच्छे नंबरों से पास होता रहा और पास होते ही उसकी नौकरी भी लग गई सरकारी महकमे में। वह एकदम अफसर हो गया। हमारा घर, जो अब तक सोफा-सेट, टी.वी., फ्रिज, डाइनिंग टेबल वगैरह से वंचित था, धीरे-धीरे इन सामानों का स्वागत कर रहा था।

रघु सुख-सुविधा जुटाना चाहता था, पर उसमें उसका भाव अहसान जताने का था। कोई भी चीज लाने से पहले रघु इतनी हिदायतें देता कि उसे हाथ लगाने का मन ही न होता।

दो साल में रघु इतना सब कैसे ले पाया, इसका रहस्य भी एक दिन खुल ही गया।

उस दिन सुबह-सुबह एक आदमी बड़ी सी अलमारी ठेले पर लदवाकर चला आया। कहने लगा, ''रघुराज साहब कह रहे थे कि एक अलमारी रखवा देना, इसलिए ले आया हूँ।''

रघु उस समय साइट पर गया था, इन्होंने पूछा, "मैंने आपको पहचाना नहीं ?"

"मैं चंदनपुर से आया हूँ। कांट्रेक्टर हूँ। साहब की साइट पर मेरा ही काम चल रहा है।" उसने उत्तर दिया।

मैंने भोलेपन से पूछा, "इस अलमारी के कितने पैसे हुए ?"

"पैसे की चिंता आप क्यों करती हैं, माँजी।" हँसता हुआ वह आदमी बोला और अलमारी रखवाकर चला गया।

उसके चले जाने के बाद इन्होंने मुझे आड़े हाथों लिया, "तुम भी अजीब पागल हो। ऐसे काम पैसों के लिए ही होते हैं, इनमें अलमारी की मामूली रकम का कोई-कोई अर्थ नहीं है। मैं भी पिछले पच्चीस सालों से सरकारी महकमे में हूँ और इतने दाँव-पेंच तो मुझे भी आते हैं। रघु यह सब ठीक नहीं कर रहा है, इसका अंजाम अच्छा नहीं है।"

"आप ऐसा क्यों सोचते हैं, हो सकता है कि रघु ने सचमुच ही अलमारी मँगवाई हो।" मैंने बचाव करते हुए कहा।

"कमला, दोस्त और ठेकेदार में फर्क मैं भी समझता हूँ और तुम भी। हमारा रघु इतनी जल्दी गिर जाएगा, मैंने कभी सोचा भी नहीं था।"

उस रात हमारे घर जमकर महाभारत हुई। शायद जीवन में पहली बार इन्होंने रघु को डाँटा था। रघु शायद इस हमले के लिए तैयार नहीं था। शायद उसे अच्छा भी न लगा हो कि जिसे दुनिया रघुराज साहब के नाम से जानती हो, उसे फाइनेंस डिपार्टमेंट में काम करने वाला एक बड़ा बाबू डाँट दे। क्योंकि रघु ने जो वाक्य इस सब रामायण के बाद कहा, वह हम दोनों के लिए ही नया था।

"स्टैंडर्ड ऑफ लिविंग क्या होता है, जानते हो, तब न आपसे बहस करने में कुछ अर्थ है। खुद तो अभी बाबू लेवल से ऊपर उठे नहीं और मुझे ज्ञान सिखा रहे हैं।"

"रघु यह मत भूल कि इसी बाबू ने आज तुझे इस लायक बनाया है।"

मैंने लगभग चीखते हुए कहा। कहना मुझे और भी बहुत कुछ था, पर वह सब सुनने के लिए रघु वहाँ नहीं था।

पिछले कुछ दिनों से मैं यह महसूस कर रही थी कि रघु को अपने वर्तमान स्तर पर शर्म सी आने लगी है। उसने कई बार दोस्तों में अपने पिता का ओहदा सेक्शन ऑफिसर या अंडर सेक्रेटरी का बताया, जबकि ये तो बेचारे हेडक्लर्क ही थे। मित्रों से बातचीत करते समय अकसर वह अपने गाँव की जागीर के बारे में बताया करता था। जबकि हमारे पास थी सिर्फ दस एकड़ जमीन, जो कि रमा-उमा की शादी में काम आ गई थी।

एक बार रघु को टोकते हुए इन्होंने कहा भी था, ''अपने घर-परिवार के बारे में बताते कभी शर्म नहीं करनी चाहिए। हमारे पिताजी तो पुजारी थे, हमने बताने में कभी शर्म नहीं की।''

''आपको बताने में क्या शर्म हो सकती है।'' रघु चट से बोला, ''आप खुद भी तो मामूली से ओहदे पर ही थे। यहाँ तो मेरे सोशल स्टेटस का सवाल आ जाता है। आपको क्या मालूम कि चार लोगों में उठने-बैठने में कैसे शर्म आती है, जब मैं अपने परिवार के बारे में बात करता हूँ।''

ये बेचारे अपना सा मुँह लेकर बैठ गए। रघु किस समय क्या बोल दे, इसका कोई ठिकाना नहीं रह गया था। कोई भी बात हो, रघु कड़वी बात बोलने का मौका नहीं चूकता था।

एक रात रघु देर से घर लौटा। इन्होंने मुझसे कहा, ''तुम्हारे सुपुत्र शराब पीकर आ गए हैं। सँभालो इन्हें। आजकल वो अपना सोशल स्टेटस बढ़ा रहे हैं।''

मुझे इनकी बात पर यकीन नहीं हुआ। रघु से रात को पूछना चाहती थी, पर उसका चेहरा देखकर मैं सहम गई। शायद ये ठीक ही कह रहे थे।

सुबह मैंने उससे पूछा, ''रात को देर कहाँ हो गई?''

''यों ही जरा दोस्तों में बैठ गया था।'' रघु ने बेफिक्री से जवाब दिया।

''दोस्तों में उठना-बैठना तो ठीक है, पर उसके लिए शराब पीना कहाँ

जरूरी हो गया?'' मैंने कड़ाई से पूछा। रघु शायद इस अप्रत्याशित हमले के लिए तैयार नहीं था। झल्लाकर बोल उठा, ''अच्छी मुसीबत है इस घर में, कोई कुछ कर ही नहीं सकता। खुद तो जानते नहीं कि सोशल स्टेटस क्या होता है, कैसे जान-पहचान बढ़ाई जाती है। बेटा कोशिश कर रहा है, तो उस पर लाख पाबंदियाँ लगाई जा रही हैं।''

''रघु, तू जानता है कि आज तक तेरे पिता ने कभी किसी तरह का कोई व्यसन नहीं किया।''

''किया नहीं, इसलिए कि किया नहीं जा सका। मिलता ही क्या था उन्हें, जो इस तरह के शौक पालते?''

मैं इसके आगे उससे बहस ही नहीं कर सकी। मैं रघु को क्या बताती और कैसे बताती कि रघु को हॉस्टल में न रखना पड़े, परिवार की स्थिरता बनी रहे, इसके लिए इन्होंने कितने प्रमोशंस छोड़ दिए।

कई बार सोचती हूँ कि रघु की शादी कर दूँ तो सब ठीक हो जाएगा। अच्छे-अच्छे रिश्ते भी आ रहे हैं। पर इन्होंने साफ मना कर दिया है। ये कहते हैं कि जब रघु कहेगा, जिस लड़की के साथ कहेगा, शादी कर देंगे। ये अब और खतरा नहीं उठाना चाहते। बेटे के हाथों अब और अपमानित होने की इनकी इच्छा नहीं है। मेरे मन में भी डर है कि रघु शादी के बाद हमसे और दूर हो जाएगा।

उस दिन रघु खुशी-खुशी घर आया। दरवाजे से ही चीखता-चिल्लाता वह रसोई में घुसा, ''माँ तुम कहाँ हो? इतनी खुशी की खबर लेकर आया हूँ।''

''क्या खबर है, बता तो सही।'' मुझे इतने दिनों बाद खुशी से चमकता उसका चेहरा देखकर अच्छा लगा।

''माँ मेरा तबादला हो गया है। वो चंदनपुर का ठेकेदार आया था न, उसी ने करवाया है। बहुत ही अच्छी पोस्टिंग है, इंडिपेडेंट चार्ज है। यहाँ की झंझट से दूर अपनी मरजी के मालिक, न कोई बॉस न सुपर-बॉस।''

रघु अपनी रौ में कहे जा रहा था, इस बीच उसने एक बार भी इसकी

प्रतिक्रिया मेरे चेहरे पर देखने की जरूरत नहीं समझी। मैं तो आश्चर्य में थी कि रघु अपना तबादला करवाने में लगा था, और उसने एक बार भी मुझे या इन्हें बताया तक नहीं।

"कब ज्वॉइन करना है ?" मैंने पूछा।

"जल्दी-से-जल्दी जाना होगा माँ, वरना कोई दूसरा आ जाएगा उस जगह। बहुत से लोग कोशिश में लगे हैं। पूरे पचास हजार खर्च किए हैं इस पोस्टिंग के लिए।" रघु के हर वाक्य में खुशी और दंभ की साफ झलक थी।

रात को सोते समय मैंने डरते-डरते ही इन्हें रघु के तबादले की बात बताई। मुझे लगा कि ये नाराज होंगे, चौंकेंगे, पर ऐसा कुछ नहीं हुआ।

इन्होंने अत्यंत शांत भाव से कहा, "मुझे मालूम था, ऐसा ही होगा। रघु की राह हमारी राह से अलग हो गई है। मुझे पता था कि रघु जल्द-से-जल्द हमारे मोहपाश से मुक्त होना चाहेगा।" फिर एक गहरी साँस लेते हुए बोले, "कमला, अपनी गुड़िया को विदा करते समय तुम रोई थी न! बेटी पराया धन होती है। पर बेटा भी कहाँ अपना होता है, किस मूर्ख ने कहा है बेटा अपना होता है।" और ये हँसने लगे। न जाने कितने दिनों बाद इतना खुलकर यों हँस रहे थे ये और मैं, मैं पागलों की तरह उनकी हँसी के पीछे छिपे दुःख को ढूँढ़ने की कोशिश में लगी थी।

□

मृदुला

महीने की पाँच तारीख थी। पहला हफ्ता बैंक में वैसे भी भीड़ भरा होता है। उस पर पहले दिन यानि चार तारीख को बैंक हॉलीडे होने के कारण लोग और भी ज्यादा थे। सुबह बैंक में आते ही ब्रांच मैनेजर से लेजरिंग को लेकर हुई किचकिच ने मुँह का स्वाद भी कसैला कर दिया था। ऐसी मन:स्थिति में अपने काम को ठीक से अंजाम देना कठिन हो रहा था। बमुश्किल काम करने बैठा ही था कि काउंटर के दूसरी तरफ से आवाज आई, ''पास-बुक अपडेट करवाना है, कर देंगे प्लीज!''

''देखते नहीं सर, आज भीड़ कितनी है। दो-चार दिन बाद आकर करवा लीजिएगा।'' मैंने सिर उठाए बगैर ही जवाब दे दिया।

''यदि आज हो जाती तो···।'' दूसरी तरफ से बुदबुदाहट सुनाई दी।

''आपसे कहा न सर कि दो चार दिन में करवा लीजिए। ऐसी क्या अर्जेंसी है?'' मैंने झल्लाकर कहा।

''नहीं, एक चैक आना था। पता चल जाता तो···'' वही बुदबुदाहट।

''ठीक है लाइए।'' मैंने सिर उठाकर देखा। सामने एक अधेड़ सज्जन खड़े थे। इन्हें पहले कभी बैंक में देखा नहीं था, वैसे बुजुर्ग पेंशनर्स तुरंत पहचान में आ जाते हैं। उन्हें फुरसत जो रहती है। वे लोग छोटे-मोटे कामों के बहाने बैंक में काफी समय काट देते हैं। फिर भी लगा कि कहीं देखा है इन्हें।

उन्होंने पासबुक दी। मैंने नंबर देखकर उसे कंप्यूटर में फीड किया और पास बुक प्रिंटर पर चढ़ा दी। कुछ ही क्षणों में आँकड़े प्रिंट हो गए। प्रिंट क्या हो गए, वहीं आँकड़े जस-के-तस आ गए। न कोई अमाउंट आया न गया।

"लीजिए साहब। कोई एंट्री नहीं है। आपने ही खामखा हमारा समय बिगाड़ दिया।" मैंने पासबुक लौटाते हुए कहा। "सॉरी टू बादर यू," वे बुदबुदाए और धीरे-धीरे बाहर की ओर जाने लगे।

दोबारा काम करना शुरू किया तो देखा स्क्रीन पर उन्हीं सज्जन का एकाउंट खुला हुआ था। काम की जल्दबाजी और झल्लाहट में पासबुक पर लिखा नाम नहीं देख पाया था। वह नाम स्क्रीन पर साफ झलक रहा था, 'शरद दीक्षित' और नाम के साथ ही स्मृतियों के कई तार एक साथ झनझना उठे। इतने कि उनकी तरंगों के सामने बैंक का सारा कोलाहल फीका पड़ गया। अपने आपको रोक पाना कठिन होने लगा। मैंने पास बैठे त्रिपाठी को कुछ देर के लिए काउंटर सँभालने को कहा और बाहर की राह ली। मैं अपनी स्मृतियों में इतना खो गया था कि जाते समय त्रिपाठी द्वारा कहे गए वाक्य, 'शुरू हो गया जोशी भाऊ का गुंताड़ा' को भी मैंने अनसुना कर दिया। मुझे बाहर जाकर उन्हें पकड़ना जो था।

मुझे खुद पर आश्चर्य था कि मैंने उन्हें पहचाना कैसे नहीं। लेकिन पहचानता भी कैसे, कितने बदल गए थे वो। सिर के सारे बाल सफेद हो चुके हैं, शरीर भी काफी कमजोर हो गया है। हमेशा सूट या सफारी में दिखने वाले वे ढीले-ढाले पायजा में और बिना प्रेस के कुरते में थे। पुराना कुछ भी तो नहीं बचा उनमें नाम के सिवाय।

वे ज्यादा दूर नहीं गए थे। समझ में नहीं आ रहा था कि उन्हें कैसे पुकारूँ। हिम्मत जुटाकर आवाज दी।

"दीक्षित साहब!" वे रुके, उन्होंने पीछे मुड़कर देखा और मुझे पहचानने की कोशिश करने लगे। काउंटर पर बैठे व्यक्ति को काउंटर के बाहर पहचानने में वैसे भी दिक्कत होती है।

"मैं जोशी, चिन्मय जोशी। अभी आप बैंक में आए थे। याद आया।"

"हाँ, हाँ नाउ आए रिमेंबर। आई एम सॉरी, आपको रश अवर्स में तकलीफ दी।"

"नहीं-नहीं, सॉरी तो मुझे कहना चाहिए था। मैंने आपसे बहुत ही रफ टोन में बात की। मुझे ऐसे नहीं कहना चाहिए था।"

"नेवर माइंड। मैं जानता हूँ, आप काम के कारण परेशान थे।"

उसके बाद कुछ क्षण खाली हो गए। संवाद कहाँ से और कैसे शुरू करूँ, समझ नहीं आ रहा था। वे भी शायद इस पेसोपश में थे कि क्या मैं सचमुच उनसे अपने रूखे व्यवहार की माफी माँगने आया हूँ।

"जी दरअसल मैंने आपको पहचाना नहीं।" उन्होंने ही शब्दों को जुटाते हुए संवाद पुनः शुरू किया।

"हम पहले नहीं मिले हैं। आई एम न्यू टू दिस प्लेस। आप मुझे नहीं जानते, लेकिन मैं आपको जानता हूँ।" मुझे ऐसा लगा कि जैसे मेरा यह वाक्य सुनने के बाद उनके चेहरे पर उदासी और भय की लकीरें आ गई हों।

"यहाँ भी!" वे बुदबुदाए।

"चाय पिएँगे, समय है न!" मैंने औपचारिकतावश पूछा।

"मैं तो खाली आदमी हूँ। मेरे पास समय ही समय है। आप अपना समय देख लीजिए।" वे बोले।

"नहीं, आपके साथ चाय पीने के लिए तो समय है मेरे पास।" मैंने कहा और हम नुक्कड़ के टपरा टी-स्टाल में बैठ गए थे।

"क्या नाम बताया आपने?" चाय सुड़कते हुए वे बोले।

"जी चिन्मय जोशी। लेकिन आप बिल्कुल परेशान न हों। आप मुझे नहीं जानते।" मैंने उनकी गुत्थी आसान करते हुए कहा, "दरअसल मैंने आपको भोपाल में देखा है। तभी से आप को जानता हूँ, इसलिए जब पासबुक में आपका नाम देखा तो लगा कि आप वही होंगे।"

"हाँ, मुझे लगा कि आप भोपाल वाले ही होंगे।" मेरी बात काटते हुए वे बोले, "वरना यहाँ रायपुर में मुझे जानने वाले तो गिनती के ही हैं।"

"जी हाँ, मैं भोपाल का ही रहने वाला हूँ। यहाँ पिछले साल ही पोस्टिंग हुई है। इसके पहले नागपुर में था। पिछले दस-ग्यारह साल से नौकरी के

सिलसिले में बाहर ही हूँ। भोपाल से संपर्क लगभग टूट सा गया है। आपको देखा तो बहुत सारी यादें ताजा हो गई हैं।''

''उम्मीद है, वे सभी यादें अच्छी ही होंगी।'' उन्होंने कहा और वे उहाका मारकर हँसने लगे। ऐसी खोखली हँसी मैंने इससे पहले कभी नहीं सुनी थी। इतनी खोखली कि सामने वाला भयाक्रांत हो जाए। वे उठकर जाने लगे। मैं उनसे पूछना चाहता था, लेकिन हिम्मत नहीं जुटा पा रहा था। गहरी कशमकश के बाद आखिर हिम्मत जुटाकर मैंने पूछ ही लिया, ''मृदुला···कैसी है? कहाँ है आजकल?''

''आप जानते हैं उसे?''

''जी हाँ···मेरा मतलब है थोड़ा-थोड़ा।'' मेरे लिए इस प्रश्न का उत्तर दे पाना कठिन था। क्योंकि यह प्रश्न तो मेरे लिए भी अनुत्तरणीय था, 'क्या मैं सचमुच जानता था उसे?'

मेरी बात सुनकर वे थोड़ा असहज हो गए। मेरी बात अनसुनी करते हुए वे बोले, ''अब तो मुलाकात हो गई है। कभी घर आइए। गप्पें मारेंगे। मेरा पता आपके रिकॉर्ड में है ही और समय का कोई बंधन नहीं।'' उन्होंने कहा और वे जाने लगे।

मैं उन्हें रोकना चाहता था, पर रोक नहीं पाया। क्या कहता, क्या पूछता। बस उन्हें जाता हुआ देखता रहा।

आगे पूरा दिन बैंक में बड़ी मुश्किल से बीता। इंतजार में कि कब एक बार छुट्टी हो और मैं जाकर विजू से मिलूँ।

बैंक से छूटते ही पत्नी को घर फोन कर दिया कि आने में देरी होगी और सीधे विजू के घर पहुँच गया। विजू यानि विजय, मेरे बचपन का दोस्त। हम प्याला हम निवाला टाईप का। हम लोगों ने साथ-साथ बी.एस-सी. किया। उसके बाद वह मंत्रालय में नौकरी करने लगा और मैंने बैंक ज्वॉइन कर ली। मैं पोस्टिंग के कारण इधर-उधर भटका और विजू राज्य के विभाजन के बाद रायपुर आ गया। बीच के कई साल मेरी उससे कोई मुलाकात नहीं

थी। लेकिन यह किस्मत का खेल था कि पिछले साल मेरा तबादला रायपुर हो गया। अब ज्यादातर शामें साथ ही कटती हैं और कॉलेज के दिनों की पटियेबाजी गतांक से आगे चालू है।

विजू ऑफिस से लौटा ही था। मुझे इस तरह अचानक आया देख उसे आश्चर्य हुआ होगा, लेकिन उसे छिपाते हुए उत्साह से बोला, "आओ चीनू उस्ताद! सही समय पर आए। रेवती गरमागरम पकौड़े बना रही है। मैं सोच ही रहा था, काश चीनू आ जाए और तुम टपक पड़े। शैतान को याद करो और…"

"हाँ, पकौड़े तो खाऊँगा ही, लेकिन चाय पहले पीऊँगा।" मैंने कहा और विजू की प्रतिक्रिया की प्रतीक्षा किए बगैर रेवती को "दो कड़क मीठी चाय फौरन" का ऑर्डर भी दे डाला। रेवती के पास "बना रही हूँ बाबा, सब्र तो करो।" कहने के अलावा और कोई चारा ही नहीं था।

"अच्छा बता, अचानक इस वक्त कैसे आ गया?" विजू ने उत्सुकता से पूछा। मैं भी दिन भर से उसे यह बात बताने के लिए बेताब था। मैंने बिना कॉमा, फुल स्टॉप के सुबह दीक्षितजी के साथ हुई मुलाकात का पूरा घटनाक्रम सुना डाला। मुझे लगा कि विजू खुशी से उछल पड़ेगा और फिर मेरे साथ उनसे अगली मुलाकात की योजना बना डालेगा।

लेकिन ऐसा कुछ नहीं हुआ। उसने बहुत ही रूखे स्वर में कहा, "ले चाय पी, पकौड़े आते ही होंगे।"

"विजू यानी तुझे कुछ भी महसूस नहीं हुआ। यार तू जानता है कि अभी इस वक्त मैं यहाँ पकौड़े खाने नहीं आया हूँ। लेकिन तू तो…"

"देख चीनू, अब हम लोग शादीशुदा हैं, दो-दो बच्चे हैं हमारे। छोड़ उन पुरानी बातों को। वो सबकुछ कॉलेज के जमाने में ठीक था। उस बात को वहीं खत्म कर और बता सीमा के क्या हाल हैं?" विजू ने विषय बदलते हुए कहा। मैं भी अनमना सा उसकी बात का जवाब देता रहा और रेवती के हाथ के बने पकौड़े खाकर चलता बना। मैं इतना ज्यादा अनमना हो गया था कि न मैंने रेवती के पकौड़े की तारीफ की, न हमेशा की तरह उससे कोई शरारत।

निकलते हुए उसने टोका भी, ''चीनू उस्ताद आज फार्म में नहीं हैं। क्या बात है ?'' लेकिन मैंने कुछ नहीं कहा और सीधे घर की राह ली।

ऐसा कैसे हो गया। मैंने मृदुला के बारे में बताया और विजू ने उस पर कोई प्रतिक्रिया नहीं दिखाई। एकदम अकल्पनीय बात थी। कितनी आसानी से कह गया कि छोड़ उन पुरानी बातों को। उन बातों को छोड़ना क्या इतना आसान है।

क्या संबंध था हमारा मृदुला से ? वो हमारी क्या लगती थी ?

मेरी यादों में घुमड़ रहे थे हमारे कॉलेज लाइफ के वे सुनहरे साल, जो मैंने, विजू ने और रेवती ने साथ-साथ बिताए थे। चौबीस घंटों में से कम-से-कम सोलह घंटे तो साथ ही बीतते। तमाम शरारतें, मटरगश्तियाँ साथ किया करते थे। इसी दौरान पहली बार देखा था मृदुला को 'भारत भवन' के अंतरंग सभागार में। पं. हरिप्रसाद चौरसियाजी का कार्यक्रम था। हम लोग मंच की बाईं ओर सबसे आगे की पंक्ति में बैठकर मंत्रमुग्ध होकर उनकी बाँसुरी सुन रहे थे। तभी मेरी नजर मंच के दाहिनी ओर पहली पंक्ति में बैठी लड़की पर पड़ी। उसे शास्त्रीय संगीत के कार्यक्रम में पहली बार देखा था। इन महफिलों में आनेवाले लोग और चेहरे तो जाने-पहचाने रहते ही थे। इसे मैंने पहली बार देखा था और जो एक बार देखा तो देखता ही रह गया। कवियों और लेखकों ने सौंदर्य की जितनी भी और जैसी भी कल्पनाएँ की होंगी, उन्हें पीछे छोड़ने वाला था उसका सौंदर्य। ऐसा लगा मानो श्रेष्ठता के सभी परिमाण ईश्वर ने उसके अंदर उदारता से भर दिए हों। वह भी मंत्रमुग्ध होकर बाँसुरी सुन रही थी और मैं उसके रूप में इतना खो गया कि हरिप्रसादजी की बाँसुरी भी मेरी तंद्रा भंग नहीं कर पाई। एक अच्छी तान पर दाद देते हुए जब विजू मेरी तरफ मुड़ा तब भी मैं सामने बैठी लड़की को ही देख रहा था। विजू ने कुछ क्षण मेरी ओर देखा और कोहनी मारकर पूछा, ''क्या हुआ, कहाँ खो गए ?''

''सामने देख सामने।'' अपना ध्यान उस ओर से हटाए बगैर मैंने कहा। तब विजू की नजर भी उस ओर गई, जहाँ मैं टकटकी लगाए पिछले घंटे भर

से देख रहा था। उसने भी जो उस ओर देखा तो देखता ही रह गया। उस लड़की में इतना खो गया कि रेवती उसके पास बैठी है, इस बात का भी उसे खयाल नहीं रहा।

कार्यक्रम कब खत्म हुआ, पता ही नहीं चला। बाहर आकर भी हम बाँसुरी वादन की कम और उस लड़की की ही ज्यादा चर्चा कर रहे थे।

मामला यहीं थम जाता तो भी ठीक था। लेकिन धुन सवार हुई उस लड़की के बारे में और अधिक जानने की। सहारा रेवती का ही था। उसने भी ढेर सारी गालियाँ देकर, खूब बुरा-भला कहकर हमारी बात मान ली। रेवती का इंटेलिजेंस डिपार्टमेंट तगड़ा था। उसे पूरी जानकारी निकालने में बामुश्किल हफ्ता भर लगा और उससे दोस्ती बनाने में पंद्रह दिन।

रेवती ने बताया कि उसका नाम मृदुला है और वह अपने माता-पिता की इकलौती संतान है। उसके पिता श्री शरद दीक्षित केमिकल इंजीनियर हैं और अभी हाल ही में किसी फैक्टरी के मैनेजर बनकर भोपाल आए हैं। सबसे बड़ी बात कि मृदुला को भी हम लोगों की ही तरह शास्त्रीय संगीत और नाटकों का शौक है।

फिर क्या था, भारत भवन, रवींद्र भवन और ऐसे ही तमाम साहित्यिक सांस्कृतिक आयोजनों में मुलाकात होने लगी। एक-दो बार चाय-कॉफी का भी आदान-प्रदान हुआ, लेकिन बात वहीं तक सीमित रही। मुझमें बात आगे बढ़ाने की हिम्मत नहीं हो रही थी। एक बार तो विजू ने झल्लाकर यहाँ तक कह दिया कि 'अगर तू बात नहीं कर पा रहा है तो मैं बात करूँ उससे।'

'नहीं रहने दे।' घबराकर मैंने उसे रोका था, 'मुझे लगता नहीं, मैं उससे कभी कह पाऊँगा, पर तुम भी कुछ मत कहना उससे। विजू मृदुला हम जैसे साधारण लड़कों के लिए नहीं बनी है। उसके लिए तो भगवान् ने किसी अनोखे राजकुमार की रचना पहले से ही कर डाली होगी और सच कहूँ तो उसकी सुंदरता का तेज सँभालने का सामर्थ्य नहीं है मुझमें।'

'लेकिन फिर इतने दिन उससे जान-पहचान बढ़ाने के लिए मेहनत

क्यों की। बेरोजगारी के दिनों में न जाने कितने पैसे बहा दिए उस पर।' विजू गुस्से में बोला था।

'विजू जीवन में हम बहुत सारी बातें ऐसी करते हैं, जिसके लिए कोई तर्क नहीं दिया जा सकता। हम ऐसा सब अपने दिल से पूछकर कर डालते हैं। दिमाग को उसमें कहीं शामिल नहीं करते। इस बात से तो तुम भी इनकार नहीं कर सकते कि ऐसा करते समय तुम्हारा दिल भी मेरे दिल के साथ था।' और मेरे इस तर्क का विजू के पास कोई उत्तर नहीं था।

हिम्मत जुटाकर इस मामले में अपनी तरफ से मृदुला से कुछ कह पाता, इससे पहले हमारे ऊपर एक वज्रपात हो गया। उस शाम पं. राजन मिश्र-साजन मिश्र का गायन था। मैं और विजू भी अपने अंदाज में एक जैसे कुरते पहनकर भारत भवन में 'अंतरंग' में सबसे आगे की पंक्ति में डटे थे। रेवती अपनी एक-दो सहेलियों के साथ हमसे कुछ दूर बैठी थी। कार्यक्रम की उद्घोषणा हो ही रही थी कि मृदुला ने प्रवेश किया।

''अब जाकर रोशनी हुई है इस हॉल में।'' विजू बुदबुदाया।

''अबे चुप, एनाउंसमेंट सुनने दे।'' मैंने कहा जरूर लेकिन मेरा भी ध्यान उसी ओर लगा था। मृदुला, उसके पिता, उसकी माँ और साथ में था एक और लड़का। उस लड़के को देखकर किसी अनिष्ट की शंका से हमारे दिल पर साँप लोटने लगा। वे लोग जाकर अपनी हमेशा वाली जगह पर स्थानापन्न हो गए। इसी बीच मृदुला की नजर हम पर गई और उसने हमें एक प्यारी सी स्माइल भी दी। लेकिन हम उत्तर में एक खिसियानी हँसी हँसने के अलावा और कुछ नहीं कर सके।

कार्यक्रम शुरू हुआ। मिश्र बंधुओं की गायकी हमारे लिए पागल कर देने वाली होती थी। इनके सीडी, कैसेट्स जहाँ भी जैसे भी मिले, हमने अपनी गहन बेराजगारी के दिनों में भी खरीदे थे। वे पूरिया गा रहे थे, लेकिन एक भी सुर हमारे अंदर नहीं उतर रहा था। हमारा सारा ध्यान मृदुला और उसके साथ आए उस लड़के की ओर था, जिससे मृदुला घुट-घुटकर बातें कर रही थी।

गायन का मध्यांतर कब हुआ, पता ही नहीं चला। बाहर खुली हवा में साँस लेने की गरज से बाहर आए तो वहाँ रेवती हमारा इंतजार कर रही थी।

''वो उसका मंगेतर है। यू.एस. में रहता है, उसका अपना बिजनेस है। पिछले ही हफ्ते सगाई हुई है। दिसंबर में शादी है।'' उसके बाद मृदुला भी चली जाएगी यू.एस.ए.।'' रेवती ने बिना माँगे जानकारी दे दी। हमारे लिए तो मानो वह पूरी महफिल ही उठ गई थी। इतना सबकुछ हो गया और हमें पता ही नहीं चला। सब कुछ कैसे इतनी जल्दी हो जाता है, इसी सोच में डूबे हमने घर की राह ली। हम इतने उखड़ चुके थे कि राजन मिश्र-साजन मिश्र के राग अभोगी के स्वर भी हमें वापस खींचने में नाकामयाब रहे।

''वैसे भी यार वो हमारी कहाँ थी?'' विजू ने दिलासा देते हुए कहा।

''हाँ, कहाँ वो कहाँ हम। उसे तो जाना ही था किसी राजकुमार के पास, जो उसे ले जाकर सोने के सिंहासन पर बैठाए।''

''और हम ठहरे पटिया छाप। अपनी टुटही स्कूटर पर घूमते। न काम का पता न नौकरी का ठिकाना।''

''लेकिन यार, ऐसा हमेशा क्यों होता है? क्यों इन अच्छी सुंदर लड़कियों को शादी की जल्दी पड़ी रहती है। वो क्यों नहीं देख पातीं हम जैसों के सच्चे, निर्मल, निष्पाप प्यार को?''

''ज्यादा इमोशनल होने की जरूरत नहीं।'' विजू ने सदमे से उबरते हुए कहा। ''एक अच्छे सपने की तरह इसे भूल जाओ और आगे बढ़ो।''

''चलो, यह भी ठीक है। वो जहाँ भी रहे, सुखी रहे, यही दुआ करते हैं।'' मैंने कहा और अपनी तरफ से प्रकरण समाप्त कर दिया।

लेकिन प्रकरण इतनी आसानी से कहाँ समाप्त होने वाला था। मुझे यह अहसास नहीं था कि इस प्रकरण में कितने गहरे तक उतर गया था। उस दिन के बाद भी हम संगीत की महफिलों में जाते रहे, नाटक-गोष्ठियों में जाते रहे, लेकिन लगा जैसे इन कार्यक्रमों में कोई रस ही नहीं रह गया है। भारत भवन का वही 'अंतरंग' सभागार, जो कभी हमें मंगलमय उत्सव का स्थान

लगता था, अब श्मशान सा नजर आने लगा था। धीरे-धीरे मेरा वहाँ जाना कम हो गया। विजू और रेवती का प्यार भी अब परवान चढ़ने लगा था और मुझे मेरी नौकरी की चिंता सताने लगी थी।

मृदुला से मिलने की इच्छा थी, पर उसे जप्त कर लिया। मैं नहीं चाहता था कि उसके सामने मेरे मुँह से कुछ वैसा निकल जाए और मेरे इकतरफा प्यार का भाँड़ा फूट जाए। उस निराश मनोदशा में बैंक की क्लर्की किसी जमींदारी से कम नहीं लगी और राजकोट में पहली पोस्टिंग तो और भी सुकून दे गई। 'आउट ऑफ साईट आउट ऑफ माइंड' की कहावत ध्यान में रखकर राजकोट चला गया। पिताजी अगले साल रिटायर हो गए और मेरे ही पास रहने आ गए। भोपाल से जैसे सारा संबंध ही टूट गया। मैंने भी भोपाल से दोबारा रिश्ता जोड़ने की कोशिश नहीं की। दो-चार रिश्तेदार थे, जो इधर-उधर हो गए। दोस्तों में एक विजू ही था, जिससे लगातार संपर्क बना रहा। कभी पत्र के माध्यम से तो कभी फोन से।

मृदुला को मन से निकालने की बहुत कोशिशों के बाद भी जब वह नहीं निकली तो शादी के बाद अपनी पत्नी का नाम सीमा से बदलकर मृदुला रख दिया। लक्ष्मी-पूजा की रस्म के दौरान चावल से भरे थाल पर मैं अंगूठी से 'मृदुला' लिख रहा था तो मेरे पीछे खड़े विजू और रेवती, जिनकी शादी मेरी शादी के कुछ ही महीने पहले हुई थी, के चेहरे के भाव इतने विचित्र थे कि किसी मनोवैज्ञानिक को उनके विश्लेषण पर पूरा शोध करना पड़ जाए। गनीमत यह थी कि उन्होंने अपने भाव और अपनी प्रतिक्रिया अपने आप तक ही सीमित रखीं।

कागजातों में सीमा का नाम बदलकर मृदुला रखने के बावजूद सीमा मेरे लिए सीमा ही बनी रही और वह ठीक भी था। शादी के कुछ सालों बाद एक बार सीमा ने पूछा भी था, "मेरा नाम तुमने बदला क्यों? और बदला तो मृदुला क्यों रखा? अपने नाम से मिलने वाला कोई नाम रखते।" उसके इस प्रश्न का उत्तर मैंने नहीं दिया। अब हमारी शादी को आठ साल हो गए हैं, एक छह साल की बेटी है। जिंदगी ठीक-ठाक ही चल रही है।

इसके बावजूद दीक्षितजी का रायपुर में बैंक में अचानक मिल जाना इतनी खलबली पैदा कर देगा, इसकी कल्पना नहीं थी। उस पर विजू का व्यवहार और भी आश्चर्यजनक था।

घर में घुसते ही सीमा के प्रश्नों की बौछार से सामना हो गया, ''इतनी देर कहाँ हो गई? क्या विजू के यहाँ गए थे? उनके यहाँ सब ठीक तो है? ठीक से बताकर जाते। कितनी चिंता हो जाती है। बाजार भी जाना था, अब कैसे जाएँगे…'' सीमा के प्रश्नों की परवाह किए बगैर मैं सीधे बेडरूम में चला गया और निढाल होकर पलंग पर लेट गया।

उसके बाद कुछ दिन तक मृदुला का खयाल दिमाग से निकालने की कोशिश करता रहा। लेकिन कोशिश नाकामयाब रही। जितना मैं उसके विचारों से दूर जाने की कोशिश करता, उतना ही वे विचार मुझे घेरते जाते। मृदुला के बारे में जानने की उत्कंठा लगातार बढ़ती जा रही थी। आखिर एक दिन जब सब्र का बाँध टूट गया तो मैंने बैंक के रिकॉर्ड से दीक्षितजी का पता ढूँढ़ा और रविवार की सुबह उनके समता कॉलोनी स्थित फ्लैट पर जा धमका। मैं दरवाजे पर खड़ा सोच रहा था कि क्या बात करूँगा, क्या पूछूँगा। मन हुआ कि लौट जाऊँ। फिर हिम्मत जुटाकर घंटी का बटन दबा दिया। पता नहीं घंटी बजी या नहीं, क्योंकि घर की कोई हलचल बाहर सुनाई नहीं दे रही थी। लगभग पंद्रह मिनट बाद दरवाजा खुला। सामने एक प्रौढ़ महिला खड़ी थी। ऐसा लगता था, मानो अकारण ही बुढ़ा गई हों। मैं उन्हें पहचानने की कोशिश करने लगा। मृदुला की माँ ही थीं, लेकिन बहुत बदल गई थीं। भारत भवन की महफिलों में सौंदर्य से दमकती उनकी आभा भी जेहन में थी।

''जी नमस्कार, मैं चिन्मय जोशी हूँ। बैंक में काम करता हूँ। दीक्षित साहब हैं घर पर?'' मैंने अपनी घबराहट छुपाकर यथासंभव संयत दिखते हुए कहा।

''आप बैठिए, वो पूजा करके आते हैं।'' इतना कहकर वे अंदर चली गईं। पूरे घर में अजीब सा सन्नाटा छाया हुआ था। फ्लैट की सजावट भी

विचित्र सी थी। वैसे भी एक घर, जिसमें सिर्फ दो बूढ़े रहते हों और क्या अपेक्षा की जा सकती थी।

लगभग पाँच मिनट बाद ही दीक्षित साहब आ गए। वे पूजा की धोती पहने थे और उनके माथे पर लगा चंदन का टीका एक अलग आभा बिखेर रहा था।

"ओह आप हैं! मेरी पत्नी ने कहा, कोई अनजान आदमी बैंक से आए हैं तो समझ ही नहीं पाया कौन है और क्यों आया है। क्योंकि मेरी इंस्टालमेंट तो समय से जमा हो रही है।"

"जी, मैं इधर से गुजर रहा था तो सोचा आपसे मिलता चलूँ। उस दिन आप बैंक आए, उसके बाद मुलाकात ही नहीं हो पाई।" इसके बाद कुछ क्षण निःशब्द बीते। फिर बात का सिलसिला उन्होंने ही शुरू किया। मेरे परिवार के बारे में जानकारी ली। भोपाल के हालचाल पूछे। बातचीत के चलते मेरा संकोच भी दूर हो गया और मैंने बहुत देर से मन में उछाल मार रहे प्रश्न को दाग ही दिया, "और मृदुला कहाँ है आजकल?' दीक्षितजी के चेहरे पर रहस्यमय मुसकराहट आ गई। "यही जानने आप रविवार की सुबह बहाना ढूँढ़कर आए हैं न?"

"जी नहीं मैं तो···मतलब इसी तरफ···" मैं अचकचा गया। क्या कहूँ, कुछ सूझ नहीं रहा था।

"रिलेक्स मि. जोशी। ऐसा ही है और उसमें आपको परेशान होने की जरूरत नहीं है। और फिर इन दस-ग्यारह सालों में इस सवाल का जवाब मैंने इतनी बार इतने लोगों को दिया है कि अब मुझे कोई संकोच नहीं होता।"

"मैं समझा नहीं। मैं तो यों ही···यानी कैजुअली पूछ रहा था।"

"लेकिन मैं कैजुअली नहीं बता सकता। बहुत सारे लोग जो जानते हैं, वे भी पूछते हैं, कुरेद-कुरेदकर पूछते हैं। लेकिन मुझे उनकी बात का भी बुरा नहीं लगता।"

इसके बाद क्या बोलूँ, सूझ नहीं रहा था। मैं वहाँ से उठ जाना चाहता था, लेकिन दीक्षितजी ने मुझे जबर्दस्ती बैठाया और अपनी बात कहना शुरू

कर दिया, ''हम लोग बहुत खुश थे, मृदुला की सगाई अविनाश से हो गई थी। शादी दिसंबर में थी। लड़का बहुत ही अच्छे घर का था। अमेरिका में इंजीनियर था। वहाँ उसका अपना कारोबार था। घर में सुख-सुविधा के सभी साधन मौजूद थे। हम दोनों सोचा करते थे कि हमारी बेटी राज करेगी।'' वे अपनी ही रौ में बोले चले जा रहे थे। ''लेकिन न जाने किस की नजर लग गई। एक शाम दोनों घूमने निकले। घूमते-घूमते वे लोग जरा दूर निकल गए। अँधेरा भी घिर आया था। एक स्कार्पियो ने आकर टक्कर मार दी। इससे पहले कि अविनाश सँभाल पाता, उसकी कार एक पेड़ से टकराई। उन लोगों ने स्कार्पियो रोकी। अविनाश चोट लगने से बेहोश हो गया था। लेकिन मृदुला होश में थी। उसने मदद के लिए भागना चाहा, लेकिन भाग न पाई। वे पाँच लोग थे। मृदुला बेचारी अकेली बेबस! कर भी क्या सकती थी।''

''फिर?'' मैं मूर्खों की तरह प्रश्न किए जा रहा था।

''फिर क्या होता? एक सुनसान जगह में एक सुंदर लड़की, पाँच लड़के और क्या हो सकता था।''

''क्या?'' मेरे मुँह से घुटी हुई आवाज निकली।

''चौंक क्यों गए? हम लोग किस युग में हैं। इस युग में ऐसी परिस्थिति में गैंगरेप नहीं होगा तो और क्या होगा।'' फिर कुछ क्षण रुककर वे बोले, ''उस घटना से विचलित होकर अविनाश अमेरिका वापस चला गया और उस संबंध का वहीं पटाक्षेप हो गया।''

''और मृदुला। उसका क्या हुआ?''

''और क्या हो सकता था। वह कुछ दिन हमारे साथ रही। उसकी माँ की अवस्था नीम पागलों जैसी हो गई थी। आपने अभी देख ही लिया होगा। मृदुला भी कुछ दिन बावरी सी घूमती रही और एक दिन अपनी बुआ के लड़के के साथ भाग गई।''

''भाग गई?'' मैंने जिज्ञासा से पूछ ही डाला।

''और क्या करती। उससे शादी की इजाजत कौन देता। वह हमारे घराने

का सबसे नकारा लड़का था। सारे व्यसन और अवगुण भरे थे उसमें। मृदुला नियति से अपने ऊपर हुए अन्याय का बदला लेना चाहती थी, इसीलिए ऐसे लड़के के साथ भाग गई। लेकिन नियति को कुछ और ही मंजूर था। उसका पति शराब पीकर उसे रोज मारता-पीटता था और पैसे कमाकर लाने को कहता था। घर में खाने को दाना नहीं था, लेकिन उसके पति की शराब बदस्तूर जारी थी। वह अपनी बुरी लतों के कारण इतना गिर चुका था कि एक दिन अपनी पत्नी से धंधा करवाने की नीयत से ग्राहक ही घर ले आया। अपने पति के अत्याचार और अपनी तंगहाली से हारकर मृदुला जान देने पहुँची तो पुलिस ने पकड़ लिया और लाकर हमारे घर छोड़ दिया।''

मुझे और प्रश्न नहीं पूछने चाहिए थे। यह सब मेरी बरदाश्त के बाहर हो चला था, लेकिन फिर भी पूछ बैठा, ''अब मृदुला कहाँ है, मृदुला?''

''यहीं है, आती ही होगी।''

''जी, मैं अब चलता हूँ।'' मैंने उठते हुए कहा। दीक्षितजी ने मुझे बैठाते हुए कहा, ''इतनी दूर आए हैं, मिलकर तो जाइए मृदुला से। जिसका हाल जानने आए हैं, उससे मिले बगैर जाएँगे तो बुरा नहीं लगेगा उसे।'' व्यंग्यात्मक लहजे में उन्होंने कहा।

''बस कीजिए, दीक्षित साहब प्लीज। बस कीजिए।'' मैंने लगभग चीखते हुए कहा।

''क्यों? मृदुला के बारे में जानने आए हैं न आप। तो इतना सुनने-देखने का साहस तो आपको करना ही चाहिए।'' एक जहरीली हँसी हँसते हुए वे बोले और अपनी बात आगे बढ़ा दी।

''इस सबके बाद भोपाल में रहना हमारे लिए मुश्किल हो गया। सोचा, ऐसी जगह जाएँ, जहाँ हमें कोई जानता-पहचानता न हो। तो हम रायपुर आ गए। किस्मत का खेल देखिए, आप भी तबादले के बाद यहीं आ गए और हमारी मुलाकात हो गई।''

मैं चाहता था कि दीक्षितजी अपनी बात खत्म करें और मैं वहाँ से निकल

भागूँ। मैं मृदुला का सामना नहीं करना चाहता था। लेकिन पैर तो जैसे किसी ने कील से वहीं गाड़ दिए थे। मैं बेवकूफों की तरह प्रश्नवाचक भाव लिये उन्हें देखे जा रहा था।

तभी दरवाजे की घंटी बजी। मेरा दिल जोर से धड़कने लगा। दीक्षितजी दरवाजा खोलने के लिए उठे। मुझे लगा कि यह सबकुछ यहीं थम जाए और यह दरवाजा कभी न खुल पाए। वह द्वार मेरी स्मृतियों का द्वार था, जिसके दूसरी तरफ मेरे मन में सँजोई हुई मृदुला की सुंदर मूरत थी। मैं उसे खंडित होते, भग्न होते, विकृत होते नहीं देखना चाहता था। पर उसे देखना अपरिहार्यता थी।

दीक्षितजी ने दरवाजा खोला। यह क्षण उन सभी क्षणों से ज्यादा भयाक्रांत कर देने वाला था। दीक्षितजी दरवाजा खोलकर पलटे, उनके पीछे मृदुला थी। मुझे लगा कि यह दृश्य देखने के लिए मैं जिंदा क्यों बचा हूँ। एकदम कांतिहीन पथराया चेहरा, निस्तेज आँखें, रूखे बाल। कुछ वर्ष पूर्व की पुरानी मृदुला को पहचाना जा सके, ऐसा कोई भी चिह्न उस आकृति में नहीं बचा था। साड़ियों की दुकान में जैसे पुतले रखे रहते हैं, वैसी ही निस्तेज गुड़िया लग रही थी वह। यत्रवत् वह मेरे सामने आकर बैठ गई। क्या बोलूँ, कुछ सूझ नहीं रहा था। कानों में भयानक कोलाहल समा रहा था। ऐसा लग रहा था मानो मैं गहरे समुंदर में डूबता चला जा रहा हूँ।

"मृदुला, ये जोशीजी हैं। बैंक में काम करते हैं। भोपाल के ही रहने वाले हैं। उस दिन बैंक में जान-पहचान हो गई थी। इसलिए आज मिलने आ गए।" दीक्षितजी ने परिचय कराते हुए कहा। मृदुला ने मेरी ओर देखा और एक रूखी सी हँसी हँसकर नमस्ते कर दी। मैं क्या जवाब देता। उसकी आँखों में चोरी से झाँककर देखने की कोशिश करता रहा कि कहीं उसकी आँखों में पहचान के कोई चिह्न नजर आ जाएँ। पर वे आँखें वैसे ही निस्तेज बनी रहीं। न उनमें परिचय की चमक आई, न अपरिचय के प्रश्न उभरे।

"शी इज नॉट रिमेंबर एनीथिंग। वह सिर्फ वर्तमान में जी रही है।"

दीक्षितजी मेरे कान में फुसफुसाए। फिर जोर से बोले, ''अच्छा लगा मिस्टर जोशी, आप आए और आते रहिए। मदद के लिए शुक्रिया!'' इस वाक्य के बाद उठकर जाने के अलावा और कोई उपाय मेरे पास न था। मैं पीछे मुड़कर देखे बगैर वहाँ से भाग निकला। मैं पसीने से तरबतर था, मेरा गला सूख रहा था और मुश्किल से अपने पैरों पर काबू रख पा रहा था। ऐसी अवस्था में गाड़ी कब विजू के घर की तरफ मुड़ गई, पता नहीं चला।

विजू सामने वाले कमरे में ही बैठा था। मेरी हालत देखकर वह घबरा गया, ''चीनू, क्या हुआ, सब ठीक तो है ?''

''विजू वो···मृदुला···'' मैं उसे बहुत कुछ बताना चाह रहा था, लेकिन भावनाएँ शब्दों का अनुशासन तोड़कर इधर-उधर भाग रही थीं। जब हम बहुत कुछ कहना चाहते हैं, तब बाहर कुछ भी नहीं निकलता। मेरी अवस्था भी वैसी ही हो रही थी।

''चीनू, पहले तू बैठ यहाँ ठीक से।'' विजू ने मुझे सोफे पर बैठाया और पंखा तेज कर दिया। अंदर लगी आग को बाहर से बुझाने का प्रयास था।

''विजू, तू नहीं जानता वो···वो मृदुला···'' मैंने फिर कहना चाहा।

''मैं जानता हूँ। सब कुछ दीक्षित साहब से एक बार मंत्रालय में मेरी मुलाकात हो चुकी है।'' विजू ने कहा और पानी का गिलास मेरे सामने कर दिया।

□

नंगी टहनियों का दर्द

ऑफिस में अपने काम में इतना मशगूल था कि पता ही नहीं चला कि कब कमरे के दरवाजे पर आहट हुई है। घड़ी में चार बज रहे थे। लगा, दोपहर की चाय देने लक्ष्मण आया होगा। फाईलों का अंबार बता रहा था कि आज शाम को देर हो जाएगी। चाय पीने के दौरान थोड़ा सुस्ताने का भी मन था, जिससे आगे का काम और तरोताजा होकर किया जा सके। दो रिसर्च प्रपोजल भी कल तक भेजने थे। उन्हें अंतिम रूप दिया जाना जरूरी था। जाहिर है, अच्छी-खासी दिमागी मशक्कत होनी थी। ऐसा लगा कि जिस चाय की बेसब्री से प्रतीक्षा थी, वह आ गई है। लेकिन कुछ क्षणों बाद भी जब कप-प्लेट टेबल पर नजर नहीं आईं तो आँख उठाकर देखना पड़ा।

''सर मे आय कम इन!'' अधखुले दरवाजे से अपनी गरदन अंदर डालकर उसने पूछा।

''यू मे'' वैसे तो मैं उसे टालना चाहता था, पर चूँकि वह आधी अंदर आ ही चुकी थी, इसलिए उसे अनुमति देना जरूरी हो गया था। मैंने उसे पहचानने की कोशिश की। पर अधखुले दरवाजे से झाँक रही आधी आकृति के आधार पर उसे पहचानना कठिन था।

''तुम इस तरह क्यों खड़ी हो? या तो पूरी अंदर आ जाओ या फिर… '' मैंने अनमने मन से कहा। दरअसल काम इतना पड़ा था कि इस वक्त किसी और विजिटर को झेलना मुमकिन नहीं था। और ऐसे लोग जो बिना अपॉइंटमेंट के अंदर आ जाएँ, उनसे तो खीज ही होती थी। जरूर किसी

कंपनी की रिप्रेजेंटेटिव या एड माँगने वाली संस्था की एक्जीक्यूटिव होगी, यह सोचकर मैं उसे टरकाने ही वाला था कि उसने झट से कमरे के अंदर आकर मेरे पैर छू लिये।

''अरे-अरे! यह क्या कर रही हो? कौन हो तुम?'' मैं अभी भी उसे पहचानने की कोशिश कर रहा था। सच कहूँ तो काम के जंजाल में उसे पूरी तरह देख भी नहीं पाया था।

''सर, मेरे सिर पर हाथ रखकर आशीर्वाद दीजिए। आज से मैंने आपके यहाँ एडमिशन ले लिया है।'' वह बोली और बिना किसी तकल्लुफ के मेरा हाथ उठाकर अपने सिर पर ऐसी आसानी से रख लिया, गोया यह हाथ उसी का हो।

''गॉड ब्लैस यू बेटा'' मैंने कहा और उसे पहचानने की कोशिश में लगा रहा।

''यह आशीर्वाद मत दीजिए। यह तो बड़ा घिसा-पिटा आशीर्वाद है, जो आप सभी को देते हैं। मेरे लिए कुछ स्पेशल बोलिए न सर।''

''अच्छा बोलता हूँ बाबा, पहले तुम्हें अच्छी तरह देख तो लूँ, पहचान तो लूँ। जानूँ तो सही, कौन हैं ये मोहतरमा, जो स्पेशल आशीर्वाद माँग रही हैं।'' मैंने कहा और उसे सामने वाली कुरसी पर बैठने का इशारा किया।

''सर, आप तो मुझे इतनी जल्दी भूल गए। ठीक भी है। रोज सैकड़ों स्टूडेंट्स से मिलते हैं। इधर-उधर भी जाते हैं लेक्चर्स के लिए। मुझे क्यों याद रखेंगे। लेकिन सर, इतना जान लीजिए, मैं तो आपके कहने पर ही आई हूँ इस इंस्टीट्यूट में दाखिला लेने।''

''मेरे कहने पर?'' मैं अचकचा गया। ''मैंने भला कब तुम्हें यहाँ आने का न्योता भेज दिया?''

''सर, याद कीजिए, आप दो साल पहले मेरे कॉलेज में आए थे। तब मैं बी.ए. फाइनल इयर में थी। याद आया सर। सेंट्रल कॉलेज, नवीन नगर।''

''हाँ, याद आया। दो साल पहले गया था वहाँ लेक्चर देने।''

"सर, मैं हेमा हूँ। हेमा नायर। याद आया कुछ ? आपके लेक्चर के बाद मैंने क्वश्चन-ऑन्सर सेशन में मॉस कम्यूनिकेशन कोर्स के लिए दिल्ली जाने के बारे में गाइडेंस चाहा था। और आपने कहा था कि यदि दिल्ली न जा पाओ तो हमारे यहाँ एडमिशन लेना, हमारे यहाँ भी मास्टर्स कोर्स हैं। तो बस मैं आ गई।" उसने सहजता से कहा और खिलखिला पड़ी।

उसकी झरने की सी खिलखिलाहट ने मेरी स्मृतियों को ताजा कर दिया और दो साल पहले की बात याद आ गई। लेकिन इन दो सालों में क्या कर लिया इस लड़की ने अपने आपको। चेहरा एकदम कुम्हला गया था। बदन भी सूख गया था। चेहरे की रौनक ही मानो चली गई थी। और फिर कपड़े तथा हेयर स्टाइल बदलना तो आज की पीढ़ी का घंटों का शगल है। उसके लंबे घुँघराले बालों की जगह छोटे कटे हुए बालों ने ले ली थी और पहरावा भी काफी बदल गया था। उस दिन शहर के सेंट्रल कॉलेज में मेरा एक ओरिएंटेशन लेक्चर था। लेक्चर में दो सौ से ऊपर विद्यार्थी रहे होंगे। कुछ अध्यापक और मीडिया के साथी भी थे। भाषण काफी अच्छा हुआ होगा, क्योंकि विद्यार्थी बीच-बीच में तालियाँ बजाकर अपनी प्रतिक्रिया दे रहे थे। लेक्चर का विषय था, 'जनसंचार के क्षेत्र में भविष्य की संभावनाएँ।' आदत के अनुसार मैंने कोशिश की थी कि विद्यार्थियों को कुछ ऐसी बातें बताई जाएँ, जो उन्होंने पहले सुनी न हों।

जैसा कि अकसर भाषण देते समय होता है, हम श्रोताओं में से कुछ ऐसे चेहरे छाँट लेते हैं, जिन्हें हम मित्र चेहरे कहते हैं। ज्यादातर उन्हीं चेहरों की ओर देखकर हम अपना अधिकांश वक्तव्य देते हैं। ऐसे ही चेहरों की तलाश में मेरी आँखें अचानक इस लड़की पर थम गईं। नजरें हटने का नाम ही नहीं ले रही थीं। आँखें चमकीली और चेहरे पर गजब का आकर्षण था। ऐसे जिसे रूढ़ अर्थों में सुंदर नहीं कहा जा सकता, लेकिन आपको बाँधे रखता हो। कद-काठी से सामान्य होने के बावजूद पूरे व्यक्तित्व में गजब की चुंबकीयता थी। कुछ ऐसा था कि एक बार देखने के बाद बरबस ही नजरें उस पर लौट आती थीं।

वह भाषण सुनने में इतनी तल्लीन थी, मानो एक-एक शब्द पी जाना चाहती हो। वह न दूसरे विद्यार्थियों की तरह तालियाँ बजा रही थी, न मेरे चुटकुलों पर बहुत ज्यादा हँस रही थी। चेहरे पर सौम्य भाव लिये वह मेरे शब्दों के साथ कदाचित् भविष्य के सपने बुनने में लगी थी। न जाने क्यों मुझे एकाएक शिवानी की याद आ गई। मन में आया, शिवानी आज होती तो वह भी शायद इसी उम्र की होती। उसके बाद तो मैं बड़ी मुश्किल से अपनी भावनाओं पर काबू रख पाया। मुझे लगा, उससे ढेर सारी बातें करूँ, उसके बारे में जानूँ, उसके मन की बात को समझूँ। लेकिन सभा का भी एक अनुशासन होता है, इसलिए बड़ी मुश्किल से अपने आप को जप्त कर सका। शायद इसीलिए उसने भाषण के बाद जब दिल्ली जाने के बारे में पूछा तो मैंने उसे पूरे विस्तार से दिल्ली की प्रतिष्ठित मास कम्यूनिकेशन इंस्टीट्यूट्स के बारे में बताया। वहाँ प्रवेश की प्रक्रिया के बारे में विस्तार से जानकारी दी। स्कॉलरशिप, रहने की व्यवस्था आदि की भी जानकारी दे डाली और इतना सबकुछ बता देने के बाद बरबस मुँह से निकल गया, 'अगर दिल्ली नहीं गई तो हमारी इंस्टीट्यूट में आ जाना। हम भी तुम्हें उसी स्तर की पढ़ाई देने की कोशिश करेंगे।'

विद्यार्थियों से चर्चा आगे बढ़ गई और सवाल-जवाब का सिलसिला चलता रहा। स्टॉफ-रूम में चाय पानी के दौरान कुछ लड़के-लड़कियों ने मिलने की इच्छा प्रकट की तो प्राचार्य उन्हें रोक नहीं सके। उसी झुंड में वह फिर आई। सोचा, अब जरूर पूछूँगा उसके बारे में। लेकिन इतने लोगों के बीच सिर्फ उससे ही बात करना संभव न था। वह भी कुछ नहीं बोली, बस चुपचाप बैठी रही। विद्यार्थियों के मन में उत्सुकता का अंबार था। पर वह बड़ी शांति से सब सुन रही थी। जब सब जाने लगे तो उसने चुपचाप अपनी कॉपी निकालकर मेरे सामने कर दी।

"सर बेस्ट विशेज देंगे तो अच्छा लगेगा।"

मैं इसके लिए तैयार न था। "क्या नाम लिखूँ?" मैंने पूछा।

"सर हेमा! हेमा नायर।"

मन में अजीब से भाव उमड़ने लगे। मन के किसी कोने में शिवानी का नाम गूँजने लगा। मन विचलित हो गया।

उसके लिए दो-चार लाईनें जो मन में आईं घसीट दीं, हस्ताक्षर किए और वहाँ से चलता बना। उसने शायद 'थैंक्यू' कहा, जिसे मैंने सुना-अनसुना कर दिया। बाद में काफी दिन तक हेमा का चेहरा मेरी आँखों के सामने घूमता रहा और मैं सोचता रहा ऐसा क्या था उसमें जो इतने दिनों तक उसकी याद मन में बनी रही। मैंने सोचा भी था कि कॉलेज के प्रिंसीपल से बात करके उसके बारे में जानकारी जुटाऊँगा, पर संकोचवश कह न सका। मैं उस कॉलेज में दोबारा जाने के अवसर की प्रतीक्षा करने लगा।

उसके कुछ दिन बाद राजस्थान के दौरे पर सात दिन के लिए जाना पड़ा। चार संस्थाओं के कार्यक्रम थे। एक सेमिनार भी था। बाद में फिर एक कॉन्फ्रेंस के सिलसिले में सिंगापुर जाना पड़ा। जीवन का चक्र तो तेजी से घूमता है। कई सारे काम और कई सारे परिचय, इन सबके बीच हेमा नायर कब विस्मृत हो गई, पता ही नहीं चला।

"सर, याद आया कुछ?" हेमा बोली तो मैं वर्तमान में लौटा।

"हाँ, याद आ गया। लेकिन यह क्या हुलिया बना लिया है तुमने। बीमार-वीमार थी क्या? और अपने चेहरे को क्या कर लिया है, तुम लोगों को अपने आप को कार्टून बनाने में बड़ा मजा आता है न और तुम तो पिछले साल आने वाली थीं। तुम नहीं आई तो मैंने सोचा तुम्हें दिल्ली में एडमिशन मिल गया होगा। पूरा एक साल लगा दिया नवीन नगर कॉलेज से यहाँ तक आने में?" मैंने उसे उलाहना देते हुए कहा।

"सर, नवीन नगर से नहीं। वहाँ तो मैं पढ़ती थी। मैं तो आई हूँ पुरैना की हाऊसिंग बोर्ड कॉलोनी से, जो नवीन नगर से भी दस किलोमीटर आगे है।"

"तुम वहाँ रहती हो? वह तो यहाँ की दूरी करीब बीस किलोमीटर होगी है न।"

"चौबीस किलोमीटर। मैंने नापी है न कई बार। वहीं हमारा मकान है।"

मैं उसके मकान की दूरी का अंदाजा लगाने में खो गया। कितनी दूर से आई है यह लड़की, इसी बात पर मैं अचंभित था। हेमा की आवाज से मेरी तंद्रा टूटी।

''तो सर, मैं जाऊँ। मैं तो बस आपका आशीर्वाद लेने आई थी और यह दिखाने आई थी।'' उसने कहा और अपने कंधे पर लटके थैले से एक डायरी निकाली। हेमा ने डायरी मेरे सामने रखकर पन्ने पलटने शुरू किए। डायरी के पहले पृष्ठ पर दो साल पहले लिखी मेरी चंद लाइनें और मेरे हस्ताक्षर थे। उसके बाद मेरे भाषण में कही गई बहुत सारी बातें और उनसे संबंधित काफी सामग्री संकलित थी।

मुझे तो वह डायरी देखकर बहुत आश्चर्य हुआ। मुझे मालूम है कि ऐसे आयोजनों के बाद कई विद्यार्थी भावावेश में आकर अपनी कॉपी पर या डायरी में संदेश और हस्ताक्षर करने की माँग करते हैं। लेकिन अनुभव यह है कि वह आवेग क्षणिक ही होता है। कुछ समय बाद वह संदेश और हस्ताक्षर दोनों ही कहाँ अंतर्धान हो जाते हैं, यह लेने वाले को भी पता नहीं चलता। मन भावुक हो उठा, इस लड़की ने न सिर्फ उसे सँभालकर रखा था बल्कि उस संदेश को आधार मानकर आगे की सामग्री भी जुटाई थी।

''बड़ी गजब की तैयारी है भाई तुम्हारी। बधाई हो। चाय पियोगी।'' मैंने कहा।

''नो सर, मैं चलूँगा।''

काम के दबाव को देखते हुए मुझे उसे जाने की अनुमति दे देनी थी। लेकिन ऐसा हो न सका। उससे थोड़ी और देर बात करने की पुकार अंतर्मन से उठने लगी।

''सुनो, तुमने बताया नहीं कि तुमने एक साल कहाँ लगा दिया?'' मैंने जोर देकर पूछा, ऐसा लगा जैसे वह यह प्रश्न टाल जाना चाहती है।

''एनिथिंग सीक्रेट? यदि ऐसा कुछ है तो रहने दो।'' मैंने बात समाप्त करने की गरज से कहा।

''नहीं सर, ऐसा कुछ नहीं है। सोच रही थी कि आपको कैसे बताऊँ। आप क्या सोचेंगे और आपसे झूठ बोलने की हिम्मत नहीं हो रही है। इसलिए आपसे तो सच ही कहूँगी। सर, दरअसल मैं जॉब कर रही थी।''

''व्हॉट?'' मैं एकदम चौंक पड़ा। विश्वास करना कठिन था कि महज बीस साल की यह सिलबिल सी लड़की जॉब कर रही है।

''हाँ सर, मैं एक एफ.एम. रेडियो स्टेशन में काम कर रही थी। मेरे फादर की तनख्वाह इतनी नहीं है कि वे तीन बच्चों को कॉलेज की फीस अफोर्ड कर सकें। भैया इंजीनियरिंग के फाइनल ईयर में हैं और दीदी एम.सी.ए. के इंटीग्रेटेड कोर्स में हैं। मेरे पापा कॉलेज में लैब टेक्नीशियन हैं। ममा हाउस वाईफ हैं।''

मैं चकित होकर उसकी बातें सुन रहा था और वह अपनी रौ में बोले जा रही थी।

''पिछले साल मेरा दिल्ली में एडमिशन हो जाता सर। मैंने दोनों इंस्टीट्यूट्स के एंट्रेंस टेस्ट भी क्लियर कर लिए थे। लेकिन जब इंटरव्यू के लिए जाने की नौबत आई तो पापा ने कहा कि वे मेरे दिल्ली में पढ़ने और रहने का खर्च अफोर्ड नहीं कर पाएँगे। एंड सर यू नो, जिन बच्चों के परसेंटेज मुझसे कम थे, उनका भी एडमिशन दिल्ली में हो गया। और मैं नहीं जा पाई।''

वह अपनी बात मुसकराकर, बड़ी सहजता से कह रही थी और मैं उसकी आँखों में पानी की बूँदें तलाशने की कोशिश कर रहा था।

''उस समय तुम मिलती तो हम लोग कुछ रास्ता निकाल सकते थे।'' मैंने उससे कहा।

''मैंने एक बार सोचा था। पापा से भी कहा। पापा बोले, वो इतने बड़े ओहदे पर हैं, भला तुम्हें कैसे याद रखेंगे। इसीलिए आने में संकोच कर गई।''

''ऐसा कैसे सोचा तुमने कि मैं उस समय तुम्हारी कोई मदद नहीं कर पाऊँगा। खैर, दिल्ली नहीं गई तो पिछले ही साल यहाँ एडमिशन लेना था।''

''कैसे आती सर! यहाँ आने के लिए भी तो फीस का इंतजाम करना

ही था। इसलिए मैंने ऐसा जॉब ले लिया, जो कम-से-कम मेरी लाइकिंग का हो।''

''एफ.एम. रेडियो में क्या करती हो तुम?''

''सर, मैं दो प्रोग्राम करती हूँ, मार्निंग और इवनिंग के। दिन में फीचर लिखती हूँ एक अखबार के लिए। इतना हो जाता है कि मैं अपने खर्च निकाल सकूँ और थोड़ा-बहुत पापा को सपोर्ट भी कर सकूँ।''

''बहुत अच्छा है। यह तो बहुत खुशी की बात है कि तुम अभी से अपनी जिम्मेदारी समझ रही हो। भगवान् ने चाहा तो वह तुम्हें यहीं वो सारी बातें जुटा देगा, जिन्हें पाने के लिए तुम दिल्ली जाना चाहती थी।''

''नहीं सर, कोई रिग्रेट नहीं है।'' वह मुसकराते हुए बोली, ''मुझे लगता है कि भगवान् ने कुछ सोचकर ही यहाँ आपके पास भेजा है। मैं तो भगवान् की मरजी को बहुत मानती हूँ। भगवान् को मुझसे कुछ स्पेशल करवाना होगा। नहीं तो भगवान् मुझे क्यों भेजते उस घर में। मेरे बगैर भी पापा की हैप्पी फैमिली थी। पापा, ममा, भैया, दीदी। फिर मैं आ गई अचानक, फैमिली का बैलेंस बिगाड़ने। बचपन में जब दूसरे बच्चों को देखती थी तो बहुत बुरा लगता था। उनके मम्मी पापा उनके लिए कितने उत्साह से चीजें लाते थे, उनकी ख्वाहिशें पूरी करते थे और मुझे तो स्कूल में पेरेंट्स टीचर मीटिंग में कभी भैया को तो कभी दीदी को मनुहार करके ले जाना पड़ता था। एक ही बार मेरा जन्मदिन सेलिब्रेट किया गया था। उसके बाद कभी ये बात तो कभी वो बात। हर बार कोई बहाना बनाकर मेरा जन्मदिन मनाना टाल जाते थे। अपने फ्रेंड्स को घर में बुलाने की इच्छा होती थी, पर मैं कभी अपनी फ्रेंड्स को घर नहीं बुला पाई। इसलिए फिर मैंने भी दूसरों के बर्थडे में जाना छोड़ दिया। कुछ दिन बुरा लगा; फिर आदत पड़ गई। मैंने अपने मन को मना लिया कि मेरी जिंदगी ऐसी ही है। सभी की जिंदगी एक जैसी थोड़े ही होती है और फिर बुरा लगना अपने आप बंद हो गया। लेकिन सर, मुझे मालूम है, इसमें भी कुछ अच्छा ही होगा। तभी तो उस दिन कॉलेज में आप

मिले और देर से ही सही, आज भी आपने मुझे पहचान लिया, मैं इस वक्त आपके सामने खड़ी कितना प्राउड फील कर रही हूँ, बता नहीं सकती।'' हेमा अपनी बातें कहती चली जा रही थी और उसके शब्द मेरे दिमाग में हथौड़े की तरह बजने लगे थे। ऐसे हथौड़े की तरह, जो खोलने की कोशिश कर रहे थे स्मृतियों में दफन कर दिए गए मेरे जीवन के उस प्रसंग को, जिसकी स्मृति मुझे अस्वस्थ कर देती है।

बीस-इक्कीस साल पहले की बात होगी। घर में एक बार फिर तनाव का वातावरण था। सुलभा ने कन्सीव कर लिया था। नकुल के जन्म के बाद ऐसा तीसरी बार हुआ था। जब पहली बार सुलभा ने कन्सीव किया था, तब घर की माली हालत खस्ता ही थी। हम दोनों और हमारे दो बच्चे राहुल, नकुल इन्हीं का खर्च गृहस्थी में बामुश्किल चल पा रहा था। बजट इतना ज्यादा बॉर्डर लाईन पर था कि कोई मेहमान, कोई तीज-त्योहार या कोई शादी या अन्य मांगलिक प्रसंग भी उसे बुरी तरह डाँवाँडोल कर जाते थे। घर को फिर से पटरी पर लाने में महीनों लग जाते थे। उस पर मकान का लोन सताए दे रहा था, जिसकी ब्याज दर सुरसा की तरह मुँह फाड़े किश्तों का निवाला निगल रही थी। लगता था, मरते दम तक कर्जे से मुक्ति न मिलेगी। ऐसी हालत में तब पहली बार सुलभा ने कन्सीव किया था। उसने कहा था, ''दोनों भाइयों के साथ एक बहन होगी तो घर में रौनक आ जाएगी। हमें चांस ले लेना चाहिए। हो सकता है, लड़की ही हो।'' इच्छा मेरी भी थी कि घर में एक लड़की आ जाए। लड़की के आने से घर को ठहराव मिल जाता है और फिर लड़की तो लक्ष्मी होती है। जिन दोस्तों के घर में लड़कियाँ थीं, उनके घर की चहल-पहल देखकर रश्क होता था। उनमें से कुछ थे, जिनके यहाँ लड़कियों की पैदाइश माथे पर सलवटें बढ़ा देती थी। लड़कियों को पालना और उन्हें ब्याहकर विदा करना उनके लिए परेशानी का सबब था। लेकिन अधिकांश दोस्त अपने घर में बेटियों की रौनक से प्रसन्न रहा करते थे। शर्मा तो अकसर कहता था, ''यू मस्ट हैव अ गर्ल चाइल्ड। तभी तो घर, घर लगता

है।'' अपने भी घर में एक बेटी हो, ऐसा कई बार लगता था। सुलभा की दलीलें और मन में पल रही हसरत दोनों का झुकाव उसी ओर था कि एक चांस ले लिया जाए। लेकिन हिम्मत नहीं हुई। यह जाने बगैर कि लड़का है या लड़की, वक्त रहते ही हमने प्रेग्नेंसी टर्मिनेट कराने का निर्णय ले लिया।

दो साल बाद फिर वही किस्सा हुआ। इस बार हम दोनों ही अपनी-अपनी उलझनों में थे। सुलभा को ट्रांसफर के कारण मेडिकल लीव लेकर महीनों घर बैठना पड़ा था और हमारे यहाँ मैनेजमेंट बदल जाने से नौकरी में झंझटें बढ़ गई थीं। लिहाजा दूसरी बार बिना किसी चर्चा के टर्मिनेशन का रास्ता ही अपनाया गया।

लेकिन तीसरी बार सुलभा बिफर गई थी, कहने लगी, ''यह कौन है, जो बार-बार हमारे पास आना चाहता है और हम उसे रोक रहे हैं। तुम बस हाँ कहो। हम हिम्मत करेंगे। सब ठीक हो जाएगा। तुम ही कहते थे न कि घर में एक बेटी होनी चाहिए। भगवान् बार-बार हमें मौका दे रहे हैं। एक बार उस मौके को आजमाकर देख लेते हैं।'' मन में इच्छा तो बहुत थी, पर हिम्मत नहीं थी। बड़ी मुश्किल से घर का बजट थोड़ा कंट्रोल में आया था। राहुल, नकुल की छोटी ही सही, फरमाइशें पूरी करने की स्थिति आ गई थी। घर में दोपहिया वाहन की जगह चार पहिया वाहन लेने की ललक जाग उठी थी। घर का पुराना फर्नीचर निकालकर नया बनवाने के भी मंसूबे मन में उठने लगे थे। ऐसे में एक नई जिम्मेदारी लेकर भविष्य की सारी योजनाओं पर पानी फेरने का साहस नहीं हो पा रहा था।

''एक बार पता तो कर लें कौन है? अगर लड़का होगा तो टर्मिनेट करेंगे और अगर लड़की होगी तो रखेंगे।'' सुलभा ने कहा। दुनिया इसके ठीक उल्टा कर रही थी। लेकिन हमें ऐसा करने की भी हिम्मत नहीं हो रही थी। मैं किसी भी मोह में पड़ना नहीं चाहता था और फिर सुलभा की सेहत भी हमें इस बात के लिए इजाजत नहीं दे रही थी।

''देखो सुलभा, पिछली बार भी डॉक्टर ने तुम्हें कॉशन कर दिया है।

उस पर दो-ढाई महीने तक इंतजार और तनाव झेलना मुझसे बरदाश्त नहीं होगा। और फिर हमारे बच्चे क्या सोचेंगे। उन पर क्या असर पड़ेगा।'' मैंने सुलभा को समझाना चाहा।

''तुम चिंता मत करो। सब ठीक होगा। दोनों बच्चे भी खुश होंगे। उन्हें भी एक बहन मिलेगी। हम उसका नाम शिवानी रखेंगे। तुम्हें शिवानी नाम बहुत पसंद है न। देखना, उसके आते ही हमारी सारी तकलीफें दूर हो जाएँगी। मैं जानती हूँ, तुम बहुत अच्छे पिता हो। तुम सब ठीक से सँभाल लोगे।'' सुलभा ने मुझे मनाने की बहुत कोशिश की। लेकिन एक अतिरिक्त जिम्मेदारी परिवार पर लादने के लिए मेरा मन तैयार ही नहीं हो पा रहा था।

हारकर सुलभा बोली, ''ठीक है, जानती हूँ, जैसा तुम चाहोगे वैसा ही होगा। वैसा ही तो होता आया है इस घर में। लेकिन साफ कहे देती हूँ। ये आखरी बार है। मुझसे ये बार-बार की जिल्लत और तनाव झेला नहीं जाता। अब तो डॉक्टर के यहाँ जाने में भी शर्म आने लगी है।'' खीज में ही सही, सुलभा ने शस्त्र डाल दिए थे। टर्मिनेशन हुआ और बार, बार की जिल्लत से बचने का स्थायी समाधान भी ढूँढ़ लिया गया।

मैं सुलभा के सामने बहुत ज्यादा व्यावहारिक बनकर दलीलें भले ही दे रहा था, लेकिन सच यह था कि भावनात्मक रूप से मैं भी बहुत टूट गया था। बार-बार आने की दस्तक देने वाले उस नन्हे से मेहमान को मिलने के लिए मैं भी उत्सुक था। कई बार अपने सपनों में मैं उस नन्हीं शिवानी से मिल चुका था। उसकी नन्हीं शरारतों से आनंद की हिलोरें ले चुका था। लड़कियों के किसी भी झुंड को देखता तो उसमें शिवानी को खोजने की कोशिश करता। स्कूल जाती लड़कियों के बीच यूनिफॉर्म में छिपी अपनी शिवानी को देखता। उस दिन अचानक बगीचे में टहलते हुए एक छोटे बच्चे को डंडी के सहारे आक के पेड़ की पत्तियों को गिराते देखा तो अंदर तक सिहर उठा। बचपन में मैंने भी यह खेला था कई बार। डंडी से आक की पत्तियाँ गिराकर, टहनियों को नंगा करने में बड़ा मजा आता था। कहते हैं, आक का दूध यदि आँखों

में चला जाए तो रोशनी चली जाती है। इसलिए उन टहनियों को नंगा करते समय खतरे से खेलते हुए आसुरी आनंद मिलता था। टहनियों से पत्ती को अलग करते ही उसमें से दूध रिसने लगता था। लेकिन उस दिन उस बच्चे को ऐसा करते देखा तो विचित्र सी कल्पना से मन भर गया। उन नंगी टहनियों के रिसते दर्द को अपने अंदर महसूस करने लगा। लगा नहीं था कि बचपन का मजेदार खेल उम्र के इस पड़ाव पर इतने विद्रूप तरीके से सामने आएगा। नीचे गिरी हरेक पत्ती में मुझे शिवानी दिखाई देने लगी थी।

कई बार निर्णय दिल से नहीं, दिमाग से ले लिये जाते हैं। पता नहीं लड़का या लड़की पर आने वाले उस नए मेहमान की किलकारी को वहीं दफना दिया गया था।

बाद में दिन ऐसे फिरेंगे, यह कभी नहीं सोचा था। नौकरी में तरक्की हुई। बड़ी जिम्मेदारियाँ मिलीं। सुलभा को भी बहुत अच्छे संस्थान में पोस्टिंग मिल गई। उसी समय पुश्तैनी जायजाद का भी मसला कोर्ट में हल हो गया और उसका कुछ हिस्सा हमें भी मिल गया। लगा कि ईश्वर ने अपने आशीर्वाद का कुछ अंश हम पर भी बरसा दिया है।

घर में सबकुछ था, पर शिवानी नहीं थी। बेटी का आना जैसे हमारे घर में प्रतिबंधित ही हो गया था। उस खाली जगह को भरने के लिए मैं और सुलभा अपने-अपने स्तर पर एक-दूसरे से बिना बाँटे, बिना बताए कोशिशें कर रहे थे। सुलभा ने बच्चों के लिए कई सारी मुँहबोली बहनें इकट्ठा कर ली थी। मैं भी हर साल जीवनदीप ऑर्फनेज की दो बच्चियों की पढ़ाई खर्च किसी को बिना बताए करता था। करने को हम सब कर रहे थे, लेकिन इतना सब कुछ भी शिवानी की रिक्तता को भरने के लिए काफी न था। शिवानी ने न आकर भी हमारे जीवन में एक अजीब सा खालीपन पैदा कर दिया था।

इतने सालों में सिर्फ एक बार, जब राखी पर राहुल-नकुल की कलाई सूनी रह गई थी, तो सुलभा ने सजल नेत्रों से कहा था, ''आज हमारी शिवानी

होती तो···।'' इसके आगे वह कुछ नहीं बोली। शायद मेरी डबडबाई आँखों ने उसे आगे कुछ कहने से रोक दिया था।

''सर मैं चलूँ।'' हेमा की आवाज आई और मेरी विचार-शृंखला टूटी।

''लक्ष्मण भैया मेरे लिए भी चाय ले आए थे। मैंने पी ली। अब मैं चलती हूँ।''

''कैसे जाओगी। समय काफी हो चला है।'' मैंने कहा।

''सर, मेरे पास मेरी स्कूटी है न। जानते हैं, मैंने अपनी कमाई से खरीदी है। जब मैं नाइंथ में थी, तब मेरी क्लास की बहुत सारी लड़कियाँ स्कूटी पर या होंडा पर आती थीं। मेरे लिए तो साइकिल भी अफोर्ड करना मुश्किल था। पापा की पुरानी साइकिल लाने में शर्म आती थी। मैं पूरे पाँच किलोमीटर पैदल चलकर सिटी बस पकड़ती थी और स्कूल पहुँचती थी। कई बार आने-जाने में इतनी थक जाती कि स्कूल में ही नींद आ जाती थी। पर मेरी टीचर्स बहुत अच्छी थीं, प्यार से मुझे थपकी मारकर उठा देती थीं। तब से मन में लगता था, मेरी अपनी स्कूटी होनी चाहिए। लेकिन सर, इतना छोटा सपना पूरा करने में भी पूरे सात साल लग गए।''

''सपने कभी छोटे नहीं होते बेटी।'' मैंने उसे समझाते हुए कहा, ''इतनी मेहनत से कमाए गए पैसों से तुमने खरीदी है वह गाड़ी। उस पर बैठकर तुम्हें जो फीलिंग आती होगी, वह तुम्हारी सब सहेलियों से अलग होगी। यही उस सपने की अहमियत है।''

''हाँ सर!'' उसकी आँखों में चमक आ गई। 'जब मैं इस पर बैठती हूँ न तो आय फील लाईक ए क्वीन। ऐसा लगता है, जैसे मैं अपने शाही हवाई जहाज पर सैर पर जा रही हूँ।''

''हाँ, बेटे! यह सचमुच किसी शाही हवाई जहाज से कम नहीं है, क्योंकि यह तुम्हारे सपने को हकीकत में बदलने का जरिया है। अच्छी नीयत से सपने देखो तो वे हमेशा सच होते हैं। उसमें समय लग सकता है, लेकिन यकीन रखोगी तो वे जरूर पूरे होंगे। कभी अपने को निराश मत समझो। जो

बात तुम्हारी डेस्टिनी में है, नियति में वह तो होकर ही रहेगी। है न।''

''हाँ, सर!''

''तुमने पाऊलो कोहिलो की 'अलकेमिस्ट' पढ़ी है? बहुत प्रसिद्ध किताब है, उसे पढ़ो, उससे तुम्हें एक नई ऊर्जा मिलेगी।''

''पढ़ी है, लेकिन उसके एंड के कुछ पन्ने नहीं पढ़ पाई।''

''कैसी अजीब लड़की है, भाई। आखिर में ही तो सार है पुस्तक का। पूरी क्यों नहीं पढ़ी, क्या अच्छी नहीं लगी वह किताब?'' मैंने आश्चर्य से पूछा।

''नहीं सर! ऐसी बात नहीं है। दरअसल मैंने वह किताब स्टेशन के बुक स्टॉल पर पढ़ी थी, किश्तों में। हम लोग कॉलेज की तरफ से खेलने जाते थे न, तो स्टेशन पर मैं बुक स्टॉल में 'अलकेमिस्ट' पढ़ती थी। ट्रेन आ जाती तो किताब वहीं छोड़कर पेज नंबर याद कर लेती। अगली बार जब फिर कहीं खेलने जाती तो स्टेशन पर पिछली बार जहाँ से किताब छोड़ी थी, उसी पेज से पढ़ने लगती। अभी कॉलेज छूट गया तो खेलने जाना बंद हो गया, इसलिए आखिरी के कुछ पेज रह गए हैं।''

''बड़ा नायाब तरीका निकाला तुमने किताब पढ़ने का। मान गए।''

''किताब खरीदना मेरे लिए पॉसिबल नहीं था न सर। टू नाइनटी की है।'' उसने बड़ी मासूमियत और सहजता से कहा। उसकी सहजता पर मैं अवाक् था। कितनी बड़ी बातें कितनी आसानी से कहे जा रही थी। न चेहरे पर कोई मलाल था, न न्यूनता का भाव या हीनता का बोध था।

मैं सोच रहा था कि किस मिट्टी की बनी है यह लड़की। अपने अभावों को भी आभूषणों की गरिमा देकर अपने शरीर पर सजाए है। पूरे विश्वास के साथ मेरे सामने खड़ी है भविष्य की चुनौतियों का सामना करने। आश्चर्य तो मुझे उस नायर नाम में प्राणी पर भी हो रहा था। कैसे उसने स्वीकार कर लिया ईश्वर प्रदत्त इस सौगात को, जबकि उसका परिवार विपन्नताओं के घनीभूत अंधकार में प्रकाश टटोलने की कोशिश कर रहा था। न सिर्फ सौगात

को स्वीकारा बल्कि साहस और संस्कारों से उसे अलंकृत भी कर दिया। एक तरफ नायर था और दूसरी तरफ मैं। हम दोनों के पास अवसर थे, लेकिन नायर ने हिम्मत दिखाई। और मैं अपनी सुविधा ही देखता रह गया। मन में इच्छा होने के बावजूद मैं ईश्वर द्वारा भेजी उस सौगात को स्वीकार करने का साहस नहीं जुटा पाया। अब जबकि हेमा मेरे सामने खड़ी है, न जाने क्यों मुझे लगने लगा कि मेरी शिवानी ही खड़ी है मेरे सामने। मानो उलाहना देते हुए कह रही है, "तुम मुझे इस धरती पर नहीं लाए तो क्या हुआ, मुझे तो आना ही था। देखो, मैं हेमा बनकर उस नायर के घर चली आई।"

"ओके सर! बाय!" हेमा की आवाज ने फिर विचारों को विराम देने पर मजबूर कर दिया।

"अच्छा, अगली बार आओगी तो मैं तुम्हें 'अलकेमिस्ट' दूँगा।

"नहीं मैं वह किताब तुम्हें गिफ्ट करूँगा, लेकिन एक शर्त पर···"

"शर्त? कैसी शर्त सर?" उसने उत्सुकता से पूछा। मैं उससे बहुत कुछ कहना चाहता था। उसे बताना चाहता था अपनी मजबूरी। उसे समझाना चाहता था, अपने पास बैठाकर प्यार से दुलारना चाहता था। इतने दिनों से मन में दबी भावनाओं का आवेग बाहर आने को था, जिसे मैं बामुश्किल रोक रहा था।

"किताब पढ़कर उस पर मुझे डिस्कस जरूर करना।" मैंने किसी तरह कहा। वैसे भी उसके सामने और कोई शर्त रख पाता, ऐसा अधिकार ही कहाँ था मुझे।

"ओह, श्योर सर! थैंक्स ऐंड बाय।" उसने कहा और वह कमरे से बाहर हो गई। मुझे लगा, दूर कहीं आसमान में शिवानी खड़ी मेरी मजबूरी पर हँस रही है। तेज हवा के झोंकों से जमीन पर बिखरी पत्तियाँ उड़ने लगी हैं। आक की नंगी टहनियों से दूध का रिसाव और तेज हो गया है।

□

पल-पल के सरताज

ट्रेन आउटर पर खड़ी थी। उसने एक बार फिर मोबाइल पर विनय का नंबर लगाया। लंबी घंटी जाने के बाद आखिर विनय ने फोन उठा ही लिया।

''कहाँ था यार! कितनी बार ट्राई किया।'' उसने अधीरता से कहा।

''काम में बिजी था। अभी तेरा मिस्ड कॉल देखा।'' विनय ने बेहद ठंडा जवाब दिया।

''देख ट्रेन आउटर पर खड़ी है, तू पहुँच रहा है न स्टेशन?'

''आ रहा था, पर डैड ने जरूरी काम बता दिया, इसलिए उस तरफ जाना पड़ रहा है। मैं स्टेशन नहीं आ पाऊँगा, सॉरी।'' विनय ने उसी ठंडेपन से कहा।

''अच्छा, गाड़ी तो भेज रहा है न, मैं शंकर को ढूँढ़ लूँगा स्टेशन पर।''

''शंकर छुट्टी पर है। दूसरा कोई ड्राइवर नहीं है मेरे पास। अच्छा, मैं रखता हूँ, डैड बुला रहे हैं।'' विनय ने कहा और फोन काट दिया।

'विनय सचमुच जरूरी काम में व्यस्त होगा, वरना वह ऐसा कभी नहीं करता।' उसने सोचा और उसी क्षण दूसरा खयाल उसके दिमाग में कौंध गया, 'यानी अब स्टेशन से घर साइकिल रिक्शे में जाना होगा।' घर पर उसने किसी को भी अपने आगमन की सूचना नहीं दी थी। पिताजी और माँ खामखा परेशान हो जाते और फिर गुड़िया की बारहवीं की परीक्षाएँ भी सिर पर थीं, इसलिए खामोशी से पहुँचना ही ठीक था।

पर ऐसी खामोशी! यों तो बिलासपुर स्टेशन पर हमेशा की तरह ही

चहल-पहल थी। उसके अपने शहर का अपना शानदार स्टेशन था। आज से पहले सैकड़ों बार आया होगा वह यहाँ ज्यादातर किसी को छोड़ने या लेने। पर न जाने क्यों, उसे आज सब बहुत खामोश लग रहा था। जैसे ही ट्रेन प्लेटफार्म पर दाखिल हुई, चिरपरिचित छत्तीसगढ़ी भाषा की उद्घोषणा से उसका स्वागत हुआ, ''मुंबई से हावड़ा जवैया गाड़ी बांबे हावड़ा मेल प्लेटफार्म नंबर चार मॉ आवत है।' और फिर ढेर सारे शोर में आगे की सारी उद्घोषणाएँ दबी सी मालूम पड़ीं। स्टेशन पर भी अच्छी-खासी चहल-पहल थी। लेकिन यह शोर-शराबा यह चहल-पहल भी उसके अंदर की नीरवता को भंग न कर सकी।

वह खामोशी से प्लेटफार्म पर उतरा और इधर-उधर देखने लगा, इस डर से कि कहीं कोई परिचित न दिख जाए। स्लीपर क्लास के साधारण डिब्बे से उतरने में उसे खुद शर्म महसूस हो रही थी। ट्रेन में कोई गलती से भी उसे पहचान न ले, इसलिए भरी गरमी में वह सारा दिन ऊपर की बर्थ पर ही लेटा रहा। उसे लगा था कि कई सारे लोग ट्रेन में भी उसे पहचान लेंगे, लेकिन ऐसा कुछ नहीं हुआ। हर रात एक सितारा पैदा करने वाली सपनीली दुनिया में वह भी बस एक रात का ही सितारा था, यह बात उसे धीरे-धीरे समझ में आ रही थी।

फिर भी न जाने क्यों, उसे लग रहा था कि कोई तो होगा स्टेशन पर उसे पहचानने वाला। एक--दो परिचित चेहरे दिखे भी, लेकिन सिर्फ मुसकान के आदान-प्रदान तक ही सिमटकर रह गए। किसी स्थानीय चैनल का कोई संवाददाता हाथ में माइक लटकाए तेजी से उसे अपनी ओर आता दिखा। ऊपर से उदासीनता दिखाने के बावजूद मन में खुशी हुई। लेकिन यह संवाददाता और उसका कैमरामैन प्राय: उसे धकेलते हुए आगे ए.सी. कंपार्टमेंट की ओर बढ़ गए। डेढ़ साल पहले का दृश्य न चाहते हुए भी उसकी आँखों के सामने कौंध गया।

बिलासपुर का यही प्लेटफार्म था। चारों तरफ भीड़ जमा थी, हजारों की

भीड़ पत्रकार, टी.वी. संवाददाता, फोटोग्राफर, नाते-रिश्तेदार, न जाने कितने लोग थे। कुछ पहचाने चेहरे थे और ढेर सारे अनजान चेहरे। जैसे ही वह ए.सी. कंपार्टमेंट से बाहर निकला था, डिब्बे के दरवाजे पर हार-माला लिये शहर के मेयर नजर आए थे, साथ में थे पिताजी, माँ, गुड़िया, विनय और पीछे था भारी हुजूम हार लिये, बैनर लिये, झंडे लिये। उन बैनरों में उसका फोटो था, साथ में स्लोगन लिखे थे—'हमारा सरताज राजा बैनर्जी', 'आज का सितारा राजा बैनर्जी'। वह अपने स्वागत से अभिभूत था। उसके कानों में इवेंट एक्जीक्यूटिव प्रिया के शब्द गूँज रहे थे, जो प्रिया ने कंपनी के डायरेक्टर शेखर से कहे थे, 'आय थिंक ट्रेन विल बी बेटर। इसमें ज्यादा मॉस अपील है और फिर बिलासपुर में तो एयरपोर्ट है भी नहीं। एयर से खर्चा भी होगा और हाईप भी क्रिएट नहीं हो पाएगी। मिडिल क्लास टाऊन में ए.सी. से उतरने वाला सितारा ज्यादा हाईप क्रिएट करेगा।' लड़की की बात सही थी। ऐसा लग रहा था मानो सारा शहर उमड़ पड़ा हो उसके स्वागत में। उसने पीछे आ रही प्रिया की ओर देखकर आँखों-आँखों में कहा था, 'यस यू वर राईट, प्रिया मिडिल क्लास टाऊन में ट्रेन से ही हाईप क्रिएट होती है।' जब यह सारा नजारा टेलीकास्ट हो रहा था तो बिलासपुर के बाशिंदे भी अपने शहर का नजारा देखकर चकित थे।

''चलो बाबू, आगे बढ़ा।'' कुली की आवाज ने उसे वर्तमान में ला पटका, जहाँ उसने अपने आपको एक पूरी तरह भरी हुई लगेज ट्राली के सामने पाया, जिसे चार कुली मिलकर बामुश्किल धकेल रहे थे। वह धीरे-धीरे बाहर के दरवाजे की ओर बढ़ने लगा।

बाहर ऑटो रिक्शा और साइकिल रिक्शा वाले मक्खियों की तरह प्रवासियों पर भिनभिना रहे थे। वह चाहता था कि ऑटो में जाए, ताकि जल्दी घर पहुँच जाए और इस यात्रा के दौरान कम-से-कम लोग उसे देख पाएँ। डेढ़ साल पहले इसी स्टेशन से घर तक उसकी शोभायात्रा निकली थी। जगह-जगह उस पर फूल बरसाए गए थे और सारा रास्ता उसके नाम के झंडे, बैनर और

पोस्टरों से अँटा पड़ा था। वह इतना अभिभूत था कि प्रिया के उसके असिस्टेंट को कहे शब्द 'दिस प्लेस सीम्स टू बी वैरी चीप। यह सबकुछ काफी कम में अरेंज हो गया है न' भी उसके आँसुओं का बाँध नहीं रोक सके थे।

'डोंट क्राय लाइक अ स्कूल ब्वॉय। यू आर ए स्टार नाऊ। सो खुश रहो और खुशियाँ बाँटो।' प्रिया ने उसे समझाया था और अपने टॉवेल से उसका मुँह भी पोंछा था।

''कहाँ जाओगे बाबू?'' रिक्शेवाले ने पूछकर तंद्रा भंग की। ''टिकटिकरापारा!'' उसने अनमने से कहा। साइकिल रिक्शे में जाना अपरिहार्य था। रिक्शा तंग गली के अंदर घुसकर सीधे घर तक जा सकता था और फिर इसमें पैसे भी कम लगते। ऑटो से जाता तो पिताजी एक बार तो कह ही देते, ''क्यों पैसा बिगाड़ा टूसीटर में, रिक्शे वाला तो आ जाता है दस रुपया में।'' इतने साल छत्तीसगढ़ में रहने के बाद भी उनका हैवी बंगाली एक्सटेंट नहीं बदला था और नहीं बदली थी ऑटो रिक्शा को टूसीटर कहने की आदत।

सूटकेस रखकर वह रिक्शा में बैठ गया। रिक्शा चलने लगा। उसने मोबाइल निकाला और विनय को फोन लगा दिया। थोड़ी देर घंटी बजने के बाद विनय ने फोन उठाया... ''हाँ, बोल राजा! पहुँच गया?''

''हाँ, यार! रास्ते में हूँ। और सुन, गाड़ी मत भेजना, मैं रिक्शे में बैठ गया हूँ। तू चिंता मत करना। रात को मिलते हैं। बाय।'' उसने कहा और फोन काट दिया।

अपनी इस हरकत पर उसे खुद ही आश्चर्य हो रहा था। किसे दिलासा दे रहा था वो, अपने आपको या फिर रिक्शेवाले पर इंप्रेशन जाहिर कर रहा था। हाँ, शायद ऐसा ही होगा। इन डेढ़ सालों में यही तो सीखा था उसने उस चमकीली दुनिया में। झूठे आश्वासन, झूठे इमोशंस और झूठे इंप्रेशंस। इसी का खेल था उस दुनिया में।

बार-बार जब 'बिलासपुर इज ए स्मॉल टाऊन' के जुमले सुन-सुनकर

थक गया तो एक दिन बिलासपुर की ढेर सारी खूबियाँ गिनवा दीं थी पूरी यूनिट को। एस.ई.सी.एल. साऊथ ईस्टर्न रेलवे, एन.टी.पी.सी., हाईकोर्ट के अलावा ताव-ताव में उसने बिलासपुर में तीन-चार मॉल्स, मल्टीप्लेक्स और कुछ दो पाँच सितारा होटल भी खुलवा डाले थे। जब बिलासपुर में शूट हुआ तो यूनिट वालों को असलियत मालूम हुई। लेकिन, तब तो मामला जम चुका था और यूनिट की भाषा में बिलासपुर अब 'स्मॉल टाऊन के स्थान पर 'मिनी मेट्रो' हो गया था। राजा के लिए टैग लाईन भी बनी थी—''राजा बैनर्जी बिग स्टार ऑफ मिनि मेट्रो।'' बात उतनी गलत भी नहीं थी। बिलासपुर में विभिन्न प्रांतों के अलग-अलग भाषा बोलने वाले इतने सारे लोग थे कि सब मिलकर एक छोटा सा भारत गढ़ डालते थे। खुद उसका परिवार बंगाल से पिछली चार पीढ़ियों से रह रहा था वहाँ। इसीलिए तो वह पूरे बिलासपुर का और बिलासपुर ही क्यों, पूरे छत्तीसगढ़ का दुलारा बन गया था इस सफलता के कारण।

''चौराहे से लूँ या फिर गली से निकालूँ बाबू?'' रिक्शेवाले ने पूछा। ''कहीं से भी निकाल लो, जहाँ से सुविधा हो।'' उसने कहा और अचानक उसे खयाल आया घर का पता पूछे बगैर रिक्शेवाला जानता था कि उसे कहाँ जाना है। इसका मतलब यह कि वह पहचान गया था कि वह कौन है। उसे यह सोचकर दुख हुआ कि रिक्शेवाले ने उसे पहचानकर भी कोई उत्साह नहीं दिखाया।

वह शहर को गौर से देखने लगा। रिक्शे का हुड़ लगा था, इसलिए राह चलते लोग उसे नहीं देख पा रहे थे। देख भी लेते तो क्या था। उसने कोई चोरी-डकैती तो नहीं की थी, न वह कोई सजायाफ्ता मुजरिम था। फिर भी न जाने क्यों, लोगों की आँखों से आँख मिलाने से वह कतरा रहा था।

उसे लगा, शहर में काफी कुछ बदलाव आ गए हैं। कई सारी चीजें नई-नई सी लग रही थीं। वैसे तो डेढ़-दो साल में किसी भी शहर में बहुत कुछ नहीं बदल जाता, खासकर एक छोटे से शहर (अब स्वीकारने में कोई हर्ज नहीं

है) में। लेकिन इन डेढ़ दो सालों में उसे शहर की तरफ ध्यान देने की फुरसत ही कहाँ थी। कई बार आया होगा वह बिलासपुर। लेकिन हर बार अगले शिड्यूल की तैयारी का भूत सवार रहता था। वह आता तो था बिलासपुर, लेकिन पूरे समय वह इसे मुंबई के एक्सटेंशन के रूप में ही इस्तेमाल करता था। उसने एक बार प्रिया से पूछ ही लिया था''' हर बार शिड्यूल के बाद हमें वापस क्यों भेज देती हो, दस दिन बाद फिर लौटना पड़ता है।'

'क्यों मुंबई रास आ गया क्या? या यहाँ कोई भा गई है?' प्रिया ने चुहल करते हुए कहा था और फिर गंभीरता से बताया था, 'दस दिन तक तुम्हें रोकना यानी दस दिन का लॉजिंग-बोर्डिंग और बेकार का बॉदरेशन। इससे अच्छा है कि भैया सेकंड ए.सी. का टिकट लो और अपने घर बढ़ लो। यहाँ रहोगे तो मीडिया की निगाह में रहोगे, कुछ उल्टा-सीधा हो गया तो वह भी हमें भुगतना पड़ेगा और बड़ी (ये रिया का खास विशेषण था, जो वह सारे मेल कांटेस्टन्ट्स के साथ इस्तेमाल करती थी।) तुम अपने गाँव, सॉरी शहर जाओगे तो वहाँ भी तुम्हारे दो-चार प्रोग्राम-शोग्राम होंगे। इससे फैन फॉलोइंग बढ़ेगी, तो हमारे एस.एम.एस. बढ़ जाएँगे।' प्रिया भी पूरी तरह प्रोडक्शन वालों की तरह ही बोल रही थी। वह वैसे भी थारो प्रोफेशनल थी।

पहली-पहली बार उसने प्रिया को देखा था तो उसे प्रिया में गुड़िया की झलक दिखाई दी। उसने जब प्रिया से ऐसा कहा तो उसने साफ झिड़कते हुए कह दिया था कि 'देखो, हम लोग यहाँ काम करने आए हैं, रिश्ते बनाने नहीं। इसलिए काम करो और निकलो यहाँ से।' लेकिन मजे की बात कि इस बात के बाद न तो उसने अपने काम में और न व्यवहार में कभी इस बात का कोई संदर्भ आने दिया।

सड़क से गुजरते-गुजरते एक पोस्टर पर उसकी नजर पड़ी—'छत्तीसगढ़ की आवाज वीरू चंद्राकर 22 अगस्त शाम छह बजे।' और उसके सामने वो सारे पोस्टर्स तैरने लगे, जो डेढ़-दो साल पहले उसके लिए लगा करते थे।' 'राजा बैनर्जी लाइव इन बिलासपुर', 'जादुई आवाज का सितारा राजा बैनर्जी

आपके शहर में' वगैरह-वगैरह। सबकुछ सम्मोहित कर देने वाला था। उसे हैरत होती थी अपने आपको देखकर, अपने शहर को देखकर, अपने प्रदेश को देखकर। यहीं वह पला-बढ़ा था। दुर्गापूजा में या किसी और कल्चरल फंक्शन में शौकिया गाना गाया करता था। लोग कहते थे, हेमंत कुमार और किशोर कुमार की आवाज का कांबिनेशन है वह।

टी.वी. पर रोज नए-नए रियलिटी शोज देखकर उस पर भी जुनून सवार हुआ। दो-चार जगह ऑडिशंस दे दिए। उसे मालूम था, उसका सिलेक्शन होने वाला नहीं है। सबकुछ भूलकर वह फिर से अपनी पढ़ाई में जुटने ही वाला था कि 'भारत का सरताज' शो से बुलावा आ गया। फिर क्या था प्रिलिमिनरी राऊंड, फिर क्वार्टर फाइनल, फिर टॉप टेन, फिर टॉप फाइव। और देखते-ही-देखते टी.वी. की दुनिया ने उसे एक स्टार बना दिया था, एक ऐसा स्टार, जो...

अचानक झटका लगा और वह थोड़ा उछल गया। रिक्शा गली में मुड़ चुका था, अब उसे और सावधान होकर बैठना पड़ेगा, गली का बच्चा-बच्चा उसे जानता-पहचानता है। कहीं किसी ने देख लिया तो पूरी गली में शोर हो जाएगा और उसके आने की खबर उससे पहले घर पहुँच जाएगी।

ऐसा नहीं कि घर पर पहुँचकर होनेवाले स्वागत में उसे कोई संदेह है। वह जानता है कि माँ हमेशा की तरह उसकी ढेर सारी बलाए लेंगी, नजर उतारेंगी। गुड़िया भी दौड़कर उससे लिपटेगी, फिर उसके सूटकेस की खाना-तलाशी लेगी। पिताजी भी एक बार तो देखकर मुसकरा ही देंगे और कहेंगे, "खबर क्यों नहीं कर दी बेटा, स्टेशन आ जाता।" वह जानता है कि पिताजी स्टेशन जरूर आ जाते। इससे पहले जितनी भी बार वह आया है, पिताजी स्टेशन जरूर पहुँचे हैं, कभी विनय के साथ तो कभी अशोक चाचा के साथ उनकी कार में। इस बार न जाने क्यों, खबर देने की इच्छा ही नहीं हुई। उसने विनय को भी साफ-साफ कह दिया था कि किसी को न बताए, न दोस्तों को, न घर में। कोई बहुत बड़ा तीर मारकर तो आया नहीं था वह,

जो उसका स्वागत किया जाता। अब सोच रहा है तो लगता है कि यह भी ठीक हुआ कि विनय भी स्टेशन नहीं पहुँच पाया।

रिक्शा घर के दरवाजे के सामने रुक गया। अब कठिन परीक्षा की वह घड़ी थी, जब उसे आस-पास के लोगों की नजरें बचाकर सीधे घर में घुस जाना था। उसने शर्ट की जेब से बीस रुपए का नोट निकालकर रिक्शेवाले की जेब में रखा और कहा, "बाकी पैसा तुम रख लेना।" फिर सूटकेस उठाकर वह रिक्शे से उतरा और तीर की तरह घर में दाखिल हो गया।

कितना अलग था यह आगमन डेढ़ साल पहले हुए उस आगमन से, जब चारों तरफ ढोल-ताशे बज रहे थे, फूलों की वर्षा हो रही थी, गुलाल उड़ रहा था और वह लोगों की तरफ अभिवादन में हाथ हिलाता घर के दरवाजे पर आकर खड़ा हुआ था। घर में दाखिल होते समय, माँ के आरती उतारने का शॉट लिया जाना था। कैमरा लाईट लगाने में थोड़ा समय लगा और वह पूरा समय उसे हँसते मुसकराते अभिवादन करते गुजारना पड़ा था। इस बीच मैकअप मैन ने आकर कई बार टचअप भी किया था।

उसे अचानक आया देख माँ के मुँह से तो हल्की चीख ही निकल गई। "अमार शोनू!" माँ ने पुकारा। 'शोनू' उसके घर का नाम, जो पिछले कुछ समय से बिछुड़ गया था। आज अचानक आकर उससे लिपट गया तो उसे भी अच्छा लगा। दरअसल 'भारत के सरताज' कार्यक्रम के लिए जब उसका सिलेक्शन हुआ था, तो उसने अपना पूरा नाम राजशेखर बैनर्जी ही लिखवाया था। लेकिन प्रतियोगिता के आयोजकों को लगा कि इस नाम में 'किक' नहीं है, स्टारडम नहीं है, इसलिए उसका नाम छोटा कर राजा बैनर्जी कर दिया गया। माँ, पिता, गुड़िया, नजदीकी दोस्त सभी को ताकीद थी कि वे उसे 'राजा' ही कहें। बेचारे क्या करते, उसके कॅरिअर का सवाल था। सभी राजा ही कहने लगे। तभी से 'राजा' नाम उसके साथ चिपक गया और 'शोनू' बेचारा उसे दूर खड़ा निहारता रहा।

माँ की आवाज सुनकर गुड़िया और पिताजी भी बाहर आ गए। गुड़िया

तो मारे खुशी के उससे लिपटकर रोने ही लगी। पिताजी भी आए और उसके कंधों पर हाथ रखकर मुसकरा दिए।

''बताया क्यों नहीं, हम लोग स्टेशन आ जाते।'' पिताजी ने कहा।

''क्या जरूरत थी बाबा, हर बार क्यों तकलीफ देना आप लोगों को और फिर सामान भी कोई ज्यादा नहीं था।'' उसने स्वर को यथासंभव संयत करते हुए कहा।

''बंबईवाला हो गया है, वैसी ही भाषा बोलने लगा है। तकलीफ क्या होना है इसमें। इसी बहाने ये जरा घर से बाहर तो निकलते।'' माँ ने कहा, गुड़िया ने उसका सूटकेस उठाया और उसके कमरे में रखने जाने लगी।

''जा तू भी आराम कर ले। सफर से थक गया होगा।'' माँ बोली।

''क्या थकना है माँ। भैया आते हैं ठाठ से ए.सी. में बैठकर। हमारी तरह थोड़े ही हैं, जो आर्डिनरी क्लास में धक्के खाये। इसलिए तो देखो, कैसे लग रहे हैं, एकदम तरोताजा।'' गुड़िया ने कहा और ऊपर कमरे में चली गई। माँ भी चौके से निकल गई। एकांत देखकर पिताजी ने बात छेड़ दी, ''लगा नहीं था कि तू आ जाएगा। पहले से पता होता तो…''

''नहीं बाबा, अचानक तय किया। अपने मन को मना पाना कठिन था, पर कोशिश की है मैंने।'' उसने कहा।

''हाँ बेटा, मन को मना पाना तो सचमुच कठिन ही होता है।'' पिताजी बोले और अकारण ही उनकी आँखें नम हो आईं। अपने आँसुओं को रोकते हुए बोले, ''खैर, छोड़ ये सब, रात को बातें करेंगे। अभी तू चाय पी और आराम कर। तेरे दोस्त भी जरा देर में टपक ही पड़ेंगे।''

कैसे बताता वह पिताजी को कि कोई दोस्त नहीं आएगा। उसने किसी को खबर ही नहीं की है। जिस तरह का जीवन जीने का चुनाव अब उसने किया है, उसमें मजमा लगाने की कोई जरूरत नहीं है। लेकिन उसने कुछ नहीं कहा और कमरे की ओर बढ़ गया।

एक अस्त-व्यस्त कमरा उसका इंतजार कर रहा था, जिसे गुड़िया

आनन-फानन ठीक करने में जुटी थी। बिस्तर समेटते हुए बोली, ''जब से तुम गए हो, कोई आता ही नहीं इस कमरे में। माँ पहले इसे खुद साफ करती थीं, पर पिछली बार जब तुम गए तब से माँ भी नहीं आईं ऊपर। मेरे कमरे में भी नहीं आतीं।''

पुराना घर था। दो कमरे और किचन नीचे था और दो कमरे ऊपर। नीचे माँ-पिताजी का कमरा था। बाहर दालान था, वहीं आने-जाने वाले लोग बैठा करते थे। जब पूरी यूनिट के साथ आया था, तब कैसा सजाया गया था यह कमरा और कमरा ही क्यों, प्रोडक्शन वालों ने भी पूरा घर सजा दिया था।

दालान में पड़ा सोफा सेट भी तब नया खरीदा था पिताजी ने। वे नहीं चाहते थे कि कोई उनकी परिस्थिति के कारण उनके बेटे का मजाक बनाए।

पलंग पर बैठा तो सामने टेबल पर रखी बेसिक इलेक्ट्रिकल इंजीनियरिंग की किताब उसको मुँह चिढ़ाती दिखाई दी। पिछली बार यहीं तो फेंक गया था इस किताब को।

डेढ़ साल पहले का वह दृश्य उसे याद आ गया। वह मुंबई जाने के लिए अपना सूटकेस लगा रहा था और पिताजी कमरे में दाखिल हुए थे, ''तुमने अपना इरादा पक्का कर लिया है, शोनू।''

''हाँ और अब इस बारे में मैं कुछ नहीं सुनना चाहता।''

''लेकिन एक बार और सोच ले, बेटा। तेरी इंजीनियरिंग की पढ़ाई अभी अधूरी है। उसे पूरी कर ले, फिर जो चाहे करना।''

''एक बात बताओ बाबा, अगर मैं 'भारत के सरताज' का विनर बन जाता, तब भी आप क्या ऐसा ही कहते ? आप यह सब इसलिए कह रहे हैं कि मैं सेकंड रनर अप रहा। लेकिन बाबा, आय एम अमंग बेस्ट थ्री। तीन चुने हुए लोगों में से एक हूँ मैं। मेरा चमकदार कॅरिअर मुझे वहाँ मुंबई में बुला रहा है और आप मुझे यहाँ बिलासपुर में रोकना चाहते हैं।''

''रोक कौन रहा है बेटा। तेरे दो साल ही बचे हैं, उन्हें पूरा कर ले। तेरे हाथ में एक डिग्री रहेगी।'' पिताजी ने फिर समझाना चाहा था।

''कौन पूछता है ऐसी डिग्री को। और बाबा, दो साल में कंपटीशन कितनी बढ़ जाएगी, यह सोचा है आपने। इसी कंपटीशन से दो और सरताज फील्ड में होंगे। इसके अलावा 'चैम्पस ऑफ द ईयर', 'इंडियन ऑयडल' और न जाने ऐसे कितने शोज हैं। सभी चैम्पियंस हैं। मेरे लिए आगे कितना कठिन हो जाएगा। मुझे मत रोको बाबा। और हाँ एक बात। सही काम मिल जाने दो, मैं आपके मेरी पढ़ाई के लिए लोन के पैसे भी जल्दी चुका दूँगा।''

उसका इतना कहना था कि एक झन्नाटेदार झापड़ पड़ा था उसके गाल पर। पिताजी गुस्से से थरथरा रहे थे, ''तुझे लगता है कि यह सब मैं तुझे अपने लोन की फिक्र के कारण कर रहा हूँ। बाप हूँ तेरा, भला चाहता हूँ, इसलिए इतनी समझाइश दे रहा हूँ। अब जो जी में आए कर। अब मैं कुछ नहीं कहूँगा तुझे और हाँ, लोन की चिंता मत करना। इतनी हिम्मत है मुझमें अभी कि अपनी दम पर उसे भर सकूँ।''

उसने भी हाथ में रखी बेसिक इलेक्ट्रिकल इंजीनियरिंग की किताब वहीं मेज पर फेंककर बड़ी शान से छोड़ा था घर। इस आस में कि मुंबई पलक पाँवड़े बिछाकर इंतजार कर रही है अपने इस सरताज का। उसे कहाँ मालूम था कि मुंबई तो रोज हजारों सरताज बनाती और बिगाड़ती है। शो के दौरान छह महीने जिस सपने की दुनिया में वह रहा था, अब उसमें रहने वाले कोई और थे। उसका सामना हो रहा था जमीनी हकीकत से। अपनी सी.डी., अपना एलबम लिये वह लगातार कई दिनों तक भटका था। दोस्तों के साथ कमरा शेयर किया था, आठ-आठ दोस्तों के साथ। ब्रेड और चाय पीकर दिन गुजारे थे। कभी लगता, काम बन रहा है; कभी लगता, सब कुछ छूटता जा रहा है। घर से भी आखिर कितनी बार पैसे मँगवाता। अपने गुजारे लायक कुछ कमा पाता तो वहीं रह जाता। लेकिन बात जमती दिखाई नहीं दी।

माँ ने कमरे का दरवाजा खोला तो उसकी तंद्रा टूटी। चाय का कप टेबल पर रखकर माँ उसके पास बैठ गई, ''शोनू, सब ठीक तो है। काम का जमा कुछ ?''

"हाँ, ठीक ही है। एक-दो अलबम में गाया है। कुछ कोर्स भी किए हैं। एक-दो शोज भी मिले हैं।" उसने बताना चाहा, पर शब्द न जाने क्यों रुक-रुककर जा रहे थे। उसे भी पता था कि यह सब करने तो नहीं गया था वह।

"फिर अचानक क्यों चला आया बिना बताए?" माँ ने पूछा।

क्या बताता कि क्यों चला आया। पिताजी ने शायद फोन की बात माँ को नहीं बताई थी। हफ्ते भर पहले पिताजी का फोन आया था कि उन्होंने कॉलेज के प्रिंसिपल से और यूनिवर्सिटी में बात की है। ईयर बैक लगेगा, लेकिन वे उसे फिर से कोर्स में दाखिला दे सकते हैं। यदि वह चाहे तो वापस आकर कॉलेज जॉइन कर सकता है। कैसे जाता वह उसी कॉलेज में वापिस एक पराजित योद्धा की तरह, जहाँ उसका स्वागत विजेता की तरह हुआ हो। प्रिंसिपल, डीन, एच.ओ.डी. सभी ने कितनी तारीफ के पुल बाँधे थे उसके सम्मान समारोह में। ऑन कैमरा तो ऐसे-ऐसे शब्दों का इस्तेमाल किया था कि कहने की क्या है। दो दिन तक धूम थी पूरे कॉलेज में। उसके प्रमोशन के लिए टी.वी. के सितारे अमिता और कुणाल भी आए थे, जिन्हें देखकर लड़के-लड़कियाँ बावले हुए जा रहे थे। अब उसी कॉलेज में एक साल पीछे जाकर बैठना कैसे संभव था। उसने पिताजी के उस फोन का कोई उत्तर नहीं दिया था, इस आशा में कि 'कल के कलाकार' म्यूजिक अल्बम में उसे जरूर चांस मिलेगा। दरअसल यही वो आशा की अंतिम किरण थी, जिसके सहारे वह मुंबई में टिका था। इस अलबम में एक कॉण्टेस्ट के सहारे सभी तरह के रियलिटी शोज के चुनिंदा पार्टीसिपेंट्स को चुना जाता था। उन्हें मिलाकर कुछ प्रसिद्ध संगीतकारों के निर्देशन में एक सीरीज बनाई जाती थी 'कल के कलाकार'। उसे पूरा विश्वास था कि इसमें उसे जरूर चांस मिल जाएगा।

दो दिन बाद वह किरण भी धूमिल पड़ गई, क्योंकि वह पहली ट्रायल के सोलह कलाकारों में शुमार नहीं था। उसे दुःख इस बात का भी था कि प्रतिभा की कमी न होने के बावजूद सिर्फ अच्छी पहचान न होने के कारण वह इस शो से चूक गया था। शायद उसका 'स्मॉल टाऊन' बैक ग्राऊंड का

होना भी उसके पक्ष में नहीं गया था। जो भी हो, वह इस रेंक से बाहर हो गया था। उसके आगे एक बड़ा शून्य तैरने लगा था और उसे आभास होने लगा था कि मुंबई का अध्याय अब समाप्ति पर है। उसे पिताजी का फोन संजीवनी जैसा लगा और टिकट कटाकर उसने बिलासपुर की राह पकड़ी थी।

माँ को उसने यह सारा किस्सा बताया तो वह खुशी से चहक उठी।

''यानी अब तू पढ़ेगा फिर से, यहीं रहेगा, हैं न!''

''हाँ माँ, अब मुझे समझ में आ गया है कि पहले मुझे पढ़कर डिग्री हासिल करनी चाहिए। ये सब दूसरी चीजें तो बाद में भी हो सकती हैं। पढ़-लिखकर, नौकरी करके कुछ कमा लूँ, तब हम गुड़िया की शादी धूमधाम से करेंगे, फिर मैं अपने शौक पूरे करूँगा।'' उसने उत्साह में माँ को बताया।

''भगवान् ने सुन ही ली आखिर मेरी। अच्छा, अब तू आराम कर, मैं खाना बनाकर तुझे आवाज देती हूँ।'' माँ ने कहा और चली गई।

माँ के जाते ही झपकी कब लगी, पता ही नहीं चला। नींद टूटी मोबाइल की घंटी बजने से। लगभग नींद में ही उसने फोन उठाया, ''हैलो राजा! मैं ईशान बोल रहा हूँ।''

''हाँ ईशान, बोल।'' ईशान 'भारत के सरताज' में उसका रूम पार्टनर और गर्दिश के दिनों का उसका साथी था। अभी जब मुंबई से निकला तो इतना हताश और अन्यमनस्क था कि उसने ईशान को भी नहीं बताया था कि वह बिलासपुर जा रहा है। ईशान ने मुंबई में काफी मदद की थी उसकी। अभी दो सीरियल मिल गए हैं, उसी में काम कर रहा है, कुल मिलाकर उसका ठीक ही चल रहा था। आया था सिंगर बनने, एक्टिंग की राह पकड़ ली थी।

''कितनी देर से ट्राय कर रहा हूँ। तू है कहाँ?''

''मैं बिलासपुर में हूँ। बोल न क्या हाल है?''

''बिलासपुर में क्या कर रहा है मैन? एक अपॉर्च्यूनिटी है इधर। अल्फा चैनल वाले एक रियलिटी शो कर रहे हैं। वाइल्ड लाइफ सैंक्चुरी में तीन महीने रहना है। पैसा भी अच्छा है। अच्छा खाना, रहना सबकुछ। और कुछ

सेलिब्रिटी होंगे साथ में तो कांटेक्ट भी डैवलप होंगे। तेरे लिए बात की है। रियलिटी वाले दस प्रॉबेबल्स में तेरा नाम डलवा दिया है। कल तक 'हाँ या न' बताना है। फिर ऑडिशंस होंगे।'' ईशान एक साँस में सारी बात बोल गया।

''अरे यार, मुझे सोचने तो दे। लेट मी थिंक।'' उसने सँभलते हुए कहा।

''व्हाट थिंक मैन। इट इज अ गोल्डन अपॉर्च्यूनिटी। मुझे कल जवाब चाहिए।''

''और ऑडिशन कब होगा?''

''पाँच दिन बाद। उसके पहले दो दिन प्रिपरेटरी शेड्यूल है। प्रोड्यूसर अपन से इंप्रेस्ड है, ऑडीशन भी थ्रू हो ही जाएगा।''

''अच्छा, मैं कल सुबह बताता हूँ।'' उसने कहा और फोन काट दिया।

''कल सुबह नौ बजे तैयार हो जाना, प्रिंसिपल साहब के घर चलेंगे उनसे मिलने। मैंने उनसे समय ले लिया है।'' पिताजी ने कमरे में घुसते हुए कहा। वह चौंका और सिर्फ इतना ही कह पाया—''जी!''

''अरे चौंक क्यों रहा है। माँ ने मुझे सब बता दिया है। सच बेटा बहुत खुशी हुई, देर से ही सही, तुझे मेरी बात तो समझ में आ गई।'' पिताजी ने कहा और खुशी से लगभग फुदकते हुए वे लौट गए।

वह किंकर्तव्यविमूढ उन्हें जाता देखता रहा। उसकी समझ में नहीं आ रहा था कि वह क्या निर्णय ले। वह बिलासपुर सुकून की तलाश में आया था, एक दिशा की तलाश में आया था। पर उसे नहीं मालूम था कि यह रात इतनी ज्यादा ऊहापोह वाली होगी। क्या निर्णय ले, उसकी समझ में नहीं आ रहा था।

अगले दिन सुबह प्लेटफार्म पर ट्रेन के इंतजार में खड़ा वह सोच रहा था कि अब तक तो घर में कोहराम मच गया होगा। उसकी खोजबीन शुरू हो गई होगी। हो सकता है, इसी खोजबीन में माँ पिताजी को वह चिट्ठी मिल जाए, जो उसने लिखकर मेज पर रखी, बेसिक इलेक्ट्रिकल इंजीनियरिंग की किताब के नीचे दबाकर रखी है। पर चिट्ठी पढ़ने के बाद भी क्या समझ पाएँगे वो उसके मन की बात। चिट्ठी में तो वह सिर्फ इतना ही लिख पाया था···

''जुगनू सी ही सही, पर मुझमें चमक है, इस अहसास को मैं बरकरार रखना चाहता हूँ। इसलिए मुंबई वापस जा रहा हूँ। थक-हारकर यदि फिर वापस लौटा तो आशा है कि सुबह का भूला समझकर मुझे माफ करेंगे।''

उसकी जेब में रखा मोबाइल बज रहा था। वह जानता था कि फोन पिताजी का होगा। उसने वह फोन वैसे ही बजने दिया, क्योंकि प्लेटफार्म पर मुंबई जाने वाली ट्रेन दाखिल हो रही थी।

□

पप्पा जल्दी आ जाना

"अच्छा बताओ, हमारी पायल कौन सा ड्रेस कब पहनेगी?" पप्पा ने कहा और सामने ड्रेसेज का ढेर लगा दिया। समझ में नहीं आ रहा था कि कैने चुनूँ, कौन सी ड्रेस कब पहनूँ। सारी की सारी ड्रेसेज बहुत ही सुंदर थीं। पप्पा की च्वॉइस वैसे भी बहुत अच्छी है।

"ये सब मेरे लिए हैं?" मैंने असमंजस में पूछा।

"और नहीं तो किसके लिए होगी, बताओ भला। ये भी कोई बात हुई। घर में इतना बड़ा फंक्शन है और हमारी पायल रानी हर प्रोग्राम में एक नया ड्रेस न पहने तो ऐसा हो सकता है भला।" पप्पा ने कहा।

"अच्छा मैं मम्मा..." बात बिल्कुल मेरे मुँह तक आकर रुक गई। कहना तो चाहती थी कि मम्मा से पूछकर बताती हूँ, पर बड़ी मुश्किल से रोक पाई अपने आपको।

"सारी ड्रेसेज बहुत सुंदर हैं, पप्पा। मैं स्वाति से पूछकर तय कर लूँगी।" मैंने जैसे-तैसे कहा। स्वाति मेरी सबसे अच्छी दोस्त है। पूरे स्कूल में हम दोनों की जुगल जोड़ी मशहूर है। स्कूल में पूरे दिन में हम दोनों का साथ एक पल को भी नहीं छूटता। साथ में बैठना, साथ में खाना और ढेर सारी बातें करना। इतनी कि कभी-कभी टीचर की डाँट भी खानी पड़ जाती है। स्कूल से लौटने पर शाम को भी साथ में पार्क में घूमना हमारा रोज का नियम है। पार्क नहीं तो कभी मैं उसके घर या कभी वो मेरे।

"अच्छा बेटा, मैं चलता हूँ। अभी बहुत सारे काम बाकी हैं और सुनो,

भैयू की ड्रेसेज उसके कबर्ड में रखी हैं। उसे तो खेलने से फुरसत नहीं है। स्वाति आएगी तो दोनों मिलकर भैयू के लिए भी ड्रेसेज सिलेक्ट कर लेना।'' पप्पा ने कहा और जिस तेजी से आए थे, उसी तेजी से चले भी गए।

सचमुच आजकल उन पर बहुत ज्यादा काम पड़ रहा था। ऑफिस का तो काम है ही, उस पर ये शादी का काम भी बेचारे अकेले ही कर रहे थे। घर में कोई और है भी नहीं उनका हाथ बँटानेवाला। दादी है, जो बेचारी घर में ही बड़ी मुश्किल से चलना-फिरना कर पाती हैं। फिर भी घर का सारा काम सँभाल रही हैं। सामान रखवाना, गिनवाना, जमाना सब कुछ। पर बाहर के सारे दौड़-धूप के काम तो पप्पा को ही करने पड़ रहे थे। उस पर दादी कह रही थीं कि आज शाम से ही मेहमान आना शुरू हो जाएँगे।

''हाय! क्या सोच रही है?'' स्वाति ने कमरे में दाखिल होते हुए कहा। सचमुच मैं अपने खयालों में इतना खो गई थी कि स्वाति कब कमरे में आकर खड़ी हो गई, पता ही नहीं चला।

''कुछ नहीं यार बस ऐसे ही।''

''पार्क नहीं चलेगी?'' स्वाति ने पूछा।

''नहीं, आज मन नही है। आज घर पर बैठते हैं। तुझे ये ड्रेसेज भी दिखानी हैं।'' मैंने स्वाति को सामने पड़ी ड्रेसेज की थप्पी दिखाते हुए कहा।

''लवली ड्रेसेज। किसके लिए हैं ये सब? कौन लाया?'' स्वाति ने एक के बाद एक सवाल शुरू कर दिए।

''मेरे लिए पप्पा लाए हैं। तुझे सिलेक्ट करके बताना है कि मैं कौन-कौन सी ड्रेस कब पहनूँ।''

''पर ऑकेजन क्या है?'' स्वाति ने फिर सवाल पूछ डाला। अब तो स्वाति को बताना जरूरी ही था। कितने दिनों तक यह बात मैंने स्वाति से छुपाई थी। उससे वैसे मैं कोई भी बात नहीं छुपाती। पर ये बात तो छुपाना जरूरी था। लेकिन डर यह भी था कि कहीं स्वाति को कहीं और से मालूम पड़ गया तो वह मेरे बारे में क्या सोचेगी। कल तो पप्पा स्वाति के घर कार्ड

भी देकर आ गए थे। अब भी उससे न बताती तो आगे काम कैसे चलता!

"परसों हमारे यहाँ शादी है। उसी के लिए पूछ रही हूँ।" मैंने स्वाति को बताकर जैसे छुटकारे की साँस ली।

"शादी··· किसकी शादी पायल, पिंकी दीदी की?"

"पिंकी दीदी! धत् वे तो अभी कॉलेज में पढ़ रही हैं। परसों पप्पा की शादी है] मेरे पप्पा की।" मैंने कहा और मैं स्वाति का चेहरा देखने लगी। उसके गोल-मटोल चेहरे पर बड़े मजेदार एक्सप्रेशन थे। पता नहीं वह खुशी के थे, हँसी के या फिर आश्चर्य के। मुझे मालूम था कि मेरी इस जानकारी से उसे शॉक जरूर लगेगा।

"क्या कह रही है, जरा फिर से बोलना।" स्वाति ने दोबारा पूछकर कन्फर्म करना चाहा।

"मैं वही कह रही हूँ जो तूने सुना। परसों मेरे पप्पा की शादी है। उसी के लिए कपड़े सिलेक्ट करने हैं।"

"और यह बात तू मुझे आज बता रही है, पायल की बच्ची। इतने दिनों बाद।" स्वाति ने गुस्से में कहा। उसका गुस्सा सही था। अपनी सबसे प्यारी सहेली को तो यह बात मुझे काफी पहले बता देनी चाहिए थी।

पर बताती कब, जब मुझे इसकी जानकारी होती तब न। मुझे भी तो अभी एक महीने पहले ही यह सब मालूम पड़ा। जब पप्पा ने अपने कमरे में मुझे और भैयू को बुलाकर समझाया था। पप्पा ने हमें पास बैठाकर कहा था, "बच्चो, देखो मम्मा को यू.एस. गए अब दो साल हो गए हैं। तुम तो जानते ही हो कि मम्मा और मैं अब कानूनी रूप से अलग हो गए हैं।"

"यानि डिवोर्स! है न पप्पा।" भैयू ने अपनी नाक बीच में घुसाते हुए कहा था।

"चुप पागल, ऐसा नहीं कहते।" मैंने उसे डाँटना चाहा, पर पप्पा ने मुझे ही चुप करा दिया।

"हाँ बेटे, डिवोर्स! देखो पायल! अब तुम छोटी नहीं हो। ऐट्थ स्टैंडर्ड

में हो। भैयू भी सिक्थ स्टैंडर्ड में है। यह सब तो तुम लोगों को जान ही लेना चाहिए। तुम लोग यह भी जानते थे कि पिछले चार-पाँच साल से मम्मा और मेरे बीच क्या चल रहा था। मम्मा को अपना कॅरियर बनाना था। यू.एस. जाकर रिसर्च करना था। हम लोग कहीं-न-कहीं उनकी राह में अड़चन थे। इसलिए हमने अलग होने का फैसला ले लिया।'' पप्पा हमें वही कहानी बता रहे थे, जो वे इससे पहले न जाने कितनी बार हमें सुना चुके थे—कभी गुस्से में; कभी प्यार दुलार से तो कभी रोआँसे होकर। पप्पा ने जितनी बार हमें यह कहानी बताई, उतनी ही बार वह मुझे सच्ची और सच्ची लगी। सिर्फ एक बात नहीं पचती थी, और वह यह कि पप्पा बार-बार कहते कि मम्मा बहुत सेल्फ सेंटर्ड हो गई थीं। डिक्शनरी न देखती तो इस शब्द का मतलब भी नहीं जान पाती। लेकिन जब मतलब जाना तो लगा कि मम्मा शायद और आगे जाना चाहती हैं। हम सबकी तरक्की चाहती थीं। लेकिन वे सेल्फ सेंटर्ड नहीं थीं। सेल्फ सेंटर्ड होतीं तो क्या भैयू के टाइफाइड के समय अपनी पढ़ाई छोड़कर रात-रात भर उनके सिरहाने बैठी रहतीं, बर्फ की पट्टियाँ लेकर। सेल्फ सेंटर्ड होतीं तो अपनी इंटरनेशनल कॉन्फ्रेन्स छोड़कर मेरी जॉइंडिस की बीमारी के समय मेरा इलाज करवातीं। मेरी पसंद का खाना बनाने के लिए इंस्टीट्यूट से छुट्टी लेतीं।

हाँ, इतना जरूरी है कि मम्मा यू.एस. जाकर रिसर्च करना चाहती थीं। एक बार उन्हें स्कॉलरशिप मिल गई थी, लेकिन तब भैयू छोटा था, इसलिए जा नहीं पाईं। इस बात का जिक्र वे गुस्सा होतीं तो जरूर किया करतीं। लेकिन जब इथाका की कार्नेल यूनिवर्सिटी की स्कॉलरशिप मिली तो धमाका ही हो गया। मम्मा ने शायद पप्पा से बिना बताए ही अप्लाई कर दिया था। पप्पा ने गुस्से में पूरा घर सिर पर उठा लिया था। दादी भी बहुत नाराज हुई थीं मम्मा पर।

वो छह महीने हमारे घर के बहुत बुरे महीने थे। घर में घुसने में ही डर लगता था। ऐसा लगता था कि मानो किसी लड़ाई के मैदान में आ गए हैं। कौन कहाँ कब कैसे नाराज हो जाए, पता ही नहीं चलता था। सब लोग

अपनी बात मनवाने में लगे थे। तभी पहली बार हमारे घर में डिवोर्स शब्द का आना हुआ और एक बार जो हमारे घर में आया तो फिर उसने जाने का नाम ही नहीं लिया। गई तो बस मम्मा। वो अपनी जिद पर यू.एस. गईं। इन तीन-चार सालों में मैं और भैयू इतना ज्यादा सुन-समझ गए हैं कि ऐसा लगने लगा है कि हम बहुत बड़े हो गए हैं। कोर्ट, वकील ये सारे शब्द हमारे घर की बोलचाल में आम हो गए हैं।

लेकिन पप्पा मम्मा के जाने के दो साल बाद ये सारी बातें क्यों बता रहे थे। कहीं मम्मा के वापस आने की बात तो नहीं है, ऐसा विचार भी मन में आया था। मेरे तो सिर्फ मन में विचार आया था, भैयू ने तो बोल भी दिया, "क्या मम्मा वापस आ रही हैं?"

"नहीं बेटे, मम्मा अब इंडिया वापस नहीं आएगी और अगर आई भी तो इस घर में नहीं आएगी। तुम लोग जब चाहो तब जाकर रह सकते हो उसके पास कुछ दिन।"

"हाँ, वो तो कोर्ट में भी बताया था उस दिन।" मैंने कहा और सोचा कि इस अप्रिय टॉपिक को यहीं खत्म कर दूँ। लेकिन बात तो कुछ और ही थी। जो पप्पा ने बाद में बताई।

"देखो बच्चों! तुम दोनों से एक जरूरी बात शेयर करना चाहता हूँ। मैं और सीमा आंटी शादी करना चाहते हैं।" पप्पा ने असली बात बताई।

"सीमा आंटी यानी वो जिनसे हम मिले थे 'मयूरा' में।" मैंने याद करने की कोशिश की।

"और न्यू ईयर वाले दिन क्लब में भी मिलवाया था उनसे पप्पा ने हमें। है न पप्पा।" भैयू ने क्लब में सीमा आंटी से हुई मुलाकात को भी ताजा कर दिया।

सीमा आंटी पप्पा के दोस्त सक्सेना अंकल की वाइफ थी। सक्सेना अंकल की कुछ साल पहले एक्सीडेंट में डेथ हो गई। यह बात भी पप्पा ने हमें क्लब वाली मुलाबात के बाद बताई थी।

"हम शादी करेंगे, लेकिन तभी, जब तुम दोनों उन्हें एप्रूव कर दोगे।" पप्पा ने कहा और गेंद हमारे पाले में डाल दी।

उसके बाद का पूरा हफ्ता एप्रूवल के नाटक में बीत गया। हम लोग रोज सीमा आंटी के साथ कहीं जाते, उनसे बातें करते। थोड़ा वे अपने बारे में बतातीं, थोड़ा हमारे बारे में जानने की कोशिश करतीं। उन्हें म्यूजिक का शौक था, रेड रोजेज बहुत पसंद थे और कुत्तों से सख्त नफरत थी। मम्मा के बिल्कुल उलट। मम्मा को कुत्ते बहुत पसंद थे, रोजेज की स्मेल से उन्हें एलर्जी थी और म्यूजिक के मामले में पप्पा उन्हें औरंगजेब कहते थे। मम्मा को 'मम्मा' कहलाना पसंद था और उन्होंने ही हमें 'पप्पा' कहना सिखाया था, जबकि पप्पा हमेशा चाहते थे कि हम उन्हें बापू कहें। पर मम्मा को बापू बड़ा डाऊन मार्केट लगता था। लेकिन जब सीमा आंटी ने हमारे सामने फरमाइश रखी कि हम उन्हें 'माँ' कहें तब भैयू तड़ से बोला था, "लेकिन मैं पप्पा को पप्पा ही बोलूँगा।" हम सभी हँस पड़े थे भैयू की इस बात पर और इसी हँसी में सीमा आंटी का एप्रूवल भी हो गया था।

"ये ब्लैक गाऊन तो तुम रात में पहन लेना, जब पार्टी होगी। ये पिंक फ्रॉक दोपहर का कोई फंक्शन होगा तो उसमें पहन लेना। और अगर कोई नाच-गाने का प्रोग्राम हो तो उसमें ये लहँगा-चुन्नी पहन लेना, अच्छी लगेगी।" स्वाति उसे देर से बताए जाने के गुस्से को भूलकर अपने काम में लग गई थी।

"सच में स्वाति, मुझे अभी कुछ भी नहीं मालूम कि कौन सा फंक्शन कब होने वाला है। दादी ने कहा था कि दो दिन धूम रहेगी मेहमानों की। हो सकता है, कल कोई फंक्शन हो और कोई परसों। ताऊजी वगैरह तो आज शाम को ही आ रहे हैं इंदौर से।"

मेरा इतना कहना था कि नीचे से दादी की आवाज आ गई—"पायल! ओ पायल बेटा! नीचे आ जाओ। देखो, कौन आया है। तुम्हारा लाडला गोलू दादा आया है, भाभी के साथ।" दादी की आवाज सुनते ही मैं दौड़कर नीचे

चली आई। पूरा ड्राइंग-रूम मेहमानों से भर गया था। ताऊजी, ताईजी, पिंकी दीदी, भाभी, बुआ सब थे। गोलू दादा बाहर गाड़ियों से सामान उतरवा रहे थे। घर भर चुका था और शादी का माहौल बनने लगा था। जो कमी थी, वो गोलू दादा अपनी धमाचौकड़ी से पूरी कर देने वाले थे।

शादी के दो दिन कैसे बीते, पता ही नहीं चला। शुरू-शुरू में सोचकर भी अटपटा लग रहा था कि मेरे पप्पा की शादी है। लेकिन फिर बाद में आदत सी हो गई। पप्पा की शादी की भी और लोगों की घूरती निगाहों की भी। दादी ने भी हौसला बढ़ाया, ''इसमें लजाने-छिपाने की कोई बात नहीं है। सब फंक्शन में बढ़-चढ़कर हिस्सा लेना।''

रस्में तो सारी होनी ही थीं। सारी रस्में अच्छी तरह से हुईं। फिर रजिस्ट्रार ऑफिस जाकर रजिस्टर में भी दर्ज करवाया गया। ताऊजी, ताईजी, पूरे समय मुझे अपने साथ लिये रहे। ताईजी को तो कभी-कभी इतना प्यार आता था मुझ पर कि उनकी आँखों से आँसू ही टपक पड़ते। उनकी आँखों में आँसुओं का मतलब मेरे लिए एक पहेली ही बना रहा। हाँ, एक बार फेरों के समय जरूर साफ कह दिया था उन्होंने ताऊजी से ''बेटी अपने बाप के फेरे नहीं देखेगी।'' ताऊजी नाराज भी हुए, कहने लगे, ''कविता, तुम डॉक्टर होकर भी कैसी दकियानूसी बातें कर रही हो।'' लेकिन ताईजी अपनी बात पर अड़ी रहीं। न वे खुद गईं और न मुझे जाने दिया। अच्छा ही हुआ, ताईजी के आँचल में दुबककर बैठने का थोड़ा और मौका मिल गया।

दूसरे दिन शाम को एक छोटा सा रिसेप्शन दिया गया आमेर पैलेस होटल में। इसमें परिवार के लोग, रिश्तेदार और कुछ फैमिली फ्रैंड्स थे। कुछ लोग सीमा आंटी···सॉरी माँ ने भी बुलाए थे। होटल में कार्यक्रम निबटाकर हम घर की ओर चलने को हुए। ताऊजी और गोलू दादा सामान, बुके वगैरह गाड़ी में रखने के बाद हमें भी गाड़ी में बैठा रहे थे। हम सभी बैठ गए। पप्पा और माँ को छोड़कर।

''पप्पा नहीं आएँगे हमारे साथ?'' भैयू ने गोलू दादा से पूछा।

''नहीं बेटा, उन्हें जरा काम है। वो बाद में आ जाएँगे। हम घर चलते हैं। हमारा भैयू थक गया है न। हम जाकर आराम करेंगे। गोलू दादा ने कहा और कार स्टार्ट कर दी। भैयू कार के सीडी प्लेयर के साथ छेड़खानी करने में मग्न हो गया। मैंने पीछे मुड़कर देखा। हॉटेल के दरवाजे पर पप्पा और माँ खड़े थे हमें टाटा करते हुए। पहली बार लगा कि मैं पप्पा से दूर जा रही हूँ। पता नहीं क्यों? बचपन का वो गाना याद आ गया जो मम्मा हमें सुलाने के लिए अकसर गुनगुनाती थी—

''सात समुंदर पार के
गुड़ियों के बाजार से
अच्छी सी गुड़िया लाना
गुड़िया चाहे ना लाना
पप्पा जल्दी आ जाना।''

मुझे अपने आप पर हैरत होने लगी। पप्पा तो कहीं भी नहीं गए थे। फिर ये गाना मुझे क्यों याद आ रहा है और उससे ज्यादा हैरत थी कि इस खुशी के मौके पर भी मेरी आँखों में आँसू क्यों आ रहे हैं?

□

फिर एक बार

चाईजी ने दूध की थैलियाँ बगल में दबाकर दरवाजा खोला। दरवाजे में पड़े अखबार को उठाकर वे रसोई में आईं। दूध गैस पर चढ़ाकर अखबार पढ़ने बैठ गईं। घर में अब तक सन्नाटा था। बच्चे तो बच्चे, बहुएँ भी सो रही थीं। बेचारी रात को देर से सोती भी तो हैं। और फिर दिन भर नौकरी में जुती रहती हैं। कमर सीधी करने तक को समय नहीं मिलता। तभी तो सुबह-सुबह दूध लाने का काम चाईजी ने अपने जिम्मे ले लिया था। वैसे भी बुढ़ापे की नींद जल्दी खुल जाती है। इसी बहाने सुबह-सबेरे थोड़ा घूमना भी हो जाता है।

चाईजी अखबार लेकर बैठ गईं। गुरमीत उठेगी, तभी चाय बनेगी। यह काम उसी के जिम्मे है। सबको चाय पिलाना, बच्चों को दूध देना और फिर उन्हें नहला-धुलाकर स्कूल का होमवर्क करवाना। तब तक बड़ीवाली खाना बना लेती है।

उन लोगों के उठने तक चाईजी पूरा अखबार पढ़ डालती हैं। न उन्हें अंतरराष्ट्रीय खबरों से परहेज है, न खेल के पन्ने से। बहुएँ तो इस बात पर कई बार मजाक भी कर बैठती हैं। चाईजी उन्हें कैसे बताएँ कि ये बाहरवाली खबरें तो केवल हिम्मत बटोरने के लिए पढ़ती हैं। उनका असली मकसद तो बीचवाले पेज से होता, जहाँ स्थानीय समाचार छपते हैं। समाचार भी कैसे, बलात्कार, चोरी, डकैती, दुर्घटना, बच्चों का अपहरण, आगजनी, तेजाब फेंकना और भी न जाने क्या-क्या! इन समाचारों को पढ़ने के लिए बड़े साहस

की जरूरत होती है, क्योंकि ये सीधे उन्हें छूते हैं। उनका वश चले तो बच्चों को स्कूल न जाने दें। बहुओं की नौकरी छुड़वा दें।

पर अब तो घर भी सुरक्षित कहाँ है! चाईजी सोचती हैं और सिहर उठती हैं।

बहुएँ अपनी सास की इस आदत से वाकिफ हैं, इसलिए छोटी-मोटी घटनाएँ, जो उन्हें घर के बाहर पता चलती हैं, उन्हें गोल कर जाती हैं—बताती ही नहीं चाईजी को, पर दूसरे ही दिन चाईजी अखबार में सबकुछ पढ़ लेती और पूछतीं, 'सुनो, कल सिटी बस की कहीं टक्कर हो गई?'

'हाँ चाईजी! बसें तो टकराती ही रहती हैं।'

'तूने बताया क्यों नहीं मुझे?'

'इसमें बताने जैसी कोई बात नहीं थी। मामूली सा एक्सीडेंट था।'

'ये मामूली सा एक्सीडेंट था? चार आदमी मरे हैं और पता नहीं, कित्ते अस्पताल में पड़े हैं।'

बड़ी बहू कुछ नहीं बोलती। जानती है कि अब तीन-चार दिन तक उसका स्कूटी चलाना बंद हो जाएगा। फिर किसी दिन खबर आती कि कॉलेज के अहाते में किसी लड़के ने एक लड़की के मुँह पर तेजाब फेंक दिया। बस दो-चार दिन तक छोटी को सी.एल. लेनी पड़ जाती।

बहुएँ चाईजी की पीड़ा, उनकी चिंता को समझती हैं, इसलिए चुपचाप मान लेती हैं।

चाईजी ने अखबार खोला और पहले ही पेज पर वे बड़े-बड़े क्षर उनकी आँखों में चुभ गए—'पुराने शहर में दंगा!' चाईजी को लगा, ये अक्षर नहीं, काले नाग हैं, जो उन्हें डँसने के लिए आए हैं। उनका दम सा घुटने लगा। उन्होंने अखबार को गुड़ी-मुड़ी करके मुट्ठी में भींच लिया। वे अखबार को कूड़ेदान में फेंक देंगी। किसी की नजर नहीं पड़ने देंगी इस पर।

पर इससे क्या हासिल होगा, खबर झूठी तो नहीं हो जाएगी।

'हाय रब्बा, ये दूध तो सारा-का-सारा उफन गया।' गुरमीत धड़धड़ाती रसोई में घुसी, तब जाकर चाईजी की तंद्रा टूटी।

'अरे दूध तो सारा निकल गया, मेरी ऐसे कैसे आँख लग गई!' उन्होंने अपराधी भाव से कहा।

'आप इतने सबेरे से क्यों उठ जाती हैं? आदमी को नींद तो पूरी चाहिए कि नहीं!'

'अरे तो क्या आज पहली बार उठी हूँ! वो तो रात मच्छरों ने ठीक से सोने नहीं दिया न!'

'कैसे सोने देंगे! उनके स्वागत के लिए मसहरी में इतने बड़े-बड़े वेंटीलेटर्स जो बना रक्खे हैं।'

चाईजी ने जवाब नहीं दिया। चुपचाप उठकर आँगन में चली आईं। सूरज काफी ऊपर आ गया था, पर उसका स्वर्णिम प्रकाश उनके मन में उमंग नहीं, दहशत ही पैदा कर रहा था। उनका मन हुआ कि दुपट्टे से सूरज की आँखें ढँक दें, ताकि फिर से रात हो जाए और उनके बच्चे घोंसलों में ही दुबके रहें। इस काली रोशनी में उन्हें बाहर भेजते चाईजी को डर लगता है।

भीतर गुरमीत कुछ गुनगुना रही थी। जब नई-नई ब्याहकर आई थी, तो बड़ा ही प्यारा गाती थी, जब मन होता, चाईजी उसे पास बिठाकर सबद सुनतीं, सुबह-सबेरे गुरमीत की मधुर आवाज से ही उनकी नींद टूटती।

अब यह सब कितना पीछे छूट गया सा लगता है। कुछ साल पहले ऐसी आँधी आई कि सब कुछ उड़ाकर ले गई। गुरमीत के गीत, बड़ी बहू की खनकती हँसी, बच्चों की किलकारियाँ सबकुछ उस आग में स्वाहा हो गया। यह तो चाईजी की हिम्मत थी कि उन्होंने फिर से बिखरे तिनके बटोरे और घर आबाद किया। वे दो पंछी तो हमेशा के लिए उड़ गए थे, पर उनकी बहुएँ तो थीं, बच्चे तो थे। उनके सिर पर तो छत जरूरी थी। चाईजी ही अगर थक-हार बैठ जातीं, तो इनकी हिम्मत कौन बढ़ाता?

'चाईजी, चाय बन गई है। उधर ही ले आऊँ?'

'क्यों चीख रही है! आ तो रही हूँ।' उन्होंने कहा और भारी कदमों से रसोई की ओर चल दीं। उनके स्वर और चेहरे दोनों से साफ झलक रहा था

कि उनका मन ठीक नहीं है। बड़ी ने पूछ ही तो लिया, 'क्या बात है चाईजी, तबीयत कुछ ढीली लग रही है।'

'मच्छरों ने रात भर सोने नहीं दिया।' छोटी ने सूचना दी।

'आप भी तो बस जिद पर आ जाती हैं, तार-तार हो रही है मसहरी, पर आपका मोह नहीं टूटता।'

कैसे टूटेगा मोह! हरपाल की पहली तनख्वाह की निशानी है यह मसहरी! जब से लाहौर छोड़ा, वे जैसे इसके लिए तरस गई थीं, पर कभी सुभीता ही न बना। बड़े ने पता नहीं कैसे, उनके मन को पढ़ लिया था। अब बड़ा नहीं रहा, तो वे उसकी निशानी को ही छाती से लगाए हुए हैं।

'पैरी पेना दादी माँ।' कहता हुआ बच्चों का दल उनके पास आ खड़ा हुआ।

'जीते रहो बेटा, खूब बड्डे हो जाओ।' किसी को चूमकर किसी के सिर पर हाथ फेरकर, किसी को गोद में बिठाकर उन्होंने आशीर्वाद की झड़ी लगा दी। दिन भर में यही एक ऐसा क्षण ऐसा होता है, जब वे बहुत प्रसन्न होती हैं। मन भरकर आशीर्वाद देती हैं, जी भरकर प्यार करती हैं। बाकी सारा दिन तो भागमभाग में बीत जाता है।

पर इस खुशी में भी एक उदासी की झालर होती है। बच्चों का तो ठीक है, पर बहुओं को वे क्या कहकर असीसें! डनकी झोली में जो दुख आन पड़ा है, उसे बाँट लेने के सिवा वे क्या कर सकती हैं! रोज सुबह यह कड़वा सच वे बड़ी दिलेरी के साथ निगल लेती हैं और करें भी तो क्या?

'चाईजी, खाने में क्या बनेगा आज?' बड़ी ने अदब से पूछा, तो वे निहाल हो गईं। बेचारी बड़ी बहू। उसकी दुनिया उलट-पुलट हो गई है, पर उसने अपना बरसों का नियम नहीं छोड़ा। जो भी बनाती, सास से पूछकर ही बनाती।

'कुछ भी बना लो।' उन्होंने अनमने स्वर में कहा, तो बहू समझ गई कि सास का जी आज सचमुच ठीक नहीं है।

बड़ी बहू कुकर चढ़ाकर एक नजर अखबार पर डाल लेती थी। सो रोज की तरह दुपट्टे से हाथ पोंछते हुए पूछा, 'चाईजी, आज का अखबार!'

'अखबार! मैं क्या जानूँ! होगा यहीं कहीं या क्या पता, आज आया ही न हो।'

'नीटे!' बड़ी ने आवाज दी, 'जरा बरामदे में देख तो!अखबार तो नहीं पड़ा!'

'उसे क्यों पुकार रही है?' चाईजी झल्ला पड़ीं, 'पढ़ते-पढ़ते बच्चा कितनी बार उठेगा! अपने आप नहीं देख सकती!'

बड़ी चुपचाप चली गई। चाईजी जानती थीं, अखबार बरामदे में नहीं है। वह तो गुड़ी-मुड़ी हुआ आँगन में गुलाब के थाले के पास पड़ा है। अपनी इस बचकानी हरकत पर, बेवजह गुस्से पर उन्हें तैश भी आया। पर पता नहीं क्यों, उन्हें लगता रहा कि बाहर जो भी हो रहा है, उसकी आँच वे अकेले झेल लेंगी। बच्चों को उसकी हवा नहीं लगनी चाहिए। उनकी शक्ल पर उड़ती हवाइयाँ वे नहीं देख पाएँगी।

'पता नहीं, अखबारवाला आज कहाँ मर गया! सोमवार था, आज जरा राशिफल ही देख लेती।' बड़ी भुनभुना रही थी।

क्या देखेगी राशिफल! देखने को अब बाकी ही क्या है? सब कुछ तो उजड़ गया। चाईजी ने सोचा, ये अखबारवाले क्या भविष्य जानते हैं। बस शब्दों का उलटफेर करते रहते हैं। वही घिसे-पिटे वाक्य—मन प्रसन्न रहेगा, शत्रु परास्त होंगे। सारे काम आसानी से बनेंगे, चिंता दूर होगी, संतान से सुख प्राप्त होगा।

यह कोई नहीं लिखता कि अपने बेगाने हो जाएँगे, घर-द्वार जल जाएँगे, बरसों की दोस्ती भुला दी जाएगी, दफ्तर या स्कूल से लोगों की लाशें लौटेंगी, कोई नहीं लिखता यह सब। लेकिन ऐसी अनहोनी भी कभी-कभी होकर गुजरती है। अभी अखबार देखा है, तो वही सबकुछ याद आ रहा है। बहुएँ देख लें, तो उनके सामने भी अतीत फिर से साकार हो उठेगा।

'चाईजी!' बड़ी ने सास की उदास आकृति को देख कर कहा, 'क्या बात है? क्या सचमुच आपकी तबीयत ठीक नहीं है?'

'हाँ कुड़िए।' उन्हें जैसे कुछ याद आ गया, 'आज तू दफ्तर मत जा। छोटी को भी मना कर दे। मेरा जी कुछ अच्छा नहीं है।'

बड़ी ने फिर एक बार उनके चिंताग्रस्त चेहरे को देखा और कहा, 'जी अच्छा!'

इस तरह बार-बार छुट्टी लेना बड़ा खराब लगता है। पर वे क्या करें! इस हालत में चाईजी को छोड़कर जाने का भी तो दिल नहीं करता। दो-दो जवान बेटों का घाव छाती में छिपाए बैठी हैं वे। पर बहुओं के सामने उफ नहीं करतीं। उनकी ममता के सहारे ही तो दोनों यहाँ टिकी हैं। नहीं तो मैकेवाले तो कितनी बार लिवाने आ चुके हैं। पर अपनी इस माँ को छोड़कर वे कैसे चली जाएँ! किसके भरोसे छोड़ जाएँ!

सच चाईजी की दुनिया अब इन दोनों बहुओं में और उनके बच्चों में सिमटकर रह गई है। सीमा पर केवल घर-द्वार ही नहीं छूटा, नाते-रिश्तेदार भी छूट गए। उनके हाथों से मेहँदी का रंग उतरा भी नहीं था कि बदहवासी में सबकुछ छोड़कर भागना पड़ा था। गनीमत यही थी कि पति साथ में थे, नहीं तो पता नहीं, आज किस अँधेरी गुफा में होतीं। चाईजी सोचती हैं और सिहर उठती हैं। उस वक्त जो देखा और सुना, वह तो आज भी रोंगटे खड़े कर देता है।

अड़तालीस साल पहले इस शहर में आई थीं वे। ऐश्वर्य के शिखर से एकदम विपन्नता की कठोर धरती पर आ गिरी थीं। नई ब्याहता के कोमल सपने वक्त की आँधी में तिनके की तरह उड़ गए थे। वे तो टूट ही जातीं, अगर पति का सशक्त सहारा न होता। वे चट्टान की तरह अडिग थे। बार-बार कहते—'तू फिक्र क्यों करती है राजो! अभी तो मैं जिंदा हूँ। तेरा जो कुछ वहाँ छूट गया है, उससे ड्योढ़ा कमाकर दे दूँगा।'

फिर शुरू हुआ था, घोर मेहनत का अटूट सिलसिला। उखड़े हुए पाँव

धीरे-धीरे जमने लगे। जिंदगी ने एक सुखद करवट ली। घर में एक के बाद एक दोनों बच्चे आए। हरपाल और हरदीप। उन्हें पाकर चाईजी पिछला सबकुछ भूल गईं।

पर कहाँ! ठीक से चैन की साँस भी न ले पाए थे वे लोग और बच्चों के पिता चल बसे। दिन-रात की जी तोड़ मेहनत और तनाव उन्हें खा गया।

एक बार फिर बेसहारा हो गई चाईजी। इस बार सिर पर पति का साया भी नहीं और गोद में दो बच्चे। तब उन्होंने हिम्मत बटोरी। बड़ी लगन और मेहनत से जमाई हुई दुकान गिरवी रख दीं और खुद सिलाई का, स्वेटर बुनने का काम करने लगीं। मन में एक ही लगन थी। बच्चों को लायक बनाना है। बच्चों ने भी माँ को निराश नहीं किया और उनके परिश्रम को व्यर्थ नहीं होने दिया। हरपाल बैंक की परीक्षाएँ पास करता गया और हरदीप इंजीनियर बना।

बच्चों के काम पर लगने भर की देर थी, चाईजी उनके लिए चाँद-सी बहुएँ ले आईं। उनसे अब घर का सूनापन बरदाश्त नहीं होता था। बहुओं के आते ही घर में रौनक हो गई। पोते-पोतियों की किलकारियों से जल्दी घर भर गया।

चाईजी बहुत प्रसन्न थीं। रोज हाथ उठा कर मालिक से दुआ माँगती कि 'इस भरे दरबार से मुझे उठा ले प्रभु, अब और कुछ नहीं चाहिए।' लेकिन पता नहीं क्यों, किस्मत खार खाए बैठी थी। उसने फिर एक बार छल किया चाईजी के साथ। इस बार के तूफान में तो अपने-परायों की पहचान भी खो गई। दिल्ली में एक हादसा हुआ और उस आग ने पूरे देश को अपनी लपेट में ले लिया।

उस दिन केवल हरपाल बैंक गया हुआ था। वह फिर घर लौटा ही नहीं। दो दिन बाद उसकी लाश ही लौटी थी। जो घर पर थे, उन्हें दंगाइयों ने घेर लिया था। रोज के जाने-पहचाने चेहरे एकाएक कैसे खूँखार हो उठे थे! पड़ोस का राकेश पिछवाड़े से सबको अपने घर ले गया। तब दंगाइयों का रोश उस पर भी बरस पड़ा। हरदीप और राकेश दोनों को लोगों ने उनके देखते-देखते मार दिया। एक साथ दो घर उजड़ गए।

दोनों बेटों की तसवीरों पर लगे हार चाईजी को काँटे की तरह चुभते रहते हैं।

'दीदी प्लेटें लगा दूँ। साढ़े नौ बज रहे हैं।' गुरमीत जिठानी से पूछ रही थी।

चाईजी एकदम चौंकी। बच्चे यूनीफॉर्म पहनकर मेज पर आ गए थे। बाहर जानेवाले सब एक साथ ही खा लेते हैं। चाईजी बाद में आराम से खाती हैं। इतनी हड़बड़ी में उनसे खाया नहीं जाता।

'यों तैयार होकर तुम कहाँ जा रहे हो?'

'कहाँ मतलब! स्कूल जा रहे हैं।' नीटू ने कहा।

'नहीं, तुम लोग कहीं नहीं जाओगे। मैंने अभी मना किया था, सुना नहीं!'

'चाईजी, आपने मुझे मना किया था।' बड़ी ने कहना चाहा।

'तो बच्चे तुमसे अलग हैं?'

'चाईजी, बच्चों की परीक्षाएँ सिर पर हैं।'

'हुआ करें। मुझसे कोई बहस नहीं करेगा। कहे देती हूँ, हाँ।'

तभी दरवाजे की घंटी बजी, रिंकू दौड़कर दरवाजा खोलने ही जा रही थी कि चाईजी ने रोक दिया, 'यों एकदम दरवाजे पर झपटा मत कर। पहले देख लिया करते हैं कि कौन है? हजार बार कहा होगा, मगर कोई सुनता है यहाँ?'

घंटी दोबारा बजी। इस बार जरा तेज थी। चाईजी ने धड़कते दिल से दरवाजा खोला। आशा थी—राकेश की बहू।

'माफ कीजिए चाईजी! देर हो रही थी न, इसलिए दोबारा घंटी बजानी पड़ी।' उसने चाबी घुमाते हुए कहा।

'तू कहाँ जा रही है?'

'स्कूल जा रही हूँ।'

'और बच्चे?'

'वे तो सुबह ही निकल जाते हैं।' चाईजी भी कैसे पागलों के-से प्रश्न

पूछ रही हैं! आशा रोज ही तो चाबी देकर जाती है। आज उनका दिमाग सचमुच उलट-पुलट हो गया है।

'बच्चों को स्कूल क्यों भेज दिया? जानती नहीं, शहर में दंगा हो गया है।'

दोनों बहुओं ने एक-दूसरे की ओर देखा। तभी चाईजी सुबह से अनमनी हैं।

'लेकिन चाईजी, दंगा तो पुराने शहर में हो रहा है। हमारे एरिया में कोई खतरा नहीं है।'

'चल रहने दे। ये दंगाई क्या नए-पुराने में भेद करते हैं! अपना-पराया तो ये जानते नहीं, फिर जान-बूझकर आग में हाथ डालने की क्या तुक है। चारों ओर बारूद बिछी है। कब, कहाँ चिनगारी पड़ जाए, कोई भरोसा नहीं है। मीते, जरा मेरी चुन्नी तो देना।'

'कहाँ जा रही हैं, चाईजी?'

'पप्पू के स्कूल जा रही हूँ।'

'मैं चली जाऊँगी चाईजी। मुझे उसी तरफ जाना होता है।'

'तू किसी तरफ नहीं जाएगी। चुप करके घर में बैठ।'

'ऐसी कुछ बात होगी तो स्कूलवाले खुद इंतजाम करेंगे। चाईजी, आखिर दूसरे बच्चे भी तो हैं।'

'अरे वाह! स्कूलवालों के भरोसे बैठे रहें! कैसी माँ है तू?'

'सच कहूँ चाईजी, मैं तो रोज-रोज के इस तनाव से तंग आ गई हूँ। लगता है, जो कुछ होना है, एक बार में ही क्यों नहीं हो जाता।'

स्तब्ध होकर उसे देखती रह गई चाईजी। वक्त ने इस जरा सी लड़की को कितनी जल्दी बुजुर्ग बना दिया था। कितनी बड़ी बात कह गई थी वह। सच तो है, वातावरण में कितनी अनिश्चितता भर गई है! आखिर कोई अपने को कहाँ तक बचाए! कैसे बचाए! कहाँ छुपाए अपने बच्चों को, अगले किसी दिन मरने के लिए!

आशा सामने होती है, तो चाईजी का मन अपराध-बोध से भर जाता है। आशा का घर उजड़ा है तो उनकी खातिर। दोस्त ने दोस्ती की कीमत

अदा की, पर कितना महँगा था यह सौदा और कितना निर्मम भी! खून से सनी दोनों दोस्तों की लाशें पास-पास ही गिरी थीं। किसी मनचले ने पेट्रोल छिड़ककर उसकी दाहक्रिया भी आनन-फानन कर दी थी। चाईजी बेटे का मुँह भी नहीं देख पाई थीं।

विद्वेष की वह आँधी कुछ दिन बाद थम गई थी। पर सबकुछ उजाड़कर। जीवन के लिए नए सिरे से संघर्ष शुरू करना पड़ा था। अखबारों में नाम आ गया था। सरकार ने मुआवजे की रकम बाँटी थी, पर वह कितनी सी थी।

इस बीच बड़ी ने अखबार उठा लिया था और वह पढ़ रही थी—'हिंदू मुसलमानों के बीच तनाव बढ़ने से शहर में दंगे की प्रबल आशंका है। पुराने शहर में प्रतिबंधात्मक धारा एक सौ चवालीस लगा दी गई है। प्रशासन के एक प्रवक्ता ने बताया कि पुलिस की पर्याप्त व्यवस्था है।'

'तब तो डरने की कोई बात नहीं है।' गुरमीत बोली, 'वैसे भी दंगा पुराने शहर में हो रहा है और हिंदू-मुसलमानों के बीच हो रहा है। हमें कोई फर्क नहीं पड़ता।'

'चुप कर!' चाईजी झल्लाईं, 'दंगाइयों का कोई मजहब, कोई ईमान होता है क्या! वे तो एक ही धरम जानते हैं—बदला, बरबादी, लूट और कत्ल! हमने कब किसी का क्या बिगाड़ा था! फिर हर बार मेरा ही घर क्यों उजड़ता है? मेरी ही बहुएँ क्यों बेवा होती हैं? ये किस मजहब में लिखा है कि बेगुनाहों को मारो। उनके घर जला दो। माँओं से बेटे और बच्चों से बाप छीन लो! फिर मजहब का नाम लेकर हर बार यह खून-खराबा क्यों होता है?'

बोलते-बोलते चाईजी का मुँह लाल हो आया। उनकी हिचकी बँध गई। बड़ी ने पानी का गिलास उन्हें थमाते हुए कहा, 'आपका जी अच्छा नहीं है चाईजी, आप आराम करें। मैं और आशा जाकर बच्चों को ले आएँगी।'

'नहीं, आजकल किसी की नीयत का कुछ ठीक नहीं है। ऐसे माहौल में तुम लोग बाहर नहीं जाओगी।'

'तो हम किसी को भेज देती हैं।'

'किसे भेजोगी! कौन है, जिस पर आँख मूँदकर भरोसा किया जा सकता है! दुनिया में ऐसे लोग अब कहाँ हैं! नहीं, मैं ही जाऊँगी। मैं उन दरिंदों को देखना चाहती हूँ। उनसे पूछना चाहती हूँ कि तुम्हारी भूख अभी मिटी नहीं? अभी कितने प्राणों का भोग और लगाओगे! और कितनी कुर्बानियाँ लोगे?'

तभी आशा के बच्चे दौड़ते हुए घर में दाखिल हुए। उन्हें पुलिस की गाड़ी छोड़ गई थी। बच्चों को उतारकर जीप साइरन बजाती हुई आगे बढ़ गई थी। पीछे-पीछे एक जीप थी, जिस पर एक भौंपू कर्फ्यू की सूचना देता हुआ चल रहा था।

उन आवाजों ने सबके चेहरे का खून सोख लिया। फटी-फटी आँखों से सब लोग एक-दूसरे को देख रहे थे। अभी कुछ साल पहले जो घटा था, वह सौगुना बड़ा होकर सबकी आँखों के सामने नाच रहा था।

□

सांता क्लाज हमें माफ कर दो

"सोनू, आज रात को सांता क्लाज आएँगे, तुम्हारे और बिट्टू के लिए ढेर सारे खिलौने लाएँगे।" पत्नी मेरे दस वर्षीय पुत्र को समझा रही थी। सोनू भी बड़े मजे से अपनी माँ की बातें सुन रहा था। "माँ, सांता क्लाज कौन होते हैं?" सोनू ने उत्सुकतावश पूछा। पत्नी ने भी उसे बड़े धीरज से हर साल दुहराई जाने वाली क्रिसमस फादर की कहानी सुना दी। सांता क्लाज की पूरी कहानी सुनने के बाद सोनू ने जिज्ञासा प्रकट की—"माँ, ये सांता क्लाज तो ईसाई हुए न, फिर वे हमें कैसे उपहार दे सकते हैं?"

मैं और पत्नी दोनों चौंके। बच्चे ने पहली बार एक ऐसा सवाल किया था, जो वह हर साल नहीं करता था। पत्नी ने उसे बहलाना चाहा—"बेटा, सांता क्लाज ईसाई नहीं होते, वे सभी बच्चों के होते हैं। सभी बच्चों को प्यार देते हैं, उपहार देते हैं। अगर तुम उनके नाम से चिट्ठी लिखकर अपनी मनचाही चीज माँगो, तो सांता क्लाज जरूर तुम्हें वह चीज लाकर देंगे।"

"माँ, अगर सांता क्लाज ईसाई नहीं हैं, तो वे सिर्फ क्रिसमस पर ही क्यों आते हैं, दीवाली-दशहरे पर क्यों नहीं आते? उस समय मुझे कितनी ढेर सारी चीजें चाहिए होती हैं—पटाखे, खिलौने, कपड़े, मिठाई और न जाने क्या-क्या? पर हर बार मुझे तुमसे कहना पड़ता है। अगर सांता क्लाज दीवाली पर आएँ, तो कितना अच्छा होगा!" बच्चे की जिज्ञासा और तर्क अपनी जगह ठीक ही थे। लेकिन उसकी नई शब्दावली मेरी समझ से परे थी; इससे पहले वह कभी ईसाई शब्द अपनी जुबान पर लाया भी नहीं था।

'अच्छा, अब तुम जाकर सो जाओ और सोने से पहले अपने बिस्तर पर सांता क्लाज के नाम से चिट्ठी छोड़ देना। सांता क्लाज जरूर तुम्हारी इच्छा पूरी करेंगे।'' पत्नी ने इस प्रसंग को समाप्त कर, बच्चों को सुलाने की मंशा से कहा।

''लेकिन माँ, रवि कह रहा था कि हम हिंदुओं के यहाँ सांता क्लाज नहीं आएँगे।''

''अब तुम चुप करते हो या लगाऊँ एक थप्पड़ ?'' मुझसे नहीं रहा गया और मैंने बच्चे को डपट दिया। दरअसल गुस्सा मुझे सोनू के उस हमउम्र दोस्त रवि की कही बात पर आ रहा था।

सोनू सो गया, पर मैं नहीं सो पाया। सोचता रहा कि आखिर बच्चों का क्या दोष है, चारों तरफ यही सब तो सुन रहे हैं। और जब सुन रहे हैं तो कुछ-न-कुछ असर तो इनके दिलो-दिमाग पर हो ही रहा होगा।

शायद हाई-स्कूल की परीक्षा का फार्म भरना था। उस फार्म में एक कॉलम था धर्म। उस दिन पहली बार मैंने और जुबेर अहमद ने अलग-अलग चीजें भरी थीं उस फार्म में। नहीं तो मकान नंबर और गली नंबर तक एक ही भरा जाता था।

उस दिन शायद पहली बार मैंने अपने पिताजी से पूछा था, ''बाबा ये हिंदू क्या होता है ?'' बाबा हँस दिए थे बस। दूसरे दिन यही बात मैंने जुबेर को बताई थी, तो उसने कहा था, ''तू जानता है, मेरे अब्बा मुसलमान हैं और कहते हैं कि मैं भी मुसलमान हूँ।''

पता नहीं क्यों, उस दिन न जुबेर के अब्बा ने सवाल का सही जवाब दिया, न मेरे बाबा ने। जो हमारे मास्टरजी ने बताया वही हमने भर दिया था उस कॉलम में। उस दिन शायद पहली बार अहसास हुआ था कि मैं हिंदू हूँ और जुबेर मुसलमान। पर यह अहसास क्षणिक ही था। जुबेर का साथ कॉलेज तक रहा। उसके बाद जुबेर फौज में भरती हो गया और मैं बैंक में नौकरी करने लगा। लेकिन उस दिन से आज तक होली, दीवाली, ईद कोई भी त्योहार

जुबेर के बिना नहीं मना। ईद और दीवाली दोनों पर ही हम लोग नए कपड़े सिलवाते और डटकर मौज-मस्ती करते। नौ दुर्गा के हमारे आनुष्ठानिक भोज में ब्राह्मण देवता की पालथी से पालथी सटाकर बैठा करते थे जुबेर अहमद और ईद पर जुबेर के अब्बा की पहली ईदी पर हक मेरा होता था।

मजे की बात तो यह थी कि यह सब करते समय हमें ऐसा नहीं लगता था कि हम इस दुनिया से कुछ अलग कर रहे हैं। सिर्फ परीक्षा या दाखिले के फॉर्म जमा करते समय ही याद रहता था कि जुबेर अहमद उस कॉलम में इसलाम भरता है और मैं हिंदू।

और आज मेरा यह दस साल का लड़का सशंकित है कि सांता क्लाज उसके घर नहीं आएँगे, क्योंकि वह हिंदू है। यह क्या हो गया है? कल को ताजिए के नीचे से निकलते समय भी क्या यह यही सवाल दुहराएगा?

× × ×

सांता क्लाज तैयार है अपनी यात्रा के लिए। उसे ढेर सारे बच्चों को मिलने जाना है। उसने सभी बच्चों के लिए नए-नए उपहार रखे हैं। ढेर सारी चॉकलेट, बिस्कुट और न जाने क्या-क्या भरा है उसके थैले में।

लेकिन शहर की फिजा खराब है। शहर में कर्फ्यू लगा हुआ है। उसे मालूम है कि उसके पास समय कम है। पर उसे इस बात की भी चिंता है कि कहीं कोई बच्चा छूट न जाए। कम-से-कम सभी बच्चों को 'मेरी क्रिसमस' तो कह ही दें। ऐहतियात के तौर पर उसने कर्फ्यू पास भी बनवा दिया है।

सांता क्लाज तेजी से कदम बढ़ाता चला जा रहा था कि गश्ती सिपाहियों ने उसे रोक लिया।

"ऐ बुड्ढे! कहाँ जा रहा है?"

"बच्चों के पास जा रहा हूँ भाई। मैं सांता क्लाज हूँ।"

"कौन सांत क्लाज? अब साले अँगरेजी नाम बताकर रोब झाड़ना चाहता है।" पुलिसवाला गुस्से में बोला। उसने सांता क्लाज को एक डंडा जमा दिया।

"जरा साले का हुलिया तो देख।" दूसरा पुलिस वाला बोला।

''ऐसे ही तो भेस बनाकर निकलते हैं और फिर लूटपाट मचाते हैं। नींद हम पुलिस वालों की हराम होती है।'' तीसरे ने अपनी राय जाहिर की।

''भाई, मेरा यकीन करो। मैं बच्चों में उपहार बाँटता हूँ। कल क्रिसमस है, मुझे बच्चों को उपहार देने हैं, बच्चे मेरा इंतजार कर रहे होंगे।'' सांता क्लाज ने पुलिस वालों से अनुनय-विनय की।

''लो भाई और सुनो। रात के बारह बजे कर्फ्यू में बच्चे इसका इंतजार करेंगे।'' एक बोला।

''और तेरे थैले में क्या है?'' दूसरा बोला और सांता क्लाज के उत्तर की प्रतीक्षा किए बगैर उसने थैला छीन लिया।

''भाई, मैं सच कह रहा हूँ, मेरा विश्वास करो। इस थैले में सिवाए खिलौनों के और कुछ नहीं है।''

''अबे इसमें तो सचमुच खिलौने हैं।'' पुलिस वाले ने अब तक वह थैला सड़क पर उलट दिया था, ''क्यों बे, कोई खिलौने की दुकान तोड़कर भागा है क्या? तोड़कर भागा है या जला आया है?''

''अब मैं तुम्हें कैसे यकीन दिलाऊँ कि मैं सचमुच सांता क्लाज ही हूँ।'' सांता क्लाज हैरान था।

''हम पुलिस हैं भैया, यकीन पर नहीं, सबूत पर जीते हैं। यकीन तो किसी को किसी पर नहीं रहा अब।'' उनमें से एक समझदार था। सबूत से सांता क्लाज को उस कर्फ्यू-पास की याद आ गई, जो उसने जल्दी में जेब में रख लिया था।

''मेरे पास कर्फ्यू-पास है। उसे देखकर तो तुम लोगों को यकीन हो ही जाएगा।'' सांता क्लाज ने कहा और कर्फ्यू-पास पुलिसवालों की ओर बढ़ा दिया। बारी-बारी से तीनों पुलिस जवानों ने उसे पढ़ा और ज्यादा शक की निगाहों से सांता क्लाज को घूरने लगे।

''पर बाबा! पास था तो इसे ऊपर लगाकर रखना चाहिए।''

''पता नहीं था भैया, जिंदगी में पहली बार कर्फ्यू देखा है न।''

''अच्छा बाबा, यह तो बताओ कि इतनी रात गए तुम कौन से धर्म का काम करने निकले हो?'' समझदार पुलिस वाले ने सवाल किया।

''धर्म का काम?'' सांता क्लाज भौंचक्का रह गया, ''मैं तो सभी से मिलने निकला हूँ। मैं सभी बच्चों-बड़ों को क्रिसमस की खुशियाँ बाँटने निकला हूँ। यह तुझसे किसने कह दिया कि मैं किसी धर्म का प्रचार करने निकला हूँ?'' सांता क्लाज ने पूछा। जवाब में पुलिस वाले ने कर्फ्यू-पास उसकी ओर बढ़ा दिया। उसे पढ़कर सांता क्लाज के सामने पूरा मामला शीशे की तरह साफ हो गया। पास पर यात्रा के उद्देश्य कॉलम में लिपिक महोदय ने 'ईसाई धर्म का काम', लिख दिया था।

''यहाँ लोगों की जान पर बनी है और आप धर्म का काम करने निकले हैं?''

''वो भी रात के बारह बजे।''

''क्या खूब!''

संता क्लाज धर्मसंकट में पड़ गया। वह उन पुलिसवालों को समझाना चाहता था। लेकिन दूसरी ओर उसे उन बच्चों की भी चिंता सता रही थीं जो उसकी राह देख रहे होंगे।

तभी एक मोटर साइकिल आकर रुकी। मोटर साइकिल वाला इंस्पेक्टर होगा, क्योंकि उसे देखते ही गश्ती टोली अदब-कायदे में आ गई।

''क्यों क्या बात है?'' उसने पूछा।

''कुछ नहीं सर, ये बाबा रात को सड़क पर भेस बनाकर घूम रहा था।'' एक ने जानकारी दी। इंस्पेक्टर ने सांता क्लाज की तरफ देखा और चौंककर बोला, ''अरे सांता क्लाज तो क्या क्रिसमस आ गया? पता ही नहीं चला। गश्त लगाते-लगाते तारीखें भी भूल गया हूँ।''

''सर, आप इसे, मेरा मतलब है, इन्हें जानते हैं?'' एक पुलिस वाले ने हिम्मत कर पूछा।

''इन्हें कौन नहीं जानता। पर सालो, तुम्हें कैसे मालूम होगी, सांता

क्लाज की कहानी। सरकारी स्कूलों में पढ़कर नकल से पास हुए होगे।'' इंस्पेक्टर ने अपने सिपाहियों को घुड़की दी, जिसे उन्होंने खीसें निपोरते हुए स्वीकार किया।

''सॉरी फादर सांता क्लाज, हमारे सिपाहियों ने आपको खामख्वाह तकलीफ दी। पर आप तो जानते ही हैं, माहौल ही खराब चल रहा है। आप अब जा सकते हैं।'' इंस्पेक्टर ने कहा।

सांता क्लाज ने जल्दी-जल्दी सड़क पर बिखरे खिलौने समेटे और लंबे डग भरता आगे चला गया। उसे बहुत सारे काम जो करने थे।

''सो तो नहीं गया?'' सिगड़ी तापते हुए चंदू ने रामू से पूछा।

''नहीं यार, जाग रहा हूँ और अच्छी तरह जाग रहा हूँ।'' रामू बोला।

''आज खतरा ज्यादा है। कल आराधना नगर में इसी समय बलवा हुआ था?''

''वैसे अपने यहाँ खतरा तो नहीं है, फिर भी चौकस रहना जरूरी है।'' रामू ने कहा और अनायास ही उसका हाथ पास में रखी लोहे की रॉड पर चला गया। चंदू भी चौकन्ना होकर पत्थर के ढेर की तरफ देखने लगा, जो उसने छत पर जमा कर रखा था।

''घड़ी में क्या बजा है?'' चंदू ने उबासी लेते हुए पूछा।

''एक बजने वाला है।'' रामू घड़ी देखकर बोला और साथ में फिकरा भी कस दिया, ''अभी मुझसे पूछ रहे थे और खुद को नींद आ रही है।''

''नींद नहीं यार, बोरियत हो रही है। ऐसा लगता है कि जो कुछ होना है, एक ही बार में हो जाए। यह रोज-रोज का टेंशन बरदाश्त नहीं होता।''

तभी वहाँ से सायरन बजाती पुलिस की गश्ती जीप निकली। दोनों पेट के बल छत पर लेट गए। डर था कि कहीं पुलिस देख न ले और मदन की तरह वे भी गोली के शिकार न हो जाएँ। बेचारा मदन चौकसी करते समय पुलिस की गोली का शिकार हो गया था।

ठंडी हवा और तेज हो चली थी और कंबल की ऊब भी अब उन्हें ठंड से नहीं बचा पा रही थी।

"मैं थोड़ा छत पर टहल लेता हूँ, तब तक सुरेश और राजेंद्र भी आ जाएँगे।" चंदू बोला।

"टहलना पर जरा होशियारी से।" रामू ने कहा और तभी उसकी नजर दूर से आती एक आकृति की ओर पड़ी। अँधेरे में कुछ साफ दिखाई नहीं दे रहा था। रामू उस आकृति के, स्ट्रीट लाइट के नीचे आने तक इंतजार में दम साधे पड़ा रहा। जैसे ही वह आकृति स्ट्रीट लाइट के नीचे से गुजरी, रामू का हाथ फिर उस लोहे की रॉड पर चला गया। उसने इशारे से चंदू को बुलाया।

"क्या हुआ?" चंदू ने पास आकर कहा।

"वो देख, लबादा ओढ़े कोई चला आ रहा है।" चंदू ने भी उस आकृति को देखा और बोला, "चल, नीचे चलकर देखते हैं।"

दोनों छत से नीचे कूदे और ज्यों ही वह आकृति पास आई, रामू ने रॉड जमीन पर ठोकते हुए पूछा, "कौन है?"

"मैं सांता क्लाज हूँ?"

"कौन सांता क्लाज? हमारे मुहल्ले में क्या करने आया है?" चंदू ने पूछा।

"भाई, मैं हर साल क्रिसमस की पहली रात को आता हूँ। बच्चों में उपहार बाँटता हूँ।"

"अच्छा-अच्छा, वो सांता क्लाज कहानियों वाला? बचपन में हमने भी खूब कहानियाँ सुनी हैं।" रामू थोड़ा संयत होकर बोला।

"पता नहीं भाई, कैसा माहौल हो रहा है, उधर पुलिस ने रोका, इधर तुम लोगों ने।"

"हम लोग मुहल्ले की निगरानी कर रहे हैं। दो घंटे की शिफ्ट है हमारी।"

"पर भाई, चारों तरफ पुलिस घूम रही है, फिर तुम्हें क्या डर?"

"जब मुसीबत आती है न तो कोई नहीं आता, बाबा। अपनी हिफाजत खुद ही को करनी पड़ती है।" चंदू बोला।

''लेकिन बाबा, तुम इतनी रात गए निकले ही क्यों? जानते नहीं, इतनी रात गए सड़क पर निकलना कितना खतरनाक है।'' रामू ने पूछा।

''मेरे पास कर्फ्यू-पास है।'' सांता क्लाज ने बताना चाहा।

'' कर्फ्यू-पास कोई सुरक्षा कवच है क्या? इससे तो बस मरनेवाले की शिनाख्त करने में आसानी होती है।''

''मेरा आना तो जरूरी ही था, भैया। बेचारे बच्चे मेरी राह देख रहे होंगे।''

''कौन से बच्चे?'' चंदू ने उपहास किया, छोटे बच्चे या तो सो गए होंगे या फिर टी.वी. पर पिक्चर देख रहे होंगे या कंप्यूटर पर गेम खेलने में व्यस्त होंगे। जो बड़े बच्चे हैं—हमारी तरह वे पहरा दे रहे होंगे।''

''और इतनी रात गए तुम्हारे लिए दरवाजा कौन खोलेगा। सभी लोग पूरी किलेबंदी करके सोते हैं। रात-बेरात कोई दरवाजा खटखटाए, तब भी नहीं खोलते।'' रामू बोला।

''फिर उन उपहारों का क्या होगा, जो मैं इन बच्चों के लिए लाया हूँ।'' सांता क्लाज निराशा से बोला।

''कौन से उपहार लाए हो? तुम्हारे ये खिलौने, टॉफियाँ अब किस काम के हैं? बम वगैरह लाए होते। एकाध देशी कट्टा ही ले आते। हमारे मुहल्ले में, एक भी नहीं है। अब तुम्हारे उन खिलौनों की किसे जरूरत है? अब तो चाहिए असली गोला-बारूद, देशी कट्टे, रिवॉल्वर।'' चंदू तीखे लहजे में बोला।

''कुछ नहीं तो सोडावाटर की बोतलें ही ले आते फोड़ने के लिए। जाओ बाबा, कम-से-कम आज जो तुम्हारे इन खिलौनों की जरूरत नहीं है। चल चंदू, ऊपर चलते हैं।'' रामू ने कहा और वो जैसे कूदे थे, वैसे ही ऊपर चढ़ गए।

× × ×

रात को दरवाजे की घंटी बजी। पहले तो लगा कि आभास है, लेकिन

जब घंटी लगातार बजने लगी, तब जाकर नींद खुली। इतनी रात गए कौन हो सकता है! आहट लेनी चाही, पर कोई आहट न मिली। हाथ कोने में रखे लट्ठ की ओर बढ़ गए। घर में यही एकमात्र ऐसी वस्तु थी, जिसे हथियार कहा जा सकता था। पत्नी भी हाथ में मिर्ची की पुड़िया लेकर तैयार हो गई थी।

दरवाजे पर फिर दस्तक हुई। मैंने लगभग डपटते हुए पूछा, ''कौन है?''

''मैं सांता क्लाज हूँ!'' एक थकी लेकिन प्यार भरी आवाज आई।

मुझे यकीन नहीं हुआ, इसलिए दुबारा पूछा, ''कौन सांता क्लाज?''

''मैं क्रिसमस फादर हूँ। सोनू ओर बिट्टू के लिए उपहार लाया हूँ।''

मन में कोई संदेह ही न रहा। लट्ठ एक तरफ फेंककर दरवाजा खोलने लगा। दरवाजे को मजबूती देने की दृष्टि से लगा रखे सोफे, पट्टियाँ, स्टूल हटाकर दरवाजा खोलने में कुछ समय लग गया।

दरवाजे पर सांता क्लाज खड़े थे। वही रूप, वही हुलिया, पर चेहरे की हँसी गायब थी। उसकी जगह था भय, वेदना और थकान।

''फादर सांता क्लाज, आपने बहुत रात कर दी। बच्चे आपका इंतजार करके सो गए।''

जवाब में सांता क्लाज ने अपनी सारी कहानी सिलसिलेवार सुना दी। सुनाते-सुनाते उस ठंड में भी उनका बदन पसीने से नहा गया था।

''अच्छा, कहाँ हैं सोनू और बिट्टू? मैं उन्हें उपहार दे दूँ। अभी मुझे और भी बहुत जगह जाना है।'' अपनी बात खत्म करते हुए सांता क्लाज बोले।

मैं सांता क्लाज को बच्चों के कमरे में ले गया। बिट्टू तो खैर छोटा था, अत: उसकी माँग का सवाल ही न था, सोनू ने जरूर अपने तकिए के नीचे एक चिट्ठी रख छोड़ी थी।

''सांता क्लाज ने खुशी-खुशी वह चिट्ठी उठाई। उसे पढ़ते-पढ़ते सांता क्लाज के चेहरे का रंग उड़ने लगा।

''क्या हुआ फादर? अगर बच्चे ने कोई ऐसी-वैसी माँगकर दी हो तो आप संकोच न करें, मैं उन्हें समझा दूँगा। आय एम सॉरी, बच्चे हैं। उन्हें इस

बात का पता नहीं रहता कि किससे क्या चीज माँगनी चाहिए।'' मैं सफाई देने लगा। उत्तर में सांता क्लाज ने वह चिट्ठी मेरे हाथ में थमा दी।

चिट्ठी को पढ़ते ही मेरी सारी विचारशक्ति क्षीण हो गई। चिट्ठी का एक-एक शब्द पत्थर की तरह लग रहा था। सोनू ने अपनी टूटी-फूटी भाषा में जो चिट्ठी लिखी थी, वह हिला देने वाली थी।

फादर सांता क्लाज,

मुझे मालूम है कि आप नहीं आएँगे, क्योंकि मैं तो हिंदू हूँ। पर माँ-बाबा कहते हैं कि आप आएँगे, इसलिए यह चिट्ठी आपको लिख रहा हूँ। क्रिसमस पर मुझे कुछ नहीं चाहिए, बस मुझे इस दिन भर की कर्फ्यू नाम की जेल से छुटकारा दे दो। मैं बाहर जाकर खेलना चाहता हूँ। पर माँ-बाबा पुलिस का डर बताकर मना कर देते हैं। आप कुछ देना चाहते हैं, तो माँ-बाबा का खुशी भरा चेहरा दे दो। इन डंडों से, इन पत्थरों से, इन बोतलों से छुटकारा दे दो।

—सोनू

मैं अवाक् खड़ा था। सांता क्लाज भी सिर झुकाए खड़े थे। मैं कर ही क्या सकता था। मैं, सांता क्लाज के हाथ अपने हाथों में लेकर बस इतना ही कह पाया, ''गलती हमारी है फादर सांता क्लाज, हमें माफ कर दो।''

□

टीचर्स डे

''आ गए शिक्षक महोदय!'' मनोरमा ने दरवाजा खोलते हुए कहा। ''पधारिए-पधारिए, आपका स्वागत है टीचर्स डे पर!'' मनोरमा की आवाज में उत्साह कम व्यंग्य ज्यादा था। उसने झट से थैली मेरे हाथ से ले ली और टटोलकर देखने लगी। मुझे मालूम था कि थैली में रखे सामान को देखकर वह क्या कहने वाली है। ये मनोरमा नाम की औरतें खडूस क्यों होती हैं, पता नहीं। फिल्मों में एक मनोरमा नाम की अभिनेत्री थी, जो परदे पर हमेशा खडूस औरत का किरदार निभाती थी। एक हमारी मनोरमा चाची थी, लोग उनसे दस हाथ दूर से ही बात करते और प्रणाम करते। उनके बारे में मशहूर था कि 'पास जाओगे तो मनोरमा चाची डस लेगी।' शादी तय हुई वह भी मनोरमा से। किसी ने सुझाया भी था कि बहू का नाम बदल दो, लेकिन मैं नहीं माना। नाम बदल भी देता तो क्या स्वभाव बदल जाता?

''वाह क्या इनाम दिया है आपकी तपस्या का शिक्षकजी। शॉल तो पिछले साल वाली से भी घटिया है और इस गिफ्ट के क्या कहने! स्टील के छह गिलास। बहुत बड़ा दिल दिखाया है आपकी लब्ध प्रतिष्ठित संस्था ने।'' मनोरमा की थैली की खाना तलाशी पूरी हो चुकी थी और अब वह शब्दबाण छोड़ने के लिए स्वतंत्र थी।

अब उसे मैं कैसे समझाता कि स्टील के गिलास देखकर तो हम सभी को बुरा लगा था। एक-दो टीचर्स, खासकर महिला टीचर्स ने तो वहीं घोषणा कर दी ''ये गिलास तो मेरी झाड़ू-पोंछा वाली बाई के ही घर जाएँगे।'' लेकिन

जिस परिस्थिति से हमारा स्कूल इन दिनों गुजर रहा था, उसमें यह भी बहुत मिल गया, ऐसा समझा जा सकता था।

बात कुछ यों है कि जब से स्कूल का मैनेजमेंट मिश्रीलालजी के हाथ से बब्बू भैया यानी उनके छोटे साहबजादे के हाथों में गया था, हम शिक्षकों के दिन फिर गए थे। कई साल बाद स्कूल में 'टीचर्स डे' मनना शुरू हुआ था। हमें मिलने वाले उपहारों का स्तर भी बढ़ गया था। मलमा वेयर के डिनर सेट और वाटर बॉटल की जगह हमें अच्छे उपहार मिलने लगे थे। कभी ऑटोमेटिक प्रेस तो कभी ओवन, तो कभी रिस्ट वॉच। पिछले साल तो बब्बू भैया ने सभी शिक्षकों को मोबाइल फोन विद सिम कार्ड दिलवा दिए थे। सभी शिक्षकों ने उन्हें इतने आशीष दिए थे, लेकिन लालच भला कभी पीछा छोड़ता है। एक शिक्षक ने फरमाइश कर दी, "बब्बू भैया, अब मोबाइल दिलवा दिए हैं तो बिल भी भरवाने की सुविधा स्कूल से ही हो जाए।"

बब्बू भैया के व्यवहार से हम सभी लोग खुश थे। इतना कि हमने यह तथ्य भूलकर कि वे बारहवीं फेल हैं, उन्हें युवा शिक्षा शास्त्री की उपाधि तक दे डाली थी पिछले साल एनुअल फंक्शन में। बब्बू भैया के हाथों स्कूल का मैनेजमेंट अच्छा चलता देख मिश्रीलालजी भी खुश थे और स्कूल के कामों से अपना हाथ खींच सारा ध्यान ऑयल मिल और ईंट-भट्ठों में लगाने लगे थे।

मामला तो तब गड़बड़ाया जब पिछले साल नवंबर में किसी बड़े प्रवेश घोटाले में बब्बू भैया का भी नाम आ गया। अखबार में जब सबकुछ छपा तो हम सभी हतप्रभ थे। शहर की प्रतिष्ठित शैक्षणिक संस्था के प्रमुख ट्रस्टी के रूप में बब्बू भैया की अर्जित साख को बट्टा लग गया। घोटाले के अजगर ने कुछ ऐसे पाँव पसारे कि वह सबको लीलता चला गया। कैसे बताते मनोरमा को कि पिछले पाँच माह से बब्बू भैया अंडरग्राउंडैं और मिश्रीलालजी अनमने ढंग से स्कूल का कारोबार देख रहे हैं। वो तो उनके मुँह लगे वर्मा खन्ना की वजह से 'शिक्षक दिवस' मन गया वरना इस बार तो कार्यक्रम होने के आसार ही नजर नहीं आ रहे थे।

"बहुत भुख्खड़ हैं तुम्हारे स्कूल वाले। टीचर्स डे देखो तो ऐसे ही, दीवाली हो तो ऐसे ही, बस औने-पौने में ही टरका देते हैं। और कहने को यह शहर का सबसे पुराना और प्रतिष्ठित स्कूल है।" मनोरमा अपनी खीज उतारे जा रही थी। उसे बीच में रोकना यानी आग में घी डालने जैसा था, क्योंकि कब सारी बात स्कूल से फिसलकर घर पर और घर से फिसलकर मेरी अकर्मण्यता पर आ टिकेगी, पता नहीं। फिर कौन सारा रामायण सुनेगा।

वैसे आज का दिन ही खराब शुरू हुआ था। स्कूल जाने के लिए सुबह निकला, तो देखा स्कूटर पंक्चर है। रात को गुड्डू महाशय कहीं ले गए थे, वहीं से पंक्चर करके लाए होंगे। लेकिन भले आदमी ने रात को बताने की जेहमत नहीं उठाई और सुबह तो दस बजे से पहले उनके उठने का सवाल ही नहीं था। पंक्चर बनवाकर स्कूल पहुँचने में थोड़ा विलंब हो गया। सेकंड बेल बज चुकी थी। प्रिंसिपल के कमरे में रखे रजिस्टर पर चुपचाप दस्तखत कर रहा था, उतने में प्रिंसिपल त्रिपाठी ने टोक दिया 'गुड मार्निंग मास्साब।'

मैं समझ गया कि त्रिपाठी का मूड उखड़ा हुआ है। जरूर कुछ उल्टा-सीधा बोलेगा। जब कभी वह 'मास्साब', 'विद्वान् महोदय' जैसे संबोधनों का प्रयोग करता है, समझ लेना चाहिए कि मामला गड़बड़ है; त्रिपाठी कोई कड़वा घूँट पिलाने वाला है।

"नमस्ते सर! शिक्षक दिवस की शुभकामनाएँ।" मैंने कहा और अपना पिंड छुड़ाने लगा। एक तो त्रिपाठी को सर कहना मुझे जरा भी अच्छा नहीं लगता। उम्र में कम है, और अनुभव में भी। योग्यता का तो भगवान् ही मालिक है, लेकिन मैनेजमेंट की चापलूसी करके प्रिंसिपल बन बैठा है। उस पर सबसे मिल-जुलकर रहे, तब भी ठीक है। लेकिन वह तो हरदम मैनेजमेंट का माऊथ पीस ही बना घूमता रहता है। जिस कुरसी पर गोखले सर, दास सर, रायजादा सर जैसे लोगों को बैठे देखा हो, उसी कुरसी पर अब इस चुगद को बैठे देखना भयानक पीड़ादायक है। इससे तो वह अस्मा मैडम ही ठीक थी। हमने तो उसका विरोध सिर्फ इसलिए किया कि कौन एक औरत

की जी-हुजूरी करे। हमें क्या पता था कि मैनेजमेंट अस्मा मैडम को किनारे करके इस त्रिपाठी को हमारे सिर पर बैठा देगा। अस्मा मैडम तो गुस्से में स्कूल ही छोड़कर चली गई। लेकिन हम कहाँ जाते। हमारी किस्मत में तो यहीं धक्के खाना लिखा है।

"जरा इधर आएँगे आप।" त्रिपाठी ने कहा तो मजबूरन उसके पास जाना पड़ा।

"मेरा पहला पीरियड है टैंथ सी में। आप कहें तो उसके बाद आ जाऊँ।"

मैंने कहा जरूर, पर मुझे मालूम था कि त्रिपाठी आसानी से छोड़ने वाला नहीं है। "पीरियड होता रहेगा जोशी सर। उससे ज्यादा जरूरी बात करनी है।" त्रिपाठी ने कहा और अपने पास रखी कॉपियों की ओर इशारा किया। घिसटते कदमों से मैं उसके पास पहुँचा। लगा कि वह बैठने को कहेगा। लेकिन उसने कहा नहीं। उसके बिना कहे बैठने की हिम्मत नहीं हुई। यों उसके सामने हाथ बाँधे खड़े रहना अच्छा नहीं लग रहा था लेकिन मजबूरी थी। पता था कि अब बाहर इस दृश्य के चर्चे होना शुरू हो जाएँगे। स्टाफ के लोगों में कानाफूसी अब तक शुरू हो चुकी होगी। सभी इस दृश्य के मजे लेकर अपने स्टेटमेंट जारी कर रहे होंगे। 'प्रिंसी ने आज जोशी की क्लास ले ली।' 'त्रिपाठी ने जोशी को लताड़ लगा दी।' जोशी की घिग्गी बँध गई प्रिंसीपल के आगे।' जैसे जुमले हवा में तैरने लगे होंगे और लोगों ने मजे लेना शुरू कर दिया होगा। उन्हें रोकना मेरे बस में नहीं था। और रोकता भी क्यों, मेरी जगह कोई भी दूसरा होता तो मैं भी वही कर रहा होता जो ये कर रहे हैं। प्राप्त परिस्थिति का सामना करने के अलावा मेरे पास और कोई रास्ता नहीं था।

"आपसे कितनी बार कहा है कि आप अंग्रेजी सुधार लें, लेकिन आप हैं कि मानते ही नहीं। उस पर हेकड़ी यह कि कॉमर्स ही पढ़ाएँगे, वह भी ग्यारहवीं और बारहवीं को। क्यों हमारा बंटाधार करने पर तुले हैं गुरुजी।" त्रिपाठी आज पूरे फार्म में था और अपनी उपरोधात्मक शब्दावली के पूरे शब्द मुझ पर खाली करने को आमादा था।

''क्या···क्या हुआ। मैं समझा नहीं।'' मुझे सचमुच नहीं पता था कि वह मुझ पर इतना नाराज क्यों है ?

''आपको कैसे समझ में आएगी अपनी गलती। कितनी बार कहा है कि अपना अंग्रेजी का ज्ञान बच्चों की कॉपियों पर न बघारा करें। मुट्ठी को बंद ही रहने दें। देखें जरा क्या लिखा आपने कॉपी में। अरे अंग्रेजी नहीं आती तो दूसरों से पूछ लो। हमें तो आप हमेशा फालतू बैठा ही समझते हैं, तो हम ही से पूछ लेते। पता है चार-पाँच पैरेंट्स के फोन आ गए कि आपके कॉमर्स टीचर को अंग्रेजी लिखना नहीं आता। आप तो जानते हैं जोशीजी, कॉमर्स हमारे स्कूल का कितना सेंसीटिव सब्जेक्ट है। मैनेजमेंट के रिश्तेदारों के बच्चे पढ़ते हैं उसमें। बात सीधी मैनेजमेंट तक पहुँच जाती है। क्या इंप्रेशन पड़ता होगा हमारा जरा सोचो। हम तो आपको दूसरी क्लासेस दे रहे थे, लेकिन आपने जिद करके ये क्लास ली। हमने सोचा, चलो छोड़ो, सीनियर टीचर हैं, ढंग से ही पढ़ाएँगे, लेकिन आपने तो सारा कचरा कर दिया।''

त्रिपाठी अपनी रौ में बोले चले जा रहा था। पता नहीं कितने दिनों का संचित गुस्सा निकाल रहा था मुझ पर। स्टाफ-रूम में से ही किसी ने मेरी चुगली कर दी होगी कि हम उसका मजाक उड़ाकर उसे 'भोंदू' कहते हैं। बहाना ढूँढ़ रहा होगा मुझे जलील करने का। सारा हिसाब लगाकर एक ही दिन में बराबर कर लेगा। उसे मालूम था कि सुबह का समय है प्रिंसीपल रूम में लोगों का आना-जाना बना रहेगा। प्रार्थना का भी समय हो रहा था। सारी बातें साधकर ही वह मुझ पर वार कर रहा था। ताकि इस बात को अच्छी खासी पब्लिसिटी मिले। बात-बात में उसने मेरी हिंदी मीडियम की शिक्षा की भी धज्जियाँ उड़ा दी थीं। मुझे मालूम था कि मामला इतना बड़ा नहीं है। इक्का-दुक्का कॉपियों में कुछ गलती रह गई होंगी। पिछले हफ्ते घर में मेहमान भी बहुत थे। जैसे-तैसे तो कॉपियाँ जाँच पाया था। उन पर गुड़िया की बीमारी ने भी दो दिन खराब कर दिए थे।

''ठीक है सर, मैं देख लूँगा।'' मैंने कॉपियाँ समेटते हुए कहा।

"हाँ, देख ही लीजिएगा। वरना हमें देखना पड़ जाएगा। पता नहीं, सँभलता नहीं तो इतना सारा बाहर का काम क्यों ले लेते हैं लोग कि स्कूल का ही काम ढंग से न हो पाए।" त्रिपाठी ने अंत में मेरी ट्यूशन पर ताना मारते हुए अपनी बात खत्म की और कोई दूसरा काम करने का ढोंग करने लगा। मेरे लिए यह संकेत काफी था कि बच्चू आज हमें तुम्हारा जितना अपमान करना था, हम कर चुके। अब तुम सारा दिन मुँह लटकाए घूम सकते हो और अपने साथी शिक्षकों तथा विद्यार्थियों की व्यंग्य भरी नजरों का सामना करते हुए पूरा दिन या पूरा हफ्ता या फिर पूरा महीना, जैसी तुम्हारी बेशर्मी की हद हो, गुजार सकते हो।

यों हुई थी हमारे 'टीचर्स डे' की शुरुआत। अब किस्सा इतना सा ही होता तो मनोरमा को बताकर मन हल्का कर लेता। त्रिपाठी से वह भी बहुत चिढ़ती है। उसका मानना है कि त्रिपाठी के कारण ही मेरा प्रमोशन नहीं हो पाया। लेकिन आज तो जैसे भगवान् और डॉक्टर राधाकृष्णन दोनों ने मेरी परीक्षा लेने की ठान रखी थी। स्टाफ-रूम में लोगों की नजरें बचाते जैसे-तैसे आधा दिन गुजर गया। रिसेस के बाद 'शिक्षक दिवस' का कार्यक्रम था। उसमें भी मैं जरा देर से ही पहुँचा, ताकि दूसरों से ज्यादा बात न करनी पड़े। बात करते हैं तो मुँह से कुछ निकल ही जाता है। फिर त्रिपाठी के जासूस उसे दो की चार लगाकर सुना देते हैं।

कार्यक्रम में शिक्षकों के सम्मान का सिलसिला जारी था। त्रिपाठी मिश्रीलालजी के पास खड़े होकर शिक्षकों से उनका परिचय करवा रहा था। साल में कम-से-कम चार-पाँच बार तो मिलते ही होंगे मिश्रीलालजी हमसे, लेकिन हर बार ऐसे मिलते हैं जैसे पहली बार मिल रहे हों। मुझे तो शक है कि बीस साल नौकरी करने के बाद भी मिश्रीलालजी शायद ही मुझ जैसों को पहचानते होंगे। या लगता है कि पहचानते तो हैं, लेकिन न पहचानने का ढोंग करते हैं। वो जो करें वही सही है, शहर के नामी रईस जो ठहरे। लेकिन एक बात है कि स्कूल में अभी-अभी पढ़ाने आई शिक्षिकाओं का परिचय पाने में वे

विशेष रुचि ले रहे थे। वैसे भी महिलाओं के उद्धार में उनकी कीर्ति चहुँओर थी। वे 'नारी उत्थान समिति', 'विधवा महिला आश्रम' जैसी संस्थाओं के अध्यक्ष और 'नर्सिंग कॉलेज' के संचालक रह चुके थे।

उनके नारी उद्धार के कार्यक्रमों में जरा सी मंदी तब आई जब 'विधवा महिला आश्रम' की एक विधवा गर्भवती हो गई और लोगों ने खाँमखाँ मिश्रीलालजी का नाम उससे जोड़ दिया। यह जरूर है कि तब से मिश्रीलालजी ने रात में विधवा महिला आश्रम की ओर जाना भी छोड़ दिया।

मैं अपने विचारों की रौ में ही बढ़ता चला गया और पता ही नहीं चला कि मंच से मेरे नाम की कब पुकार हो गई। जब नाम दूसरी बार पुकारा गया तो पीछे से शर्मा बोला, "अरे जाओ जोशी सर, कब तक गीता मैडम को ताकते रहोगे।"

शर्मा की यह खराब आदत है, वो...मौके की गंभीरता को समझे बिना बात कह देता है, वह भी और से। हाँ, गीता लांबा को देखना अच्छा लगता है। लेकिन आज तो ऐसा नहीं था और फिर मेरा नाम किस क्रम से पुकारा गया, यह भी समझ में नहीं आया।

धीरे-धीरे मैं मंच पर पहुँचा। विद्यार्थियों ने पहले से ही तालियाँ बजाना शुरू कर दिया था। लोगों के मेरे प्रति ईर्ष्या का एक कारण यह भी था कि मैं अपनी रचनात्मक गतिविधियों के कारण विद्यार्थियों में लोकप्रिय हूँ। बच्चे अकसर साहित्य, संगीत, नाटक आदि से जुड़ी गतिविधियों के लिए मुझे घेरे रहते हैं। एक बार तो शीला अरोरा ने स्टाफ मीटिंग में शिकायत भी कर दी थी कि उन्हें इस कारण डिस्टर्ब होता है, और वे कंसन्ट्रेट नहीं कर पातीं। तभी किसी ने उनके व्हाट्सअप पर जुटे रहने के किस्से को छेड़ दिया और बात आई-गई हो गई।

कंधे पर शॉल ओढ़ाकर हाथ में श्रीफल देते हुए त्रिपाठी ने मेरा परिचय करवाया, "ये जोशी सर हैं। इलेवंथ, ट्वैल्थ को कॉमर्स पढ़ाते हैं।" "अच्छा-अच्छा तो आप ही हैं जोशीजी। अरे भाई कहाँ तुमने ब्राह्मण आदमी को कॉमर्स

पढ़ाने दे दिया, वह क्या जाने व्यापार की बातें। किसी गोयल या अग्रवाल को लाओ कॉमर्स पढ़ाने। वे ही अच्छा पढ़ा पाएँगे। इनके लिए तो हिंदी, संस्कृत या इतिहास ही ठीक है।''

मिश्रीलालजी ने कहा और स्टील के गिलास का पैकेट हाथ में थमा दिया। यह संवाद वहीं तक सीमित रहता तो भी ठीक था। दुःख की बात यह थी वह सारा संवाद स्टेज पर रखे चालू माईक की वजह से 'ऑन एयर' हो गया। इसका परिणाम यह हुआ कि जब मैं मंच से उतर रहा था तो तालियों की गड़गड़ाहट नदारद थी। दो-चार तालियाँ बजी थीं, लेकिन मैं दावे के साथ कह सकता था कि वो जायसवाल और दुधाने की रही होंगी, जो उन्होंने मेरे इस अपमान की खुशी में बजाई होंगी।

शिक्षक दिवस पर अपने इस अपमानास्पद सम्मान की यह पूरी कथा मैं मनोरमा को किस मुँह से सुनाता। वह तो वैसे भी कई बार कह चुकी है कि नौकरी छोड़ दो और कोई धंधा शुरू करो। कुछ नहीं तो कोचिंग क्लास ही खोल लो। लेकिन मैं हिम्मत नहीं कर पाता। जानता हूँ कि खर्चे बढ़ रहे हैं। गुड्डू के कॉलेज की फीस, गुड़िया और मुन्नी की फीस सभी को इतनी कम तनख्वाह में बैठाना कठिन है। लेकिन बँधी-बँधाई आमदनी को छोड़ने की हिम्मत नहीं होती। फिर इस स्कूल से मोह सा हो गया है इन बीस सालों में। बच्चों को पढ़ाने में एक सुकून सा मिलता है। दो-चार ट्यूशन करके उस खर्चे को पूरा करने की कोशिश करता हूँ। अब घर के और बच्चों के सारे खर्चे मनोरमा कैसे करती है, यह तो वही जाने। लेकिन इस खींचतान ने उसके स्वभाव को और अधिक चिड़चिड़ा बना दिया है। फिर उसका नाम तो मनोरमा है ही।

''खाना अभी खाओगे या रात को? और हाँ, आज ट्यूशन जाना है या टीचर्स डे मना रहे हो?'' मनोरमा ने कहा तो ध्यान आया। ट्यूशन तो जाना ही होगा। मल्होत्रा साहब के यहाँ महीने की पाँच तारीख तय है पेमेंट के लिए। फिर डॉली की टर्मिनल परीक्षा भी है। उसे पढ़ाना भी तो जरूरी है।

मल्होत्रा साहब के यहाँ ट्यूशन के ढाई हजार मिलते हैं। सोचा, उसी में से पाँच सौ बचाकर मनोरमा के लिए सलवार-सूट का कपड़ा ले आऊँगा। बाघ प्रिंट वाला कपड़ा उसे एक्जीबीशन में बहुत पसंद आया था। लेकिन उस दिन लेने की सुविधा नहीं थी। उसका मन बहल जाएगा। थोड़ी देर के लिए ही सही, उसके चेहरे पर खुशी देख सकूँगा।

''खाना रात को साथ में खाएँगे। अभी तो दोपहर का खाना ही नीचे नहीं उतरा है।'' मैंने कहा।

''जानती हूँ, स्कूल वालों का मुफ्त का खाना तुम लोगों ने जमकर ठूँसा होगा। तुम्हारी भुक्खड़ ट्रस्ट वाले बार-बार थोड़े ही खिलाते हैं ऐसा खाना।''

खाना तो स्कूल में ही खाया था, लेकिन ठूँसने जैसी कोई बात नहीं थी और फिर ठूँसते भी क्या? बच्चू भैया के राज में तो 'राजहंस' या 'आर्कमैनोर' से खाना आता था। लेकिन इस बार कैंटीन वाले लालाराम का ही ठेका था। उस ससुरे लालाराम को आलू बड़े और भजिए तक तो ठीक से बनाना आता नहीं, खाना क्या बनाएगा। लेकिन मैनेजमेंट वालों को वही पुसाता है। एक तो रेट कम और ऊपर से पैसे के लिए तगादा नहीं। शर्मा तो कह रहा था कि लालाराम की और त्रिपाठी की सेटिंग है। इसलिए लालाराम कम रेट में भी अच्छा-खासा मुनाफा कमा लेता है। खाना खाते-खाते हम लोगों को साढ़े तीन बज गए। इसलिए पेट भरा-भरा सा लग रहा था। जो जगह बची थी, वह दिन भर हुए अपमान ने भर दी थी।

मल्होत्रा साहब के घर की घंटी बजाते ही हरिराम ने दरवाजा खोला और आवाज लगाई। 'बेबी सर आ गए हैं।' हरिराम का आवाज लगाना था कि डॉली दौड़ी-दौड़ी चली आई। उसके हाथ में एक सुंदर सा गुलाब का फूल और ग्रीटिंग कार्ड था। फूल और कार्ड मेरे हाथ में थमाते हुए उसने कहा 'हैप्पी टीचर्स डे सर'। और लगा जैसे सारे दिन की थकान उतर गई। मुझे मालूम है कि यह कार्ड चुनने में उसने पूरी शाम लगाई होगी और इस फूल को तरोताजा रखने के लिए न जाने कितने प्रयास किए होंगे।

"अरे डॉली बेटा, सर को बैठने तो देती। आते ही फूल और कार्ड थमा दिया। बहुत उतावली है।" पीछे से मिसेज मल्होत्रा आते हुए बोलीं। उनके इस वाक्य में मेरे प्रति आदर कम और डॉली के लिए घुड़की ज्यादा थी। हो सकता कि यह कार्ड वे खुद देना चाह रही हों। यह औरत भी अजीब है। हर छोटी-छोटी चीज में भी अपना श्रेय पाना चाहती है। अपनी प्रशंसा सुनने को इतनी उत्सुक रहती है कि इस उत्सुकता में वह कभी अपनी बेटी से ही प्रतिस्पर्धा कर बैठती है।

"लवली कार्ड!" मैंने कार्ड को खोलते हुए कहा।

"आय चूज इट फॉर यू।" जैसा अपेक्षित था, मिसेज मल्होत्रा बोलीं। और बोलीं भी इस दंबगई से कि उसमें डॉली का वाक्य "बट आय सॉ इट फर्स्ट ममा" दब ही गया।

"सर नहीं दिख रहे हैं?" मैंने घड़ी की ओर देखकर पूछा। आमतौर पर इस वक्त तक मल्होत्रा साहब घर आ ही जाते हैं।

"नहीं, कल उन्हें अचानक दिल्ली जाना पड़ा। दो दिन बाद लौटेंगे।" मिसेज मल्होत्रा ने जानकारी दी। "सर आप बैठिए ऊपर, मैं चाय वहीं भिजवाती हूँ।" उन्होंने कहा और किचन की ओर चल दीं।

मल्होत्रा साहब नहीं हैं यानी आज फिर वही सड़ी चाय पीनी पड़ेगी, मैंने सोचा। मल्होत्रा साहब घर पर होते हैं तो चाय भी अच्छी मिलती है और चाय के साथ नाश्ता भी अच्छा मिलता है। उनकी हरिनाम को सख्त हिदायत है कि सर दूर से आते हैं, इसलिए उन्हें अच्छी यानि ज्यादा दूध-शक्कर वाली चाय दिया करो। रात को लौटने में देर हो जाती है, इसलिए नाश्ता भी अच्छा दिया करो। लेकिन मल्होत्रा साहब के न रहने पर तो मैडम का ही हुक्म चलता है। पता नहीं कैसी चाय बनाती है, कोई स्वाद ही नहीं आता। न दूध का पता होता है, न चाय-शक्कर का।

ऐसा लगता है कि इस्तेमाल किए हुए टी बैग को ही निचोड़कर फिर से चाय बना देती है। सिर्फ लाल रंग आ जाता है। न स्वाद न सुगंध। उस

पर अत्याचार यह कि ऐसी चाय बड़ा वाला मग भरकर दी जाती है, ताकि सर को 'रिफ्रेशिंग' लगे। उसके साथ मैरी के दो बिस्किट भी दिए जाते हैं, 'नरिशमेंट' के लिए। बिस्किट खाते समय ऐसा लगता है कि कार्ड बोर्ड के टुकड़े खा रहे हैं। बड़ी मुश्किल से उन्हें चाय नामक लाल द्रव्य के साथ अंदर धकेलना पड़ता है।

डॉली ने अकाउंटेंसी की किताब खोल ली थी और वह अपने सवाल हल करने लगी थी। अकाउंटेंसी की ग्रेवाल की किताब देखकर त्रिपाठी की सुबह वाली बात याद आ गई। मन हुआ कि उसका कान पकड़कर लाऊँ और दिखाऊँ उसे कि 'साले देख, इंग्लिश मीडियम की किताब। तेरे बाप ने भी नहीं पढ़ी होगी ऐसी इंग्लिश।' लेकिन मैं ऐसा कुछ नहीं कर सकता था। मैं अपनी शालीनता से बँधा था और उससे ज्यादा जरूरी मैं अपनी नौकरी से बँधा था। ''स्टेट बोर्ड और सी.बी.एस.ई. के इंग्लिश मीडियम के बच्चे को पिछले बीस साल से कॉमर्स पढ़ा रहा था और ये कहता है, मुझे अंग्रेजी नहीं आती।'' मैं मन ही मन पता नहीं त्रिपाठी को और कितनी गालियाँ दे डालता यदि डॉली मुझे बीच में न रोकती।

''सर, एक बात कहूँ। आपसे पढ़ने के बाद अकाउंटेंसी में मेरा कान्फिडेंस दुगुना हो गया। पहले तो पापा-मम्मी भी डर रहे थे कि मैं कहीं कॉमर्स लेकर पिछड़ न जाऊँ। लेकिन अब तो मेरी पढ़ाई और मार्क्स देखकर वे भी खुश हैं। यह सब आपके कारण हुआ है। सर, आय एम रियली थैंकफुल टू यू।'' डॉली भावुक होकर बोल रही थी।

''अरे अरे ये क्या कर रही हो बेटा। तुम तो टीचर्स डे का स्पीच ही देने लगी।'' मैंने वातावरण को हल्का करने के लिए कहा।

''नहीं सर, आय रियली मीन इट। अगर ट्वैल्थ में नंबर अच्छे आते हैं और मैं आगे की कॉमर्स पढ़ती हूँ या आगे चलकर कभी सी.ए. बनती हूँ तो इसका सारा श्रेय आपको ही होगा सर।''

कितनी बड़ी बात कर गई थी डॉली। एक परायी बच्ची का यह भाव

था मेरे लिए। और मेरे अपने बच्चे। सोचते ही गुड्डू, गुड़ियाँ और मुन्नी के चेहरे मेरी आँखों के सामने घूम गए। उनमें से एक ने भी आज मुझे 'टीचर्स डे' पर बधाई नहीं दी थी। क्यों देते, मैं उनका तो टीचर था नहीं। मेरी बहुत इच्छा थी कि मेरा एक बच्चा तो कम-से-कम मेरे विषय में पढ़ाई करे। लेकिन तीनों ने साफ मना कर दिया। उन्हें शह देने का काम किया उनकी माताजी ने। मनोरमा ने साफ कह दिया, ''हमारे घर में आज तक कोई कॉमर्स लेकर नहीं पढ़ा। मेरे खानदान में सब साइंस-मैथ्स वाले हैं। मेरे बच्चे भी वही पढ़ेंगे।'' खानदान से मनोरमा का आशय उसके पीहर से था, जहाँ डॉक्टर, इंजीनियरों की लाइन लगी थी। मुझे या मेरे क्वालिफिकेशन को तो वह किसी गिनती में रखती ही नहीं थी। वैसे मेरे अपने घर वालों ने भी तो ठंडा ही रुख अपनाया था, मेरी कॉमर्स की पढ़ाई को लेकर। उनका वह ठंडापन तब भी कम नहीं हुआ, जब मैंने एम. कॉम. में यूनिवर्सिटी में टॉप किया था। ''सर, बिजनेस स्टडीज की पढ़ाई पिछड़ रही है। थोड़ी देर उसे कर लूँ। आपके सामने पढ़ाई करती हूँ तो कान्फिडेंस बढ़ जाता है।'' डॉली ने पूनम गांधी की बिजनेस स्टडीज की किताब बाहर निकालते हुए कहा।

''बेटी तुम पढ़ो, मैं भी निकलता हूँ। आज जरा जल्दी घर पहुँचना चाहता हूँ।'' मैंने कहा और वहाँ से निकल आया। मन में खयाल था कि मिसेज मल्होत्रा के दिए पैसों में से पाँच सौ बचाकर जाते-जाते मनोरमा के लिए सूट का कपड़ा ले जाऊँगा और उसे सरप्राइज दूँगा। खुश हो जाएगी।

नीचे उतरा तो मिसेज मल्होत्रा मेरी प्रतीक्षा ही कर रही थीं। उनके हाथ में डॉली का दिया गुलाब का फूल, टीचर्स डे वाला कार्ड और एक लिफाफा रखा था।

''इस बार पाँच सौ काट लिए हैं,'' लिफाफा मेरे हाथ में रखते हुए वे बोलीं, ''पिछले महीने आपकी पाँच छुट्टियाँ हो गई थीं। फिर हम लोग भी पंद्रह अगस्त के आस-पास पूरा हफ्ता बाहर थे। पढ़ाई तो आधे दिन ही हुई। फिर भी मैंने पाँच सौ ही काटे हैं।'' मिसेज मल्होत्रा ने हिसाब समझाते हुए

कहा और अंदर चली गईं। उन्होंने बहस की कोई गुंजाइश ही नहीं छोड़ी थी।

मन तो हुआ कि वह लिफाफा उनके मुँह पर दे मारूँ और चलता बनूँ। मुझे क्या उन्होंने दिहाड़ी मजदूर समझ रखा है, जो मेरी गैर-हाजिरी पर मजदूरी काट रही हैं मेरी। लेकिन दो हजार रुपयों को लात मारकर निकल जाने की मेरी हैसियत नहीं थी। मेरी नजरों के सामने बाघ प्रिंट का वह सलवार सूट का कपड़ा घूमने लगा, जो मैं मनोरमा के लिए लेना चाहता था।

मिसेज मल्होत्रा को मन-ही-मन कोसता, गालियाँ देता मैं कब सीधे घर पहुँच गया, पता ही नहीं चला। स्कूटर स्टैंड पर लगाते समय किसी टी.वी. चैनल पर चल रहे समाचारों की आवाज कान में सुनाई दे रही थी, "हर बार की तरह इस बार भी 'शिक्षक दिवस' पूरे देश में उत्साह से मनाया गया।"

सच ही है, हर बार की तरह इस बार भी मेरे लिए एक और 'शिक्षक दिवस' बीत चुका था, मेरे शिक्षकीय कर्म के गौरवशाली अध्याय की नींव को पुख्ता करता हुआ और दिन भर में हुए अपमानास्पद सम्मान की यादों के बीच डॉली का दिया हुआ गुलाब और ज्यादा सुर्ख होकर चमकने लगा था।

□

अंत का आरंभ

गोपाल बाबू धीरे-धीरे लाठी टेककर उस घर की सीढ़ियाँ उतर रहे थे, निराश और उदास। वैसे यह कोई पहला घर नहीं था, जहाँ से उन्हें इस तरह आना पड़ रहा था और न ही ये कोई आखिरी घर है। अभी और न जाने कितने घरों की चौखटें झाँकनी हैं उन्हें। गोपाल बाबू अब विवरण बता-बताकर भी थक चुके हैं। अब तो वे एक घिसे-घिसाए रिकॉर्ड की तरह शुरू हो जाते हैं। पहले अपना विवरण बताते हैं, फिर सुनीला का। विवरण देते समय वे प्रेक्षक के चेहरे का कुत्सित भाव भी पढ़ते जाते हैं। बहुत कम लोगों के चेहरे पर वांछनीय सहानुभूति देखने को मिलती है। कुछ खड़े-खड़े टरका देते हैं, कुछ समझा-बुझाकर विदा करते हैं तो कुछ टका सा जवाब दे देते हैं।

हे भगवान्! कब तक चलेगी यह यात्रा? रोज नए-नए लड़कों के पते ढूँढ़ो, उनके घर जाओ और फिर शुरू हो जाओ, "मेरा नाम गोपाल प्रसाद शर्मा है। दो साल पहले सचिवालय से रिटायर हुआ हूँ। सेक्शन ऑफिसर था। एक घर है, यहीं हर्षवर्धन नगर में। कानपुर के ही रहनेवाले हैं हम लोग। दो लड़के हैं—बड़ा सचिवालय में लग गया है और छोटा बैंक में। दोनों की शादी हो चुकी है। तीन लड़कियाँ हैं—बड़ी दोनों की शादी हो चुकी है। सोचा अपनी जमात के किसी अच्छे लड़के से छोटी का ब्याह कर दूँ तो छुटकारा पा जाऊँ। लड़की सुंदर है, रंग भी साफ है। एम.ए. पढ़ी है, अभी तक प्राइवेट स्कूल में टीचर है। यह रही उसकी तसवीर। वगैरह-वगैरह...।"

फिर करो उनके उत्तर की प्रतीक्षा। उनके सवालों का जवाब दो, उनकी माँगें सुनो। फिर कभी नौकरी न होने की वजह से या फिर पत्रिका न मिलने की वजह से उनके मुँह से न सुनो।

'चलो इसी मुहल्ले में एक और लड़का है, वहाँ भी हो लें,' गोपाल बाबू ने सोचा। धीरे-धीरे चलते हुए उन्हें घर ढूँढ़ने में एक घंटा लग गया। एक तो जेठ की दुपहरी, उस पर उनकी बढ़ती उम्र और क्षीण होती शक्ति। एक बार तो ऐसा लगा मानो गिर ही पड़ेंगे। पर लड़की के रिश्ते का सवाल था, सो जबरन पैरों को घसीटते हुए गोपाल बाबू ने आखिर वह घर ढूँढ़ ही लिया। नेलप्लेट पर नाम देखकर तश्दीक कर ली कि वे सही पते पर ही हैं।

दरवाजे पर दस्तक दी, पर कोई जवाब नहीं आया। थोड़ी देर रुककर उन्होंने फिर दस्तक दी। इस तरह वे रह-रहकर दरवाजा खटखटाते रहे। पंद्रह मिनट तक दस्तक देने के बाद घर में हलचल हुई। अब तक गोपाल बाबू का गला सूखकर रेगिस्तान हो चुका था। एक भारी-भरकम सज्जन नींद से उठकर आए। नींद बीच में टूट जाने के कारण उनके चेहरे पर हिंसक भाव विद्यमान था। उनींदी आँखें और उबासी लेते हुए मुँह खोलकर उन्होंने पूछा, "क्या काम है? क्यों दरवाजा तोड़े डाल रहे हैं आप?" इस वाक्य के साथ उन्होंने उबासी ली और ढेर सारा थूक गोपाल बाबू के मुँह पर मार दिया।

उनकी मुद्रा और हाव-भाव देखकर गोपाल बाबू आगे का परिणाम समझ ही गए थे। फिर भी उन्होंने हिम्मत जुटाकर पूछा, "सुना है, आपके सुपुत्र शादी करने का विचार रखते हैं। मेरा नाम गोपाल प्रसाद शर्मा है। मैं अपनी बेटी के रिश्ते के लिए आया था।"

"देखिए, फिलहाल हमारा कोई विचार नहीं है, आप फिर कभी आइए।" उस व्यक्ति ने कहा और भड़ाक से गोपाल बाबू के मुँह पर दरवाजा बंद कर दिया। गोपाल बाबू की आँखों में आँसू तैर आए। यह कैसी मानवता है—न बैठने को पूछा, न पानी को। ऐसी गरमी में तो हम भिखारियों को भी पानी के लिए पूछ लेते हैं, पर यहाँ तो…

गोपाल बाबू को अपने दफ्तर के साथी सियाराम तिवारी की याद हो आई। जब उन्हें तीसरी लड़की हुई तो उन्होंने कहा था—'गोपाल बाबू याद रखना, तीन-तीन लड़कियों के बाप हो, अब मान-अपमान इज्जत सबकुछ भूल जाओ।'

दूसरे ही क्षण गोपाल बाबू के मन में सियाराम की कुछ और यादें घुमड़ने लगीं। उन्होंने पास के प्याऊ से पानी पिया और बस में जाकर बैठ गए।

सियाराम ने गोपाल बाबू से कहा था कि अपनी इकलौती बेटी को बहू बना लें। पर उस समय गोपाल बाबू राजा थे, दो लड़कों के बाप थे। बाजी उनके हाथ में थी। उन्हें सियाराम की आर्थिक हैसियत का पूरा-पूरा अंदाजा था, लिहाजा समधी के स्थान पर सियाराम की बेटी का रिश्ता उन्हें बिल्कुल फायदेमंद नहीं लगा। उन्होंने सियाराम को समझाया कि ऐसे संबंध दोस्ती में दरार पैदा कर देते हैं और भी कुछ फालतू से कारण देकर उन्होंने अपना पिंड छुड़ा लिया। आज उन्हें लग रहा था कि यदि वे उस समय सकारात्मक उत्तर दे देते तो आज सियाराम से उसके भतीजे के लिए बात चला सकते थे। लेकिन अब किस मुँह से जाएँ उसके पास।

ऐसी बात नहीं थी कि पिछली दोनों लड़कियों की शादी में उन्हें कोई अड़चन नहीं आई। पर तब उनके हाथ में दो लड़कों की हुंडी थी। इस हाथ ले उस हाथ दे। और फिर तब वे सामान्य प्रशासन विभाग में सेक्शन ऑफिसर भी तो थे। अब तो हालत बदल गए हैं, परिस्थिति ने चारों तरफ से झकझोरकर रख दिया है।

घर भी उन्हें क्या रास आनेवाला था। बेटा बहू अपने आप में मगन हैं। उन्हें न बहन की तरफ देखने की फुरसत है, न बाप की तरफ। सुनीला का कुम्हलाया चेहरा भी अब गोपाल बाबू से देखा नहीं जाता। उनकी सारी कोशिश अपनी बेटी को इस दमघोंटू वातावरण से बाहर निकालने की है। वे तो अकेले जी लेंगे जैसे-तैसे। पत्नी का स्वर्गवास हुआ, तब से जी ही रहे हैं।

'चाचाजी नमस्कार!' रास्ते में किसी ने आवाज दी। देखा, अनिल है। मुहल्ले का ही लड़का है।

बेरोजगार है। उसके चेहरे पर भी हमेशा एक उदासी की परत छाई रहती है। बेरोजगार लड़का और अनब्याही लड़की दोनों की हालत एक जैसी ही होती है।

"कहो बेटा, कहीं जमा नौकरी का?" गोपाल बाबू ने औपचारिकता से पूछा।

"नहीं चाचाजी। परंतु इस बार पी.एस.सी. के परचे अच्छे गए हैं। हो सकता है सिलेक्ट हो जाऊँगा। अभी तो फिलहाल एक प्राइवेट स्कूल में साक्षात्कार के लिए जा रहा हूँ।" और अनिल चलता बना।

"अब कहने को क्या नहीं है इसके पास। पढ़ा-लिखा है, बुद्धिमान है। जरा सा भाग्य और जरा सी सिफारिश से कहाँ तक नहीं पहुँच जाएगा। फिर सुनीला का ही भाग्य खराब है, नहीं तो उसी के भाग्य से इसे कहीं अच्छी नौकरी लग जाए।" गोपाल बाबू ने मन-ही-मन सोचा। साथ ही अनिल से जुड़ी और भी बातें घुमड़ने लगीं मन में।

प्यार करते थे दोनों कॉलेज के जमाने में। पता चलने पर भड़क उठे थे गोपाल बाबू। एक साधारण परिवार का लड़का गोपाल बाबू से टक्कर लेने चला था। दोनों को डाँट-डपटकर घर में बिठा दिया। गोपाल बाबू के लड़के तो जाकर अनिल की पिटाई भी कर आए थे। मामला उठा और ठंडा हो गया। तब से अनिल बेरोजगार है और सुनीला अविवाहित। प्रेम तो दोनों में आज भी उतना ही है शायद, पर क्या करें हालात ने उन्हें खामोश कर दिया है।

खाना खाकर चुपचाप लेट गए गोपाल बाबू और सोचने लगे कि आगे की रणनीति क्या हो? किससे मिला जाए, क्या किया जाए? अब उनकी झोली में सिर्फ दो ही रिश्ते बचे थे, जो एक दिन में निपट सकते थे। परसों क्या करेंगे? कभी-कभी तो वे सोचने लगते कि सुनीला की शादी के बाद क्या करेंगे दिनभर। उनके घर आई लक्ष्मी तो उन्हें खा जानेवाली निगाहों से देखती है। अच्छा है, जितना ज्यादा बाहर रहें।

"पापा!" उन्होंने देखा सुनीला खड़ी है, "पापा, मुझे बैंक में नौकरी मिल गई है।"

बड़ी अजीब छोकरी है यह। कब फार्म भरती है, कब परीक्षा देती है, कब इंटरव्यू दे आती है, पता ही नहीं चलता। आज जब वह सिलेक्ट हो गई है, तब पता चला है कि उसने परीक्षा दी थी कभी। उनका दिल प्यार और ममता से भर उठा और उन्होंने सुनीला को गले लगा लिया।

गोपाल बाबू का उत्साह दूना हो गया था। एक नई उमंग का संचार हुआ था उनमें। उनकी आर्थिक दशा में सुधार का संदेशा लेकर आई थी ये नौकरी। साथ ही अब रिश्तों का क्षेत्र भी बढ़ गया था। अब उन्होंने फिर उन घरों के पते ढूँढ़ने आरंभ कर दिए, जो लड़की की अच्छी नौकरी न होने की वजह से छूट गए थे।

अब उनकी उड़ान ऊँची हो गई थी। क्लर्क, स्टेनो वगैरह को छोड़कर अब वे इंजीनियर, बैंक अफसर तक पहुँच गए थे। पर ऊँची जगहों पर, ऊँची माँग और नीची जगहों पर लालच या तिरस्कार। कहाँ जाएँ गोपाल बाबू, क्या करें? बूढ़ी हड्डियों के विरोध को ताक पर रख रहे थे और जी तोड़ मेहनत कर रहे थे।

इस बीच उन्होंने महसूस किया कि अनिल और सुनीला पुनः एक-दूसरे के करीब आ रहे हैं। पर इस बार वे चुप्पी साध गए। सोचा, लड़का पी.एस. सी. में बैठा है, अगर चुन लिया गया तो लड़की का भाग्य है। और आखिर एक दिन सुनीला ने खबर सुना ही दी।

"पापा अनिल पी.एस.सी. में सिलेक्ट हो गया है, डिप्टी कलेक्टर के रूप में। अब तो अच्छी जगह पोस्टिंग मिलेगी उसे।" सुनीला ने आकर बताया। उसके हर वाक्य से खुशी फूटी पड़ रही थी। सुनीला के चेहरे की खुशी गोपाल बाबू को सबकुछ बता गई। दूसरे ही दिन गोपाल बाबू अनिल की ड्योढ़ी पर हाजिर थे।

"देखिए चाचाजी, जहाँ तक मेरा प्रश्न है, मैं सुनीला से प्रेम करता हूँ, उससे शादी करना चाहता हूँ। पर माँ-बाप के भी तो कुछ अरमान होते हैं, उन्हें भी तो मुझे ही पूरा करना है।" अनिल ने शुरुआत की। पर गोपाल बाबू ठहरा चुके थे कि किसी कीमत पर ये रिश्ता हाथ से न जाने देंगे। माँ-बाप के अरमानों

की आड़ में अनिल ने मुँह फाड़ना शुरू किया और गोपाल बाबू उसे भरते रहे।

इस प्रेम-प्रसंग की चर्चा सारे शहर में थी, इसलिए पीछे हटना भी संभव नहीं था। सब सोच रहे थे—'सस्ते में निपट गए गोपाल बाबू प्रेम विवाह में'। पर गोपाल बाबू खुद ही जानते थे कि कितना महँगा पड़ा है ये रिश्ता। इस शादी के लिए उन्हें अपना घर तक गिरवी रखना पड़ा।

आखिर सुनीला की शादी अनिल से हुई और धूमधाम से हुई।

गोपाल बाबू अपने बेटों का तिरस्कार और गुस्सा सहन करके रहने लगे। बहुएँ तो उन्हें पहले से ही घर की एक अनावश्यक वस्तु समझती थीं। बेटे इसलिए नाराज थे कि बहन की शादी के लिए घर गिरवी रख दिया। उन्हें कर्ज की किश्तें चुकानी पड़ रही थीं। बेटियाँ अलग गुस्सा थीं कि सबसे अच्छा वर सुनीला के लिए ढूँढ़ा गया और सबसे ठाठ से उसकी शादी हुई। गोपाल बाबू सब चुपचाप सुनते दिन गिन रहे थे। किसे समझाएँ, क्या दलील दें?

अब तो गोपाल बाबू का वह सफर आरंभ हो चुका था, जहाँ सब लुटाते जाना है, सब सहते जाना है। अब अपने जीवन के अंतिम पड़ाव में थे गोपाल बाबू।

ऐसे ही अपने अंतिम दिनों की प्रतीक्षा में बैठे गोपाल बाबू को बगल वाले मकान में से एक वृद्ध आकृति निकलती दिखी। 'गुप्ताजी होंगे!' उन्होंने सोचा। वे भी बेचारे अपनी बेटी के लिए यों ही घूम रहे हैं।

एकाएक गोपाल बाबू के चेहरे पर चमक आ गई। उन्होंने सोचा, क्यों न मैं भी गुप्ताजी की लड़की के लिए वर तलाशना शुरू कर दूँ। इससे गुप्ताजी को मदद भी हो जाएगी। मान-अपमान तो कुछ रहा नहीं अपना। तिरस्कार सहने की अच्छी खासी आदत हो गई है। एक से भले दो। उन्होंने खुशी-खुशी छड़ी उठाई और आवाज लगाई, "अरे गुप्ताजी रुकिए, मैं भी चल रहा हूँ आपके साथ।"

□

बौनों का आकाश

सुबह जब मैं अपने झोंपड़े से बाहर निकला, तो मैंने एक अजीब दृश्य देखा। मेरे झोंपड़े के बाहर भीड़ जमा थी। सूट-बूट पहने, धोती-कुरता पहने, खादी पहने, सिल्क पहने। यानी भीड़ में सभी वर्गों के लोग जमा थे। यह भीड़ उत्साहित थी, प्रफुल्लित थी। जरा गौर से देखने पर ज्ञात हुआ कि भीड़ में दो-चार कैमरे भी मौजूद हैं। मुझे समझ में नहीं आया कि ये भीड़ क्यों जमा है। मेरे बाहर निकलते ही किसी ने कहा, ''बाबाजी आ गए।'' और फिर देखते-ही-देखते पूरा गाँव मेरी जय-जयकार में डूब गया।

लोग आगे बढ़-बढ़कर मेरे पैर छूने लगे। मेरे गले में हार-माला डालने लगे। भीड़ में रेलमपेल मच गई। फिर कुछ लोगों ने मेरे चारों तरफ चटाइयाँ बिछा दीं। ढोल-मंजीरे आ गए और कीर्तन होने लगा। मेरे आश्चर्य का तब पारावार न रहा, जब मैंने उन भजनों को गौर से सुना। वे सभी भजन मुझे लेकर बनाए गए थे। उन भजनों में मेरी महिमा का वर्णन था। जो कुछ मेरे सामने हो रहा था, वो सब मेरे लिए अजूबा था, अनहोनी थी।

तभी भीड़ में आवाज आई—'बाबाजी दो शब्द कहिए,' 'बाबाजी आशीर्वाद दीजिए'। मुझे समझ में ही नहीं आया कि क्या कहूँ! मैं तो इतना सकते में आ गया था कि हड़बड़ाहट में बोल उठा—''ये सब क्या हो रहा है?'' भीड़ ने पुन: जय-जयकार किया और भजन दुगने जोर-शोर से चालू हो गया। अब वाकई मुझे खीज आने लगी थी। मगर इससे पहले कि मैं कुछ बोलता, एक व्यक्ति मुसकराता हुआ मेरे पास आया और बोला, ''मैं 'दैनिक

ज्वाला' का विशेष संवाददाता हूँ। आपसे दो मिनट चर्चा करनी है।''

''मगर यह माजरा क्या है?'' मैं चिढ़कर बोला।

''उसी विषय पर चर्चा करनी है। आइए, अंदर चलें।'' वह शांत भाव से बोला।

मैंने भीड़ को हाथ जोड़कर प्रणाम किया और सारा गाँव पुनः मेरे जयघोष से गूँज उठा।

''भाई साहब! यह सब क्या हो रहा है, मेरी तो कुछ समझ में नहीं आ रहा है।'' मैंने अंदर जाते-जाते असंयत होकर पूछा।

पत्रकार मुसकराया और उसने अपने बैग से एक अखबार निकाला। उस अखबार की हैडलाइंस पर था—

'युवक अपना जीवन सुधारें'—मुख्यमंत्री रतनलाल

''ये अपने मुख्यमंत्रीजी का भाषण है। कल उन्होंने विश्वविद्यालय के दीक्षांत समारोह में दिया था।'' पत्रकार ने जानकारी दी।

''पर इससे मेरा क्या वास्ता?'' मैंने अधीरता से पूछा।

''आपका वास्ता है। देखिए, कल के भाषण में मुख्यमंत्रीजी ने आपका जिक्र किया था। उन्होंने कहा कि उन्होंने आपसे प्रेरणा ली है। आप उनके आदर्श हैं। साथ ही उन्होंने यह भी कहा है कि सभी नवयुवक आपकी तरफ देखें और आपसे प्रेरणा लें।'' पत्रकार ने संक्षेप में बात पूरी की। फिर उठते हुए बोला, ''अच्छा, अब मैं चलता हूँ। अभी बहुत काम बाकी है। कल के पेपर में देखिएगा, कैसी तारीफ छापता हूँ आपकी। और हाँ, राजाश्रय की बधाई हो!''

''राजाश्रय? कैसी बात कह गया वो पत्रकार! और यह रतनलाल को क्या सूझी, जो मुझको अपना आदर्श बना लिया। रतनलाल है ही शरारती, बल्कि थोड़ा उद्दंड है। बचपन से ही देख रहा हूँ उसे, या ये कहें कि बचपन में ही देखा था उसे। दरअसल मैं इस गाँव में प्राइमरी टीचर था और रतनलाल गाँव के सरपंचजी का लड़का। मेरे स्कूल में वह पाँचवीं तक ही पढ़ा, मगर वह

जब तक स्कूल में रहा, मैं उसके सामने दबा-दबा सा रहा। ऐसा लगता था, मानो मास्टर मैं नहीं, वो है।

मैंने रतनलाल को डाँटना चाहा, पर डाँट न सका। मारना चाहा, पर मार न सका। उसके गंदे और गलत कामों को भी मुझे चुप रहना पड़ता था। मैं तभी जान गया था कि रतनलाल गाँव में टिकने वाला नहीं है। वह बहुत आगे जाएगा।

दूसरे दिन के अखबारों में पहले पृष्ठ पर बड़े-बड़े अक्षरों में छपा था—

''देश में यह सब क्या हो रहा है ? रतनलाल अभी बच्चा है, उसे बल दीजिए—बाबाजी,'' इस शीर्षक के नीचे उन सारी बातों का वर्णन था, जो कल यहाँ घटी थीं।

मेरा तो दिमाग चकराने लगा था। मुझे रतनलाल पर रह-रहकर गुस्सा आ रहा था। कैसा मजाक किया था उसने मेरे साथ!

इतने में एक कार मेरे झोंपड़े के सामने आकर रुकी। उसमें से एक अधिकारीनुमा सज्जन उतरे। वे मेरे पास आए और मेरे पैर छूते हुए बोले, ''बाबाजी, मुख्यमंत्री आपको लेने स्वयं आनेवाले थे, मगर आप तो जानते ही हैं, कितना काम रहता है उन्हें। और फिर आप ही ने तो कहा है कि कर्म पहले करो। इसलिए मैं आपको लेने आया हूँ। मैं उनका पी.ए. हूँ। आप मेरे साथ राजधानी चलें। वहाँ सभी आपके दर्शनों को व्याकुल हैं।''

हालाँकि मैंने ऐसा कभी नहीं कहा था कि कर्म पहले करो। मगर फिर भी मेरा रतनलाल से मिलना जरूरी था। मैंने सोचा, चलो राजधानी और निपटाओ यह बाबाजी का चक्कर।

शायद पी.ए. ने मेरे आगमन की सूचना पहले दे दी थी। स्वागत की बड़ी तैयारी की वहाँ पर। रतनलाल के निवास पर भारी भीड़ जमा थी। चारों तरफ मेरी जय-जयकार हो रही थी। मार्ग पर फूल बिछे थे, हजारों लोग मेरे दर्शन के लिए उतावले हो रहे थे। घर के पोर्टिको में रतनलाल स्वयं मेरे स्वागत के लिए खड़ा था। अपना इतना स्वागत-सत्कार देख मेरा मन डाँवाँडोल होने लगा। मन

का गुस्सा उड़ने लगा। एक विचार आया—'बने रहो बाबाजी, क्या फर्क पड़ता है।' मगर एकाएक घबराहट होने लगी कि यदि नहीं निभी बाबागिरी तो?

कार के रुकते ही रतनलाल ने स्वयं आगे बढ़कर कार का दरवाजा खोला और मैं जैसे ही नीचे उतरा, उसने मेरे पैर पकड़ लिये। खटाखट-खटाखट न जाने कितने कैमरे चल गए।

भीड़ में से पुनः जय-जयकार की आवाजें आने लगी थीं। इस बार जय-जयकार में मेरे साथ रतनलाल का भी नाम शामिल था। इस जय-जयकार ने तो मेरे दिमाग की आग को पुनः भड़का दिया। आस-पास के लोगों की परवाह किए बगैर मैं चिल्लाया—"रतनलाल यह सब क्या लगा रखा है?"

जिंदगी में पहली बार मैं रतनलाल को डाँट पाया था। मैं उसे डाँट पाया, इसके दो प्रमुख कारण थे। एक तो अब सरपंचजी स्वर्गवासी हो चुके थे, सो उनका डर नहीं था। दूसरा, मैं अब सरकारी कर्मचारी नहीं था। परंतु रतनलाल पर डाँट का कोई असर न हुआ। वह मुझे ससम्मान अंदर ले गया। बैठक में रतनलाल की पत्नी, बच्चों एवं स्टाफ के कर्मचारियों ने मेरे पैर छुए। मैं सारी जिंदगी एक शिक्षक रहा, मगर जिंदगी भर में इतने लोगों ने मेरे पैर नहीं छुए थे, जितने पिछले दो दिनों से छू रहे थे। मैं अस्वस्थ हो उठा। अजनबियों के बीच मुझे भय लगने लगा। आखिर रतनलाल ने ही मेरी समस्या हल की। मुझे उठाते हुए वह बोला, "आइए बाबाजी, अंदर बैठकर बातें करें।" हम उठकर अंदर के कमरे में चले गए। कमरे में पहुँचते ही मैंने रतनलाल से व्याकुलता से पूछा, "रतनलाल! ये क्या माजरा है। ये क्या मजाक कर रहे हो तुम?" यह मेरी दो दिन की बाबागिरी का ही असर था कि मैं उसे 'तुम' कह रहा था।

"चिंता की कोई बात नहीं है, मास्टरजी। बात यों हुई कि मुख्यमंत्री बनने के बाद मुझे यह महसूस हुआ कि मेरा भी कोई आदर्श होना चाहिए, प्रेरणास्रोत होना चाहिए। हरेक का रहता है, तो मेरा क्यों न हो! तब हमारे पी.ए. ने सुझाया कि आप तो किसी को भी आदर्श पुरुष बना लो, महापुरुष तो हम बना देंगे उसे। तब मैंने सोचा कि अपन ने पढ़ाई के सबसे ज्यादा साल, यानी

पाँच साल आपके ही साथ गुजारे हैं, तो पहला हक तो आपका ही बनता है। आप आदमी भी ठीक हो, हार्मलेस हो, इसलिए बना लिया आपको आदर्श।'' रतनलाल बोलता चला जा रहा था और मैं उसे हतप्रभ हो सुन रहा था।

''सो गुरुजी, अब आज से आप मेरे गुरु हैं और आदर्श भी। आज से आप मेरे ही पास रहेंगे। आपका काम होगा बोलना, कुछ भी बोलना और बोलते रहना। पर मेरे ही खिलाफ नहीं। और हाँ, गाँव में आपका आश्रम बनने तक आपको यहीं रहना होगा।'' और वह चलता बना।

दूसरे दिन से मैं फुल-फ्लेज बाबा हो गया। मैं रोज कुछ-न-कुछ कहने लगा। बाद में इसे लोग सुभाषित कहने लगे। ये सुभाषित वे ही थे, जो कभी गांधीजी, नेहरूजी, महावीर, बुद्ध, आइंस्टाइन, सुकरात वगैरह कह गए थे। मैंने कहीं भाषा बदल दी, कहीं वाक्य बदल दिए और ये सुभाषित मेरे नाम से चलने लगे। धीरे-धीरे मुझे यह महसूस होने लगा कि रोज एक सुभाषित देना भी आसान काम नहीं है। अब मुझे उन महापुरुषों पर दया आने लगी थी। बेचारे कैसे कह गए होंगे इतने सुभाषित।

इधर मैंने प्रार्थना-सभा एवं प्रवचन के कार्यक्रम भी आरंभ कर दिए। उन कार्यक्रमों की लोकप्रियता बढ़ती गई। प्रार्थना-सभा में, प्रवचनों में भीड़ बढ़ने लगी। हाँ, सामान्य जनता इन कार्यक्रमों में नदारद थी। इनमें केवल बड़े-बड़े लोग ही आते थे।

तभी एक दिन रतनलाल का पी.ए. मुझसे बोला, ''बाबाजी, आप कुछ दिनों के लिए घूम आइए।''

''अब मुझे कहीं नहीं जाना घूमने।'' मैंने बाबा वाले अंदाज में कहा।

''नहीं! आपका जाना जरूरी है। हमें जनता में आपके प्रति उत्साह देखना है।'' पी.ए. जरा कड़क लहजे में बोला। पी.ए. का अंदाज इतना याद दिलाने के लिए काफी था कि मैं केवल मुख्यमंत्री का नौकर हूँ, इसके अलावा मेरी हैसियत कुछ भी नहीं है।

मैंने शांत स्वर में पूछा, ''कहाँ जाना होगा?''

"यहीं आसपास हो आइए। हमें तो केवल मालूम पड़ना चाहिए कि जनता पर आपका प्रभाव कैसा है ? यदि आपको वांछित सफलता मिलती है, तो यह प्रोजेक्ट सक्सेसफुल समझिए। फिर हम आपसे कुछ काम की चीजें भी बुलवा सकेंगे। तो फिर मैं परसो से आपके दौरे की घोषणा कर देता हूँ। सभी तैयारियाँ हो जाएँगी। आपको बस कुछ ही दिनों में मुक्ति दिला देंगे।"

"मुक्ति ?" मैंने घबराते हुए पूछा।

"यानी फिर हम आपको आपके गाँव में भेज देंगे, जहाँ आपका आश्रम बन रहा है। वहीं से आप बोलते रहिएगा। आपको क्या बोलना है, वह सब यहीं से लिखा हुआ आ जाएगा।" पी.ए. ने कहा और चला गया।

उसके बाद हफ्ते भर मैं आसपास के गाँवों में घूमता रहा। सभी जगह इंतजाम जोरदार था। पूरा सरकारी अमला मेरे स्वागत-सत्कार में लगा था। सामान्य जनता मेरे दर्शनों को आतुर थी। मैं भी बाबागिरी की सोच में कुछ वाक्य जनता पर फेंकता चला जा रहा था। रोज अखबार में फोटो, टी.वी. पर इंटरव्यू चल रहे थे। देखकर मन गद्‍गद था। मुझ जैसे अदना शिक्षक को रतनलाल ने क्या बना डाला था। पहले मैं सरकारी कर्मचारी था, अब सरकारी संत के दर्जे में आ गया था।

इस बीच खबर आ गई कि मेरा ऑफिस बनकर तैयार है। मैंने गाँव की ओर रुख किया। गाँव पहुँचकर अपना घर देखा तो दंग रह गया। मेरे टूटे-फूटे मकान की जगह वहाँ एक आलीशान आश्रम बनकर तैयार था। लोगों की चहल-पहल वहाँ भी थी। पूछने पर मालूम पड़ा कि ने सारे मेरे भक्त और अनुयायी हैं। पुलिस का भी इंतजाम चाक-चौबंद था।

अपने घर को आश्रम के रूप में तब्दील होता देख मन खुश था और उत्साहित भी। अपने एक साधारण पुरुष से महापुरुष बनने की प्रक्रिया का मैं पूरा आनंद ले रहा था और देख रहा था कि आसमान अब झुककर बहुत नीचे आ गया है। लोग छोटे और बहुत छोटे होते जा रहे हैं।

□

संज्ञाशून्य

"सर, आपके लिए एक बुरी खबर है," गुप्ता ने कमरे में दाखिल होते हुए कहा। "क्या हुआ! मेरा ट्रांसफर हो गया? यार गुप्ता, तुम जब भी डायरेक्टोरेट होकर आते हो, कुछ-न-कुछ नया शगूफा लेकर ही आते हो।" मुझे लगा, गुप्ता हमेशा की तरह सचिवालय और डायरेक्टोरेट के गलियारों में गूँजते किसी नए शगूफे की बात कर रहा होगा।

"नो सर, दिस टाइम आइ रियली मीन इट, खबर सचमुच बहुत बुरी है।" गुप्ता ने संजीदगी से कहा।

"यार, अब प्रस्तावना ही बताते रहोगे या आगे भी कुछ कहोगे?"

मैंने लगभग झुँझलाते हुए कहा।

"सर, नायर साहब सस्पेंड हो गए हैं।"

"व्हॉट? मैंने चौंककर कहा। तुम जानते भी हो कि गुप्ता, तुम क्या कह रहे हो?" मैंने गुप्ता को झकझोरते हुए कहा।

"सर, बदकिस्मती से यह खबर सही है। मैं खुद ऑर्डर्स देखकर आया हूँ।" गुप्ता ने दुखी मन से कहा।

नायर का सस्पेंड होना सचमुच ही एक अनहोनी थी, एक ऐसी अनहोनी, जिसकी संभावना नहीं के बराबर होती है। और फिर मेरे लिए तो यह बात और भी ज्यादा दु:खदायी थी, तभी तो गुप्ता भी सीधे-सीधे नहीं बता पाया उस बात को।

''पर यह सब हुआ कैसे? नायर की तरफ उँगली उठाने की हिम्मत कैसे हुई किसी की?''

''आई डोंट नो सर! पर सस्पेंशन का ऑफिशियल कारण पीलूखेड़ी का पर्चेज केस बताया गया है।''

''इट इज नेक्स्ट टू इंपॉसिबल, नायर पर्चेज में हेरा-फेरी करे, ऐसा हो ही नहीं सकता। हैरत है!''

''और वो भी सर, सिर्फ पाँच लाख के पाइप में, इट इज सच ए बेसलेस एलिगेशन।'' गुप्ता भी बेचारा दुखी था!

''आई कांट बिलीव इट।''

''सर, सुना है कि विधानसभा चल रही है, इसलिए सरकार बहुत ज्यादा होशियारी से काम ले रही है।''

मुझे गुस्सा आ गया।

''क्या इससे पहले कभी विधानसभाएँ नहीं हुईं? क्या इससे पहले किसी और पर कभी कोई आरोप नहीं लगे? और फिर नायर! ऑफ ऑल नायर।''

''जो कुछ भी हुआ है सर, बहुत बुरा हुआ है। इतना अच्छा आदमी तो पूरे डिपार्टमेंट में नहीं मिलेगा।''

गुप्ता शायद सचमुच व्यथित था, मगर मुझे लगा कि वह मौका पाकर मुझे मक्खन लगाने की कोशिश कर रहा है।

''अच्छा, जो हो गया सो हो गया, अब हम अपना भी काम कर लें कुछ!'' मैंने गुस्से को झटकते हुए कहा। गुप्ता बेचारा अपना सा मुँह लेकर चला गया। मैंने काम में मन लगाने की कोशिश की, पर मन लगा नहीं, और लगता भी कैसे? बात ही कुछ ऐसी थी। थोड़ी देर बाद ही मैंने गुप्ता को बुलवाया और उसे बाकी के काम सौंपकर घर आ गया।

घर में घुसते ही रीना ने सवालों की झड़ी लगा दी।

''क्या हुआ? फिर बी.पी. चढ़ गया क्या? क्यों गए आज दफ्तर, जब तुम्हारा बी.पी. इतना हाई था तो? डॉक्टर को फोन करूँ क्या?''

"ओफ्फ रीना, बस भी करो। मुझे कुछ भी नहीं हुआ है। ऐंड फॉर हैवेंस सेक, डोंट डिस्टर्ब मी।" मैंने रीना पर चिल्लाते हुए कहा और बिस्तर पर अपने आपको झोंक दिया।

मैं शांत होकर पड़ा रहना चाहता था, मगर मैं जानता था कि ऐसा नहीं होगा, जो खबर मैंने सुनी थी, उसे सुनकर कोई भी शांत नहीं रह सकता था।

"सुनो, अभी निर्मल सिंह का फोन आया था," रीना ने सहमते हुए कहा। निर्मल सिंह का फोन! यानी नायर के सस्पेंड होने की बात सौ फीसदी सही थी। निर्मल सिंह के डायरेक्टोरेट और सचिवालय में मुझसे अच्छे कॉन्टेक्ट्स थे। यह खबर सबसे पहले उसी को पता लगी होगी। सब जानते हैं कि नायर का चहेता यहाँ कौन है।

"पहले तो तुम्हारे बारे में पूछता रहा, फिर बोला कि बाद में बात कर लूँगा। अभी लगाऊँ उसे फोन?" रीना ने पूछा।

"नहीं रहने दो। और सुनो, जरा एक प्याली चाय बनवा दो।" मैंने रीना से कहा और फिर अपने आप में खो गया। दरअसल चाय का तो एक बहाना था, मैं चाहता था कि रीना कुछ समय के लिए बाहर ही रहे। मैं नहीं चाहता था कि रीना को मेरे अंदर मची उथल-पुथल की जरा सी भनक लगे।

अण्णा सस्पेंड हो गया! अण्णा! हाँ, न जाने कब से नायर का नामकरण अण्णा हो गया था! शायद यह फर्स्ट ईयर की ही बात है। पहले हम लोग उसे इसी नाम से चिढ़ाया करते थे। पर धीरे-धीरे उसका यही नाम पड़ गया—अण्णा। वह था भी हमसे दो साल बड़ा। कॉलेज में हम छह लोगों का एक परिवार ही बन गया। अण्णा हमारा लीडर था, हमारा बड़ा भाई। मैं, निर्मल सिंह, सक्सेना, गायकवाड़ और राघवन! हम सब उसी को अपना बड़ा भाई मानने लगे थे। रैगिंग से लेकर टूर तक, सभी में अण्णा हम सबका गार्जियन बना रहा।

किस्मत की बात रही कि कॉलेज छूटा और हम सभी एक साथ इस डिपार्टमेंट में लगे। नौकरी की वजह से दूर-दूर तो जाना ही पड़ा हम सबको, पर फिर भी नायर हमारा अण्णा ही बना रहा।

फोन की घंटी बजी! मुझे मालूम था कि फोन निर्मल सिंह का ही होगा। पहले तो सोचा, रीना को ही उठाने दूँ, लेकिन फिर यह सोचकर कि न जाने निर्मल सिंह रीना से ही कुछ कह बैठे, मैं खुद ही चल पड़ा फोन उठाने।

"ओय करंदीकर!" उधर से निर्मल सिंह की आवाज आई।

"हाँ, बोल भाई।"

"यार, अण्णा के बारे में सुना?"

"हाँ।"

"पर यार, यकीन नहीं आता कि अण्णा..."

"क्या कह सकते हैं, अभी तो कुछ पता नहीं है।"

"यार, ये सब उन हरामियों की चाल है।" निर्मल सिंह को अब गुस्सा आने लगा था।

"देख निर्मल! फोन पर ये सब बातें नहीं कर सकते। तू इधर आ जा, यहीं बात करेंगे।" मैंने उसे शांत करते हुए कहा।

"ठीक है, मैं आता हूँ शाम को।" कहकर निर्मल सिंह ने फोन काट दिया।

"क्या बात है, निर्मल सिंह तुम्हें बार-बार फोन क्यों कर रहा है?" रीना ने छूटते ही पूछा।

"बार-बार कहाँ? दो बार ही तो फोन किया है।" मैंने झुँझलाते हुए कहा।

"अरे बाबा, तो नाराज क्यों होते हो? तबीयत खराब है तुम्हारी, इसीलिए पूछा।"

"मुझे कुछ नहीं हुआ है।" मैंने कहा और कमरे में आ गया।

आखिर कब तक छुपाए रख सकता था मैं यह खबर। रीना को तो मालूम पड़ ही जाएगी। अभी गायकवाड़ का फोन आएगा, सक्सेना का आएगा, राघवन का आएगा। कब तक यों ही टालता रहूँगा मैं रीना को।

□

क्यों किया होगा अण्णा ने ऐसा? और किया भी होगा कि नहीं? हम सभी में सिर्फ अण्णा ही था, जो अपने आदर्शों से टिककर ईमानदारी से नौकरी कर रहा था। हम लोग उसका मजाक भी उड़ाया करते थे, 'अण्णा, जमाना बदल गया है। अब ऊपर से पैसा लेना करप्शन में नहीं आता। अब तो यह स्टेटस की निशानी है, मर्दानगी की निशानी है।'

'अरे तो बाबा, तुम्हीं लोग मर्द बनो,' अण्णा कहता, 'यार, तुमको क्या मालूम कि ऐसा करने में कितना खुशी है।'

एक-दो बार तो इस बात पर झगड़ा भी हो गया अण्णा से। आखिर में अण्णा बोला, 'देखो तुमको जो करना है, करो। हम तुम्हारे रास्ते में नहीं आएगा। पर तुम हमको ये सब करने को मत बोलो। हम गॉड फियरिंग आदमी है। नहीं, ये मत सोचना कि मैं गुस्सा है तुम पर! जब भी मदद लगेगा, बोलना, अण्णा इधर है, हमेशा रहेगा, तुम्हारी मदद को।'

और यही अण्णा आज जब सिर्फ पाँच लाख के घपले में फँस गया, तो सोचकर हैरत भी हो रही है और गुस्सा भी आ रहा है।

''पाँच लाख के पाइप में अण्णा को क्या मिला होगा?'' मेरे भ्रष्टाचारी गुणा-भाग शुरू हो गए। यानी दस परसेंट के हिसाब से भी बमुश्किल पचास हजार रुपए पड़े होंगे। और यदि उसमें भी कोई सबॉर्डिनेट बीच में आ गया होगा तो अण्णा के हाथ पच्चीस-तीस ही आए होंगे।

इतने से पैसों के लिए अण्णा यह सब करेगा, यकीन नहीं हो पा रहा था।

''सुनो, गुप्ता आया है।'' रीना ने बताया।

''कह दो कि सो रहे हैं।'' मैंने रीना से कहा, लेकिन फिर सोचा, देख तो लूँ। हो सकता है, अण्णा के बारे में ही कोई खबर लाया हो। लिहाजा उठकर चला आया। मेरा अंदाजा सही था। गुप्ता अण्णा के बारे में ही खबर लाया था।

''सर, नायर साहब को झाबुआ अटैच कर दिया है।'' गुप्ता ने बताया।

''झाबुआ! इतनी दूर क्यों अटैच किया उसे? वहीं-के-वहीं आसपास

अटैच नहीं कर सकते क्या?'' मैं तैश में गुप्ता से ऐसे पूछ रहा था मानो यह सब उसी का किया-धरा हो।

''सर, इसी बात की तो हैरत है। आमतौर पर इतनी सुस्त चलने वाली सरकार नायर साहब के केस में इतनी फुरती से काम कर रही है। सुनने में आया है कि चार्जशीट भी तैयार है, कल तक वो भी इश्यू हो जाएगी।''

''साली कितनी धाँधली है,'' मैं आपा खो बैठा, ''लोग यहाँ सालों सस्पेंड पड़े रहते हैं और उन्हें चार्जशीट इश्यू नहीं होती, और नायर के लिए इतनी फुरती!''

''सर, एस्टेब्लिशमेंट वाला मालवीय कह रहा था कि नायर साहब के पीछे एक पूरी-की-पूरी लॉबी पड़ी हुई है। सारा काम इसीलिए इतनी फुरती से हो रहा है।''

''ठीक है, तुम जाओ अब! और शाम तक ऑफिस में ही रहना। विधानसभा चल रही है। ऑफिस खाली छोड़ना ठीक नहीं है। कोई मेरे बारे में पूछे तो कहना तबीयत खराब है।''

गुप्ता को विदा करके आया, तब बातें कुछ-कुछ साफ होने लगी थीं। एकदम साफ तो नहीं, मगर हाँ, कुछ-कुछ समझ में आने लगा था। अण्णा की पोस्टिंग पीलूखेड़ी हो, यह बहुत से लोग नहीं चाहते थे। अण्णा भी जाने में हिचकिचा रहा था वहाँ। बोलता, 'हम वहाँ जाकर क्या करेगा बाबा? वहाँ तो तुम लोगों का ही काम है। अभी पीलूखेड़ी में बहुत वर्क है। अभी हमें भेजेंगे तो बहुत सारे लोग ट्रबल में आ जाएँगे।'

पर इस बार हम सबने ही जोर देकर अण्णा को वहाँ भेजा था, 'तुम जाओ अण्णा! तुम्हें फील्ड पोस्टिंग पर जाना चाहिए। अरे, तुम्हारे जैसा अफसर नहीं है पूरे डिपार्टमेंट में, तुम जाओगे तो कम-से-कम एक प्रोजेक्ट तो टाइम से पूरा हो जाएगा।'

बड़ी मुश्किल से गया था अण्णा वहाँ पर। और वहाँ जाने के बाद भी तीन महीने तक तो अण्णा ने कुछ काम ही नहीं किया, बोला था, 'यार, हम

तो अपना सामान भी नहीं खोला, वैसा-का-वैसा बाँधकर रखा है। कल को न मालूम कौन आकर धक्का दे दे। यार, हमको नहीं रहना वहाँ पर। बहुत करप्शन है वहाँ। वहाँ रहेगा तो जरूर हम भी पैसा खाना सीख जाएगा।'

लेकिन हमें मालूम था, अण्णा वहाँ से ट्रांसफर करवा लेगा, मगर पैसा नहीं खाएगा। न मालूम क्यों, हम सब अपने खुद के प्रति उतने आश्वस्त नहीं थे, जितने हम अण्णा के प्रति थे। अण्णा आदमी ही ऐसा था। चट्टान की तरह अडिग, पत्थर की तरह सख्त और पहाड़ की तरह ऊँचा। एक ही साथ निकले थे हम लोग कॉलेज से, पर आज हम कहाँ थे और अण्णा कहाँ पहुँच गया था।

हमने अपने आदर्शों के चोले बहुत जल्दी ही उतार फेंके और दुनियादारी सीख ली। आज हमारे पास ऐशो-आराम की वो तमाम चीजें थीं, जिनकी आदमी इच्छा करता है। हमारे बच्चे आज बड़े-बड़े स्कूलों में थे, गाड़ी-बँगला क्या नहीं था हमारे पास।

और अण्णा के पास? उसने अभी पिछले साल ही स्कूटर खरीदा था, वो भी जब हम दोस्तों ने उसे जबरदस्ती दिलवाया। कहने लगा, 'हम क्या करेगा बाबा! स्कूटर से साइकिल अच्छा है, थोड़ा एक्सरसाइज भी हो जाता है।''

'नहीं अण्णा, अच्छा नहीं लगता। इतनी बड़ी पोस्ट पर हो तुम! अब जरा रुआब लाओ।' हमने कहा। एक ही पोस्ट पर थे हम और अण्णा, पर आज हमारे बच्चे तो कार से नीचे बात भी नहीं करते थे।

''सुनो, किंशुक का मेल है।'' रीना ने मेरी तंद्रा भंग की।

''अच्छा, मुझे खुशी हुई कि चलो इस बार तो बेटे ने जाते ही खबर भेजी,'' ''क्यों अब तो साहबजादे को हॉस्टल का खाना अच्छा लग रहा है न?''

''हाँ, इस बार तो बहुत सारी अच्छी बातें लिखी हैं। लिखता है कि अब तो दो-चार अच्छे दोस्त भी बन गए हैं। समय कैसे कट जाता है, पता ही नहीं चलता।''

''वैरी गुड! अब की बार मैं उससे जाकर मिलूँगा।'' मैंने चहकते हुए कहा।

"मिल लिये तुम वहाँ जाकर। कॉल तक नहीं कर पाते।" रीना ने ताने देते हुए कहा, "मगर हाँ, यह खबर अण्णा को जरूर दे देना। सच कितनी फिक्र है अण्णा को उसकी, बार-बार कहते थे—रीना, एक ही बेटा है, उसे इंजीनियर बनाना, चाहे कितना भी पैसा खर्च करना पड़े।"

किंशुक के कॉलेज की डोनेशन का आँकड़ा सुनकर तो रीना को भी चक्कर आ गया था। मगर मेरा ही हठ था। करता भी क्या, बचपन बहुत गरीबी में कटा था न! इसलिए बच्चे पर सारे अरमान पूरे कर लेना चाहता था। और हर कीमत पर उसे इंजीनियर बनाना चाहता था।

फोन की घंटी बजी—'गायकवाड़ का फोन होगा,' मैंने सोचा, और उठकर जाने लगा। लेकिन इतने में रीना उठकर जा चुकी थी।

भगवान् न करे, गायकवाड़ रीना से कुछ कह दे अण्णा के बारे में। और हुआ भी वही, जिसका डर था। रीना बोली, "गायकवाड़ का फोन है, अण्णा के बारे में पूछ रहा है।"

"मैं बात करता हूँ उससे।" मैंने रीना से कहा और फोन सुनने चला गया।

"करंदीकर!" गायकवाड़ की घबराहट फोन पर भी साफ झलक रही थी।

"अरे करंदीकर, अभी अण्णा के बारे में सुना। साला क्या घपला है, कुछ समझ में नहीं आया।"

"हाँ, अभी मैं भी उसी उलझन में हूँ! अभी कुछ भी पता नहीं चल पा रहा है। मैंने निर्मल से कहा है पता लगाने को।" मैंने गायकवाड़ को दिलासा देते हुए कहा।

"यार, पता नहीं क्यों, बहुत घबराहट हो रही है, कुछ भरोसा नहीं रहा डिपार्टमेंट का," गायकवाड़ सचमुच काफी घबरा गया था, "देख, कल तू इधर ही आ जा, यहीं बात करेंगे। कल तक सारी बातें भी मालूम पड़ जाएँगी।"

कल एक टेंडर की ओपनिंग है यार! लेकिन ठीक है, मिनोचा को बोल दूँगा, वो सँभाल लेगा। कल शाम तक आ जाऊँगा।"

"हाँ ठीक है, और भाभी कैसी हैं?"

"उसका भी मूड ऑफ हो गया यार! वो भी आती मेरे साथ, पर बच्चे अकेले रह जाते हैं। यहाँ माहौल इतना खराब है कि बच्चों को अकेले नहीं छोड़ सकता।"

"ठीक है, तो कल आ यहाँ, फिर बात करते हैं।"

गायकवाड़ ने फोन काट दिया। उसका घबराना स्वाभाविक था। वह हम सभी से छोटा था। अण्णा की विशेष ममता भी उस पर। गायकवाड़ को लेकर अण्णा हमसे हमेशा झगड़ा किया करता था। गायकवाड़ भी उस पर उतनी ही जान छिड़कता था। अण्णा ने हमसे कभी नहीं कहा, पर एक बार गायकवाड़ से जरूर कहा था, "गायकवाड़ यू आर गोइंग टू फास्ट। जरा सँभालकर! इसकी कोई लिमिट नहीं है, ओनली स्काय इज द लिमिट। किसी दिन तू मुसीबत में पड़ जाएगा।"

उस समय गायकवाड़ को अण्णा की बातों का बुरा लगा था। पर उसके छह महीने बाद ही गायकवाड़ को अण्णा की शरण में जाना पड़ा था। उसके पीछे डिपार्टमेंट हाथ धोकर पड़ गया था। उसे सस्पेंड किया, उसकी रिकवरी निकाली और एक बार तो उसे रिवर्ट करने का भी प्रपोजल मूव कर दिया गया। गायकवाड़ तो बिल्कुल जड़ हो गया था। तब अण्णा ने ही आसरा दिया था उसे। झूठ क्यों बोले, उस समय तो हम दोस्तों ने भी हाथ खींच लिये थे। एक तो डिपार्टमेंट का डर और दूसरा कारण शायद ईर्ष्या रहा होगा।

पर अण्णा डटा रहा। उसने गायकवाड़ के बीवी-बच्चों को अपने घर बुला लिया और खुद गायकवाड़ का केस तैयार करने में जुट गया। कहना न होगा कि यह अण्णा की ही मेहनत और भलमनसाहत का फल है कि गायकवाड़ आज नौकरी में है।

पर गायकवाड़? वो आज फिर उसी रास्ते पर है। न जाने कैसे-कैसे लोगों से दुश्मनी पाल ली है इन्हीं पैसों के पीछे। रात को भी सो नहीं पाता, नींद की गोलियाँ लेनी पड़ती हैं, बीवी-बच्चों को हमेशा खतरा बना रहता है।

''ये गायकवाड़ अण्णा के बारे में क्या पूछ रहा था?'' रीना ने संशय भरे स्वर में पूछा।

''कुछ नहीं, ऐसे ही।''

''ये ऐसी-वैसी बात होती, तो तुम यों सुस्त न पड़े रहते। देखो, तुम मुझसे नहीं छुपा सकते कुछ, बोलो क्या हुआ है अण्णा को?''

''होल्ड ऑन रीना प्लीज! मैं तुम्हें बताने ही वाला था। अण्णा सस्पेंड हो गया है।''

''क्यों?'' रीना ने लगभग चीखते हुए कहा। मुझे मालूम था कि रीना को गहरा धक्का पहुँचेगा। अण्णा पर बहुत श्रद्धा थी रीना की। अण्णा भी उसे छोटी बहन मानता था। और इस सबसे बढ़कर दोनों में रिश्ता था—सिद्धांतों का, आदर्शों का।

''तुमने मुझे पहले क्यों नहीं बताया? क्यों छिपा रहे थे तुम मुझसे?''

''आई एम सॉरी रीना, पर सच तो यह है कि मैं खुद अभी तक सोच में डूबा हूँ। इट इज इंपॉसिबल रीना!''

रीना को कुछ सुनाई नहीं दे रहा था। वो अपनी तंद्रा में बोले जा रही थी, ''किसी की कद्र नहीं है तुम्हारे यहाँ। एक बेचारा सीधा-सादा आदमी, उसे फँसा दिया! सच, एक बार को तुम सस्पेंड हो जाते तो मुझे कोई आश्चर्य नहीं होता, पर अण्णा पर हाथ डालने की हिम्मत कैसे हुई तुम्हारे डिपार्टमेंट वालों की?''

रीना को मेरा रवैया कभी अच्छा नहीं लगा। इस बात पर उसने कई बार आवाज भी उठाई थी। पर मैं ही उसे अनसुना कर देता। मैं अपने दोनों हाथों से पैसे बटोरने में लगा हुआ था। मानो मैं अपनी गरीबी के सारे कलंकों को धो डालना चाहता था। रीना कहती भी थी, ''मुझे नहीं चाहिए तुम्हारा ये पैसा, ये अमीरी, मैं दो जोड़ी कपड़ों में जिंदगी गुजार लूँगी। मैंने तुमसे प्यार किया है, तुम्हारी दौलत से मुझे कोई मतलब नहीं है। तुम बंद कर दो ये सब।''

पर मुझे मालूम था कि मुझसे चाहकर भी ये सब बंद नहीं होगा। एक बार उस दुश्चक्र में फँसने के बाद कैसे निकल सकता था मैं वहाँ से?

और फिर मैं क्यों न कमाता! मुझे दुनिया को दिखा देना था कि जितने अमीर बाप की बेटी को मैं ब्याहकर लाया हूँ, उतना ही अमीर मैं भी बनकर दिखा सकता हूँ। कहना न होगा कि रीना को भले ही इससे दुःख पहुँचा हो, मेरे ससुर को बहुत खुशी होती है मेरा वैभव देखकर!

निर्मल सिंह आया तो मुझसे पहले ही रीना ने उनसे कहा, ''भाई साहब, कैसे भी कीजिए, पर अण्णा को छुड़वाइए इस आरोप से। क्या आपके पास कोई सोर्स नहीं है, जो अण्णा को इस भद्दे आरोप से मुक्ति दिला सके?''

''पर भाभी, हमें तो भनक ही नहीं पड़ी किसी बात की।'' निर्मल बेचारा सफाई देने लगा।

''कैसे पड़ती? आप लोग तो अपने-अपने कामों में इतने मशगूल हो जाते हैं कि उस बेचारे की आपको क्या खबर रहेगी। अण्णा को तो आप लोग बस मुसीबतों में ही याद करते हैं। आज वे बेचारे मुसीबत में फँस गए हैं, तो किसी को सुध नहीं है उनकी।''

निर्मल बेचारा अपना सा मुँह लेकर चलता बना, कुछ और बातें करने आया होगा बेचारा! पर रीना के अचानक हमले से घबरा गया। हैरत तो मुझे भी हो रही थी रीना का रवैया देखकर। गुस्सा भी आ रहा था, खासकर 'तुम सस्पेंड हो जाते' वाली बात को लेकर।

पर रीना शायद ठीक कह रही थी। अण्णा को मुसीबत में अकेला छोड़ कहाँ बैठे थे हम लोग? हालाँकि अभी कोई समय नहीं बीता था, पर ऐसा लगता है, मानो समय मिलने पर भी हम क्या कर पाएँगे। क्या हम अण्णा की तरह दौड़-भाग कर पाएँगे? क्या हम अपने हेड ऑफ दि डिपार्टमेंट से लड़ पाएँगे? क्या हम करारी चिट्ठियाँ लिख पाएँगे सचिवालय को?

''सुनो, बग्गा साहब के यहाँ खाने पर जाना था रात को। मैं रामदीन के हाथ चिट्ठी भेजकर मना कर देती हूँ।'' रीना ने कहा।

''नहीं-नहीं, ऐसा मत करना! आखिर बॉस हैं मेरे।'' अभी भी मेरा व्यवहारी मन मरा नहीं था। बग्गा साहब ने पहली बार हमें इनवाइट किया

था डिनर पर। उन्हें कैसे मना कर देते? इनके पहले वाला देवीदयाल, मेरी दो सी.आर. बिगाड़ गया था। प्रमोशन के ऐन पहले मेरे लिए यह अच्छी बात नहीं थी, सो बग्गा साहब का खयाल रखना जरूरी था।

"मैं नहीं चलूँगी। मैं जानती हूँ, तुम्हारा काम अड़ा है उनसे, पर आज मैं अकेली रहना चाहती हूँ। मैं बोर हो जाती हूँ मिसेज बग्गा की बातें सुनकर। लगातार बोलती रहती है, 'साहब का पैसा,' 'साहब का रुतबा,' और न जाने क्या-क्या?" रीना ने प्रतिवाद करना चाहा।

"प्लीज रीना, मेरी खातिर चलो। क्या अण्णा मेरा दोस्त नहीं है? और फिर तुम सोचो, इट लुक्स ऑड कि तुम अण्णा के सस्पेंशन से दुखी हो।"

रीना को शायद मेरी यह बात समझ में आ गई और वह तैयार होने चली गई।

□

"क्यों करंदीकर, आज का हॉट न्यूज सुना?" बग्गा साहब तो जैसे मेरा इंतजार ही कर रहे थे।

"यस सर, वो नायर के सस्पेंशन वाला न?"

"हाँ! देखा, साला ऑनेस्टी-ऑनेस्टी कहकर चिल्लाता था। मैं जानता था कि ये आदमी ऑनेस्ट नहीं है। अरे, खाने को मिला नहीं तो खाएगा क्या? अभी पीलूखेड़ी में मौका मिला तो देखा, कैसे हाथ साफ किया।"

"और नहीं तो क्या?" मिसेज बग्गा बीच में ही बोल पड़ीं, "हमारे साहब तो कभी किसी से नहीं कहते कि वे ऑनेस्ट हैं। पर ऑनेस्टी छुपी थोड़े ही रहती है। सभी जानते हैं कि साहब कितने ईमानदार हैं।"

ईमानदार, हुँह! तीन-तीन मकान बना रखे हैं, तीनों वेल फर्निश्ड। अलमारियों में, घर के गद्दों तक में पैसा भर रखा है। कहाँ से आया इतना पैसा? अपनी दोनों लड़कियों की शादियाँ करोड़ों में की है! वैसे भी उन भैंसों को इससे कम में तो कोई क्या ब्याहकर ले जाता। लड़के को डोनेशन देकर इंजीनियरिंग कॉलेज में दाखिला दिलाया है। और फिर क्या मैं नहीं जानता कि बग्गा साहब का रेट दूसरों साहबों से कितना ज्यादा है?

''क्या सोचने लगे करंदीकर?'' बग्गा साहब बोले।

''कुछ नहीं सर! बस यही सोच रहा था कि आपकी ऑनेस्टी तो सारे डिपार्टमेंट में मशहूर है'', मगर बग्गा साहब को लगा, जैसे मैं उनका मजाक उड़ा रहा हूँ। उन्होंने तुरंत पैंतरा बदला, ''क्यों नायर तो तुम्हारा अच्छा दोस्त है न!''

''क्लासफैलो था, इसीलिए थोड़ी सी दोस्ती है बस।'' मेरा यह वाक्य सुनते ही रीना चौंकी। मैं जानता था कि मैं गलत बोल रहा हूँ। पर क्या करता, अण्णा का बग्गा साहब के पूरे ग्रुप से हमेशा झगड़ा रहा है। अभी भी अण्णा की जिस बॉस से लड़ाई हुई है, वह बग्गा का खास दोस्त है। ऐसे में मैं अण्णा को अपना दोस्त कहने का रिस्क कैसे ले सकता था?

''यार करंदीकर, हम लोग तो हमेशा से ही अच्छे के लिए अच्छे और बुरे के लिए बुरे हैं,'' बग्गा साहब अपनी ही धुन में बोले जा रहे थे, ''जब ये नायर मेरे अंडर था, तब ये साला डिजाइंस में ही पैसे बनाया करता था। मैंने तो कई दफे लताड़ा उसे।''

''यू आर राइट सर!'' मैंने कहा। मैं जानता था, बात इसके ठीक उल्टी है। सच तो यह है कि अण्णा ने कभी बग्गा साहब को डिजाइंस के थ्रू पैसे नहीं खाने दिए। ये सारी नाराजगी उसी बात की तो थी।

''जब ये नायर, मैनिपुलेट करके पीलूखेड़ी गया तो मैंने बोला अरोड़ा से, फँसा के मारना साले को। मजे की बात देखो, अरोड़ा को जरूरत ही नहीं पड़ी, खुद ही फँस गया साला!'' बग्गा साहब अपने ऊपर ही खुश होते हुए बोले।

''पता नहीं सर, कैसे-कैसे लोग होते हैं, ऊपर से सीधे-सच्चे और ईमानदार दिखाई देते हैं, पर अंदर से उतने ही करप्ट होते हैं।'' मैं अपनी ही रौ में कहे जा रहा था और रीना आग्नेय नेत्रों से मुझे घूर रही थी। पर इस समय मुझे रीना या अण्णा नजर नहीं आ रहे थे। मुझे तो सिर्फ बग्गा साहब और अपनी सी.आर. नजर आ रही थी।

□

रातभर रीना बड़बड़ाती रही। उसने मुझे स्वार्थी, लालची और न जाने

क्या-क्या कहा। उसका गुस्सा जायज था, पर मैं और कर भी क्या सकता था? कभी-कभी तो रीना की कही बात सच मालूम देती है कि मेरी सारी संवेदनाएँ मर चुकी हैं, कितनी ही बार समझाया होगा रीना ने, ''ऐसा पैसा मत लाओ घर में,'' पर मैं माना नहीं। मानता भी क्यों, सभी कमा रहे थे, तो मैं क्यों छोड़ता?

और अण्णा! ईमानदार रहकर क्या मिला उसे? सिर्फ बुराई। सभी को अण्णा चाहिए था, पर अपने पास नहीं, किसी दूसरे के पास। सभी मुँह पर अण्णा की तारीफ करते थे, पर मन-ही-मन कुढ़ते थे, ''न खुद खाता है, न दूसरों को खाने देता है,'' दूसरों की क्यों, खुद मेरी हालत ऐसी हो गई थी, जब अण्णा और मैं एक ही सर्कल में पोस्ट हो गए थे। वो डेढ़ साल मेरे जीवन का सबसे खराब समय था।

क्या सुख पाया था अण्णा ने यह करके! अक्का बेचारी हमेशा अभावों में ही रहतीं। अक्का यानी अण्णा के घर की साक्षात् गृहलक्ष्मी! हम लोग उसे प्यार से अक्का कहकर बुलाते थे। बड़ी भाभी, माँ, बहन सभी भूमिकाएँ तो अक्का सफलता से निभा जाती थीं। अपने सगे भाइयों का सा प्यार दिया उसने हमें। हमें ही क्यों, अण्णा के घर तो हमेशा ही कोई-न-कोई डटा ही रहता था। ऐसी लक्ष्मी ने कभी न ढंग से ओढ़ा, न पहना, संतान सुख भी नसीब नहीं हुआ अण्णा को। बड़ी मुश्किल से हम लोगों ने जोर डालकर एक लड़की को गोद दिलवाया। न घर में ढंग की चार कुरसियाँ हैं और न ही कुछ और साज-सामान।

□

सुबह-सुबह ही रीना ने अल्टीमेटम दे दिया, ''अण्णा के लिए कुछ करो,'' रीना की मुद्रा इतनी कठोर थी कि एक बार को तो मैं डर ही गया। मैं जानता था कि मैं रीना के कठोर और दृढनिश्चयी स्वभाव से टक्कर नहीं ले सकता।

''कुछ-न-कुछ तो करता ही हूँ।'' मैंने रीना को आश्वस्त किया। तभी बाहर सक्सेना की गाड़ी रुकी। मैं जानता था कि सक्सेना रातभर का सफर करके सीधा चला आ रहा होगा।

''यार करंदीकर! आई कांट जस्ट बिलीव इट,'' सक्सेना बोला, ''जैसे

ही कल शाम को खबर मिली, मुझसे रहा नहीं गया।''

''तो फोन कर लेते न! यों धड़धड़ाते चले आए। कुछ तो खयाल रखा करो अपनी तबीयत का!'' सक्सेना हार्ट पेशेंट था, और दो अटैक उसे पहले भी आ चुके थे। स्टंट लगे ही हुए थे।

''यार, जब इतनी शॉकिंग न्यूज झेल गया तो, रातभर का सफर क्या चीज है।''

''पीलूखेड़ी रुके थे? तुम्हारे तो रास्ते में ही पड़ता है।'' मैंने पूछा।

''इच्छा तो थी, मगर हिम्मत नहीं हुई। यार करंदीकर! पिछले एक महीने से अक्का कह रही थी कि अण्णा के पीछे कुछ लोग बुरी तरह से पड़े हैं, वे लोग उसे फँसाना चाहते हैं। जब भी अक्का मुझसे मिलती, बस यही कहती कि कुछ करो और अण्णा को हटाओ यहाँ से।''

''और अण्णा?''

''यू नो, ही इज ए ब्रेव फाइटर। वो उन लोगों से जूझता रहा अकेले। लेकिन वो लोग पॉवरफुल थे, करंदीकर आई टेल यू, वो अण्णा था, इसलिए उन्हें फाइट दे सका, हम तुम होते तो चार दिन में धज्जियाँ उड़ा देते वो लोग हमारी। डिसमिस हो जाते। पुलिस केस बन जाता सो अलग। लेकिन वो लोग अण्णा का कुछ ज्यादा नहीं बिगाड़ पाए तो सस्पेंड करा दिया।''

सक्सेना की बातों से मेरे अंदर भी डर समाने लगा था। मगर मैंने हौसला दिलाने के लिए सक्सेना से बोल ही दिया।

''यार, सस्पेंशन इज नो पनिशमेंट, अण्णा को हौसला रखना चाहिए।''

''किसे समझा रहे हो करंदीकर! यह बात हम बेशर्मों के लिए ठीक हो सकती है, लेकिन अण्णा के लिए? उसके लिए तो यह डूब मरने की बात होगी।''

''लेकिन सक्सेना, हमें कुछ करना चाहिए।''

''हम क्या कर पाएँगे? निर्मल से पूछते हैं। उसका कोई गुर्गा होगा सचिवालय में, वही बता पाएगा सारी बातें।''

□

सुबह से दोपहर तक मैं, निर्मल सिंह और सक्सेना इधर-से-उधर भटकते रहे। कभी डायरेक्टरेट, तो कभी सचिवालय। और तो और, हमने निर्मल सिंह की पहचान के एक-दो नेताओं के भी हाथ-पाँव जोड़ डाले। पर सब व्यर्थ। कहीं से कोई भी सुराग हाथ न लगा। सिर्फ इतना मालूम पड़ा कि ऊपर से बहुत प्रेशर आया, इसलिए अण्णा को सस्पेंड करना पड़ा। निर्मल सिंह के आदमी ने तो यहाँ तक बता दिया कि सेक्रेटेरिएट वाले अण्णा से बहुत नाराज हैं, इसलिए कम-से-कम अभी तो अण्णा को बचाना मुश्किल होगा।

ऑफिस में इसी उधेड़बुन में बैठे थे कि फोन की घंटी बजी।

"करंदीकरजी, मैं खरे बोल रहा हूँ।"

"हाँ बोलो खरे, क्या बात है?"

"नायर साहब का सुनकर बहुत बुरा लगा।" खरे के स्वर में व्यंग्य था।

"चलो, तुम्हें बुरा लगा, जानकर खुशी हुई।"

"नहीं साहब, इतने से काम नहीं होगा।" खरे ने अचानक स्वर बदला, उसके स्वर की कठोरता मुझे फोन पर भी महसूस हुई, "उस बुड्ढे ने मेरी लाइफ खराब की है। मैं उसे ऐसे नहीं छोड़ूँगा। मैं उसे…"

इससे आगे मुझसे सुना नहीं गया, और मैंने फोन रख दिया। खरे ने फोन क्यों किया होगा, मैं पहले से ही समझ गया था। अण्णा ने अपनी जिंदगी में जो दो-चार शत्रु पैदा किए थे, खरे उनमें से एक था। यह एक विडंबना ही है कि जो आदमी जिंदगी भर सच्चाई और ईमानदारी के रास्ते पर चलते रहे, उसके भी शत्रु बन ही जाते हैं। खरे, अण्णा का सबॉर्डिनेट था कभी। उसका प्रमोशन ड्यू था। उसने अण्णा से लाख कहा कि वो उसकी सी.आर. न बिगाड़े। खरे ने ऊपर से तो अच्छी सी.आर. लिखवा ली, मगर अण्णा से नहीं लिखवा पाया।

"अरे बाबा! हम उसकी सी.आर. अच्छी कैसे लिख सकता है? हमें मालूम है उसके धंधे। वो आज तक साइट पे नहीं गया। किसी बात का नॉलेज नहीं है उसे, ऐसा आदमी सीनियर पोस्ट पर जाएगा तो वर्क सफर होगा।"

खरे प्रमोशन पा गया। वर्क सफर होने की चिंता सिर्फ अण्णा को ही थी। डिपार्टमेंट के आकाओं को तो खरे जैसे इनसानों की सख्त जरूरत होती है, जो काम के अलावा सबकुछ करना जानते हों। खरे अण्णा का जानी दुश्मन बन गया। उसने अण्णा के खिलाफ पेपरों में छपवाया, दो-चार विधायक भेजे और एक-दो बार साइट पर स्ट्राइक भी करवाई। सब शांत होने पर अण्णा बोला, ''अरे बाबा! हम तो एमेले और एडीटर-प्रूफ हो गया है। ये हमारा क्या बिगाड़ेंगे। इनका क्या एकाउंटेबिलिटी है? एक दिन अपने एरिया के सुधार की बात करता है और दूसरे दिन सर्कल डिविजन दिलवाने की दलाली करता है। और ये दो-चार पेज का अखबार निकालने वाला एडीटर लोग! ये हमको ब्लैकमेल करने की कोशिश कर रहा था। हम भी बोला, छापो सालो क्या छापते हो, कम-से-कम हमको पॉपुलैरिटी तो मिलेगा!''

अण्णा की कही बातें शत-प्रतिशत सच होतीं। पर हम कुछ न कह पाते। क्योंकि इन्हीं एमेलेज के जरिए तो हम डिविजन पाते और ट्रांसफर करवाते थे। हमें सरकारी नौकरी के उसूल मालूम थे कि यदि शान से नौकरी करनी है, तो हमेशा दो-चार विधायकों को अपनी जेब में रखो।

और ये पेपर वाले! क्या ये हमें धमकी नहीं देते थे? पर मजाल है कि हमारे बारे में कभी कुछ छप जाए। हम डरते थे, क्योंकि हम करते थे।

□

शाम को गायकवाड़ भी आ गया। हैरत थी कि राघवन का कहीं कोई पता नहीं था, उस पर गायकवाड़ ने बताया कि राघवन तो चार दिन से यहीं है। गायकवाड़ भी अण्णा से बिना मिले सीधे ही यहाँ आ गया था। हम चारों परेशान थे, हैरान थे, उतावले थे अण्णा की खबर जानने को। मगर हम कुछ नहीं कर पा रहे थे। दरअसल हम अण्णा के सामने जाने की हिम्मत नहीं जुटा पा रहे थे। मुझे रह-रहकर अण्णा की वो बात याद आ रही थी—''अरे बाबा, झोल झमेला करो तुम लोग और बाद में साफ-सफाई अण्णा करे, मैं तुम लोगों से खुश नहीं है। तुम लोग जो कर

रहे हो, वो मुझे बहुत तकलीफ देता है। भगवान् से डरो! नहीं तो एक दिन ऐसा आएगा, जब तुम्हारे सारे सेंसेज खत्म हो जाएँगे, सिर्फ एक सेंस बचेगा—पैसा! उस दिन से बचो।''

क्या आज सचमुच हमारे सेंसेज खत्म हो चले हैं? क्या हम सचमुच उतने व्याकुल नहीं हैं, जितना कि हमें होना चाहिए था?

इस बीच दो-तीन बार रीना का फोन आया, पर उससे बात करने की हिम्मत नहीं जुटा पाया। घर भी नहीं गया, दफ्तर में ही बैठा रहा।

''क्या करें, चलें पीलूखेड़ी?'' निर्मल सिंह बोला।

''वहाँ जाकर क्या करेंगे? अण्णा को यहीं बुलवा लो।'' सक्सेना ने सुझाव दिया।

''जो कुछ करना है, जल्दी करो,'' गायकवाड़ अधीरता से बोला, ''तुम अण्णा को नहीं जानते क्या? अण्णा सब बरदाश्त कर लेगा, पर बेइज्जती बरदाश्त नहीं करेगा।''

गायकवाड़ सच कह रहा था। अण्णा की खुद्दारी की तो हम सभी दाद देते थे।

''ऐसा करते हैं, अण्णा को फोन लगाते हैं।'' सक्सेना बोला।

''हाँ, यही ठीक रहेगा।'' हम सबने सोचा।

तभी न जाने कहाँ से राघवन दनदनाता हुआ दफ्तर में आ धमका, ''अरे, कहाँ मर गया था तुम लोग! कितनी जगह ढूँढ़ा तुम लोगों को!'' राघवन चिल्लाते हुए बोला।

यह राघवन की पुरानी आदत थी। गलती खुद करेगा और फिर दूसरों पर झल्लाएगा।

''पर तुम कहाँ थे इतनी देर? सुना है कि चार दिन से तुम यहीं हो, मगर दर्शन नहीं दिए तुमने।'' मैंने कहा।

''हाँ भाई, मिनिस्टरों से मिलने आते हो, और उनसे मिलकर चले जाते हो।'' निर्मल सिंह ने उस पर तुक्का जड़ दिया।

"अरे यार, चार दिन से लगा था, सेक्रेटेरिएट और डायरेक्टरेट के चक्कर काटने में। लेकिन रोक नहीं पाया उस ऑर्डर को।" राघवन बोला।

"काहे के, तुम्हारे ट्रांसफर के ?" गायकवाड़ अधीरता से बोला।

"ट्रांसफर के नहीं बुद्धू, अण्णा के।"

"तो क्या तुम्हें पहले से मालूम था ?" हम सब साथ चिल्ला पड़े।

"हाँ और क्या! यहाँ आया तो मंत्रीजी बोले, भाई नायर को मैं बचा नहीं सकता। विधायकों की कंपलेंट है, तुम चाहो तो विधायकों से बात करके देख लो, अगर वे मान जाएँ तो। वैसे सेक्रेटेरिएट के अफसर भी खिलाफ हैं उसके," राघवन बोला। "ऐसा क्या कर दिया अण्णा ने ?" निर्मल सिंह ने पूछा।

"और क्या करेगा! ढिंढोरा पीटा उसने अपनी ईमानदारी का," कुछ उपहास से राघवन बोला। "किसी एमेले का भाई ठेकेदार है। उसका टेंडर था, इन्होंने उसे रिजेक्ट कर दिया। एमेले इन्हें मनाने गए और शायद कुछ देने-दुआने भी, तो ये लगे कानून झाड़ने। दस लोगों के सामने इन्होंने उस एमेले को बहुत बुरा-भला कहा। फिर शायद इसी बात को लेकर उसका कलेक्टर से भी झगड़ा हो गया। इस पर भी अण्णा चुप रह जाता तो ठीक था। उसने कुछ उल्टी-सीधे चिट्ठी इधर सचिवालय को भी भेज दी। इधर अफसर नाराज, उधर नेता नाराज।" राघवन एक ही साँस में बोल गया।

"और वो चार्जेज।"

"सब गलत हैं यार। मगर टाँग तो दिया न अण्णा को! अब लटका रहेगा, न रिइनस्टेड होगा और न ही इन्क्वायरी होगी। बस लटके रहो अधर में।"

"पर तुम्हें बताना तो था पहले। हम लोग भी कुछ मदद करते।" गायकवाड़ बोला।

"तुम क्या करते ? मैं चार बार गया उन विधायक महोदय के पास। पर वह जरा भी टस-से-मस न हुआ। और तो और उसने उसी क्षेत्र में दस बारह और विधायकों से अण्णा के खिलाफ खर्रे लिखवा लिये हैं। वो अब किसी भी कीमत पर पीछे हटने को तैयार नहीं है।"

राघवन ने सचमुच काफी दौड़-धूप की होगी। उसके हर वाक्य में उसकी दौड़-धूप और परिश्रम झलक रहा था। और क्यों न हो अण्णा ने भी कुछ कम नहीं किया था हमारे लिए। कॉलेज में हमारी बीमारियों में रात-रात भर जागा है अण्णा। नौकरी में भी हमेशा एक कवच की तरह हमारी रक्षा की है। हमारे प्रमोशन के समय अण्णा ने ही सारी दौड़-धूप की थी। गायकवाड़ को सस्पेंशन में सहारा दिया था। राघवन को सस्पेंड होने से बचाया था। सक्सेना के हार्ट अटैक के समय भी यदि अण्णा न होता तो होनेवाली अनहोनी की कल्पना भी नहीं की जाती।

मेरे खुद के लिए भी कुछ कम नहीं किया था अण्णा ने। हमारी शादी में मदद की थी। रीना को ब्याहकर मैं अण्णा के ही घर लाया था। रीना का अपने घर से संबंध तो अभी कुछ सालों से ही जुड़ा है, तब तक तो रीना का पीहर अण्णा का ही घर था। उफ, कितना विरोध किया था हमारे परिवारों ने इस विवाह का। रीना के पिता ने तो मुझे पुलिस में ले जाने की धमकी तक दे दी थी। तब अण्णा ही हमारी मदद करने दौड़ा चला आया था।

जब किंशुक के बाद स्टिल बॉर्न लड़की हुई थी, तब भी अण्णा और अक्का ने ही हमें सहारा दिया था। डॉक्टरों ने आगे और बच्चा होने की किसी भी संभावना को नकार दिया था। तब अण्णा और अक्का ने ही हमें नया जीवन दिया था।

हम सब किसी-न-किसी रूप में अण्णा के कर्जदार थे। पर किसी भी विपदा में अण्णा ने हमें नहीं बुलाया। अक्का का एबॉर्शन हुआ, तब अण्णा अकेला था, अण्णा के पैर में फ्रेक्चर हुआ तो हमें एक महीने बाद मालूम पड़ा। अण्णा के घर चोरी होने की खबर तो हमें छह महीने बाद मालूम पड़ी। एक दिन तो मैंने झल्लाकर कह दिया, ''ये क्या अण्णा, हमारे ऊपर जरा सी मुसीबत आ पड़े तो दौड़े-दौड़े चले आते हो, और खुद मुसीबतों को अकेले झेल जाते हो। क्या हमारे ऊपर इतना भी हक नहीं समझते तुम कि हमें खबर ही दे दो।''

"अरे बाबा, तुम लोगों का ही तो सहारा है। जितना बनता है, उतना सह लेता है। तुम लोग कहीं तो भी है हमारे आसपास, यही सोचकर हमारा हिम्मत बढ़ जाता है।" अण्णा ने सहज भाव से कहा।

"क्या सोचने लगा करंदीकर?" सक्सेना बोला और मैं वर्तमान में आ गया।

"कुछ नहीं यार! अण्णा के बारे में सोच रहा था।" मैंने उड़ता सा जवाब दिया।

"हम लोग भी तो उसी के बारे में सोच रहे हैं। चलो अण्णा को फोन लगाते हैं। नहीं तो ऐसा करते हैं, कल सुबह चलते हैं पीलूखेड़ी।" निर्मल बोला।

"मैं तो नहीं जाऊँगा," राघवन बोला, "मैं पहले ही काफी लाइट में आ चुका हूँ। अब पीलूखेड़ी जाकर मैं अपना कबाड़ा नहीं करवाना चाहता।"

"क्या?" हम सब उस पर चीखे।

"देखो, कल सारे अखबारों में अण्णा के सस्पेंशन की खबर होगी। ऐसे आदमी पर सभी की नजर रहती है। और मेरा साहब तो वैसे ही अण्णा से चिढ़ता है। इधर उस एमेले से मिलकर मैंने और गलती कर दी। देखो भैया, जब वो अण्णा को सस्पेंड कर सकते हैं बिना किसी घपले के, तो मेरे तो उन्हें बिना ढूँढ़े पचास घपले मिल जाएँगे। वैसे भी चार दिन हो गए हैं घर से निकले, बीवी-बच्चे राह देख रहे होंगे।" राघवन बोला और चला गया।

हम लोग भी राघवन को कोसते, अपने-अपने बसेरों की ओर चल दिए।

□

इतनी रात में भी रीना जाग रही थी। मुझे मालूम था कि वो क्या पूछेगी। दुःख तो इसी बात का था कि दिनभर घूमकर भी मैं उसके सवाल का संतोषजनक उत्तर नहीं ढूँढ़ पाया था।

"क्यों कुछ हुआ?" रीना ने छूटते ही पूछा।

"हाँ, काफी कुछ बात तो समझ में आ गई है। लेकिन रीना मामला

उतना आसान नहीं है। मंत्रीजी किसी भी अनुरोध को सुनने की स्थिति में नहीं हैं।'' मैंने बात स्वर को यथासंभव संयत करते हुए कही थी, मगर उसमें छिपी निराशा की परत रीना ने देख ही ली। ''क्यों मानेंगे वो अनुरोध! उन्हें तो केवल एक ही अनुरोध दिखाई देता है, और वो अनुरोध अण्णा के पास है नहीं। ये सब लोग ऊपर से जितने साफ और भले दिखाई देते हैं, उतने होते नहीं।''

''नहीं ऐसी बात नहीं है, रीना। मंत्रीजी तो करने को तैयार हो भी जाते, मगर…''

''अरे, कभी तो खुलकर बोला करो! क्या इस समय रात के बारह बजे अपने घर में, अपनी बीवी के सामने भी तुम अपने सरकारी अफसर के चोले को उतार नहीं सकते? क्या यहाँ, अपने बेडरूम में भी तुम्हारी सच बोलने की हिम्मत नहीं हो रही है? सच कहती हूँ, जिंदगी में मैंने इससे ज्यादा ग्लानि कभी महसूस नहीं की।'' रीना लगभग चीखते हुए बोली।

ठीक ही तो कहा था उसने। मैं सच क्यों नहीं बोल पा रहा था? क्या डर था मुझे कि कहीं कोई सुनकर मंत्रीजी को न बता दे, या फिर ये कि मुझे सच बोलने की आदत न पड़ जाए। अण्णा ने कहा था एक बार 'सेंसेज खत्म करना,' क्या सचमुच मेरी भावनाएँ मरने लगी थीं, क्या सचमुच मैं संज्ञाहीन होता जा रहा था।

''तुमने अण्णा से बात की थी?'' रीना ने एक और सवाल दागा।

''हम लोगों ने सोचा था, मगर बात करने की हिम्मत नहीं हुई।'' इस बार मुझसे झूठ न बोला गया।

''कैसे होगी हिम्मत? तुम में से किसी एक में भी ये हिम्मत नहीं होगी कि वो अण्णा के सामने जाकर खड़ा हो सके। पर ये तो सोचा होता कि अण्णा किस हाल में होंगे। उन्हें यह खबर पता लगते ही उन पर, अक्का पर क्या गुजरी होगी। हाँ, तुम लोगों के लिए सस्पेंशन कुछ भी नहीं है, पर उस आदमी के लिए यह कितना बड़ा आघात है, इसकी कल्पना तुम्हें नहीं हो सकती।'' रीना को अब किसी भी तरह चुप करना मुश्किल था।

''सुनो रीना, कल सुबह ही हम लोग जा रहे हैं अण्णा के पास,'' मैंने रीना को ढाढ़स बँधाने की दृष्टि से कहा, ''जो लोग फोन नहीं कर सकते, वो अण्णा के सामने जाने की हिम्मत कैसे कर पाएँगे! ठीक है, देखती हूँ मैं भी। कल मैं भी चलूँगी तुम्हारे साथ।''

□

रातभर में न जाने क्या-क्या सोच गया मैं। सबसे ज्यादा हावी रही राघवन की बात। राघवन ने भी ठीक ही कहा था। अण्णा के केस में ज्यादा इन्वॉल्व होना खतरनाक हो सकता है। आगे जिंदगी भर भुगतना पड़ सकता है इसका खामियाजा। जिन विधायकों ने अण्णा की शिकायत की थी, वो कल मंत्री भी बन सकते हैं। या हो सकता है कि उनके ही क्षेत्र में मेरा ट्रांसफर हो जाए कभी।

डिपार्टमेंट में भी तो अपने कम दुश्मन नहीं हैं। वो लोग तो ऐसे मौकों की तलाश में ही रहते हैं। आपसी मनमुटाव तो डिपार्टमेंट की नियति बन चुका है। कब कौन किसकी पीठ में छुरा भोंक दे, कुछ कहा नहीं जा सकता। अभी कुछ साल पहले ही तो सस्पेंड होते-होते बचा था मैं। भला हो सचिवालय में बैठे अपने यार-दोस्तों का, जिन्होंने पहले ही इत्तिला दे दी और मामला समय से रफा-दफा हो गया। अब प्रमोशन करीब है, ये सारी बातें सोचकर मैं काँप गया।

□

सुबह उठा, तब मैं निश्चय कर चुका था कि मैं नहीं जाऊँगा अण्णा के पास। गायकवाड़ वगैरह जाएँगे तो उन्हीं के साथ भेज दूँगा रीना को।

पर शायद मेरी ही तरह रातभर में और लोगों ने भी सोचा होगा। सवेरे नौ बजे तक निर्मल सिंह, गायकवाड़ और सक्सेना अलग-अलग कारणों से मना कर चुके थे। और भाग्य की बात थी कि बग्गा साहब ने भी सवेरे-सवेरे मुझे बुलावा भेज दिया था। मैं जानता था कि कोई सड़ा सा ही काम होगा। पर मेरे लिए तो वह उस समय विधानसभा प्रश्न से भी महत्त्वपूर्ण काम था।

तैयार हो रहा था कि रीना ने मेरे सामने अखबारों का एक ढेर पटक दिया।

"ये क्या है?"

"पढ़ो इन्हें! इन अखबारों में अण्णा के निलंबन की खबर फ्रंट पेज पर ही छपी है।"

मैं सहमता एक-एक अखबार पढ़ता गया। सभी अखबारों ने इस खबर को चटखारे ले-लेकर छापा था। 'भ्रष्ट अधिकारी निलंबित' से लेकर 'पाँच लाख की हेरा-फेरी करने वाला नायर निलंबित' तक के स्तर की खबरें थीं।

"साले बास्टर्ड," मुझसे न रहा गया, "ये साले सस्पेंशन की खबर तो बड़े-बड़े अक्षरों में छापते हैं और रिइनस्टेड होने की खबर छापते ही नहीं। छापेंगे भी तो बिना हेडिंग के, व्यापार-व्यवसाय वाले पेज पर।"

"अखबार वालों पर क्यों गुस्सा उतार रहे हो? ये सब तो तुम्हीं लोगों का बनाया हुआ जाल है, मगर इस बार उसमें फँस गया है एक गरीब और ईमानदार आदमी।" रीना ने व्यंग्योक्ति की। मैं जानता था कि रीना के ऐसे ही दो-चार वाक्य मुझे अण्णा के यहाँ जाने के लिए प्रेरित करेंगे। इसलिए मैं फौरन घर से निकलकर बग्गा साहब के घर की ओर चल दिया।

□

चार दिन बाद अण्णा का फोन आया। इससे पहले रीना के लाख कहने पर भी मैंने अण्णा को फोन नहीं किया, और रीना को भी साफ समझा दिया था कि वो भी अण्णा को फोन न करे। भयभीत हो रहा था शायद कि कहीं मेरा फोन टैप न कर रखा हो।

"करंदीकर! क्या हाल है तुम्हारा?"

अण्णा ने पूछा। शर्म से पानी-पानी हो गया मैं।

"अरे अण्णा, हम कितना ट्राय कर रहे थे तुम्हें फोन लगाने को, पर लाइन ही खराब थी शायद।" मैं झूठ बोल गया।

"हाँ, मैं जानता हूँ, तुम लोग परेशान होगा, पर मैं क्या बोलता, मेरी तो खुद समझ में नहीं आ रहा है।" मैंने महसूस किया, अण्णा की आवाज में वो हमेशा वाला दमखम, वो ताजगी नहीं है। ऐसा लगा मानो किसी गहरे

गड्ढे में से अण्णा बोल रहा था।

"सब ठीक होगा अण्णा, तुम घबराना मत। अच्छा अण्णा! कुछ पैसों-वैसों की जरूरत हो तो बोलना अण्णा, मैं भेज दूँगा।"

"पैसों का हम क्या करेगा बाबा, तुम्हारा मॉरल सपोर्ट है, हमको इतना ही काफी है। तुम लोग हमारे पीछे हो, यही सोचकर हमको हिम्मत मिलता है।" अण्णा बोला। बस मॉरल सपोर्ट ही तो नहीं दे सकते थे हम अण्णा को। पैसा हमारे पास बहुत था, पर मॉरल! वो शायद नहीं था।

"अण्णा, मैं आता तुम्हारे पास! पर एक एसेंबली क्वेश्चन है, इसलिए निकलना मुश्किल हो रहा है।" मैंने एक और झूठ बोला।

"ठीक है, अभी कोई जरूरत भी नहीं है। मैं झाबुआ जाकर ज्वॉइन करूँगा, तब आऊँगा तुम्हारे पास।"

□

इस बात को सात दिन बीत गए। अण्णा को चार्जशीट दे दी गई। उस पर बहुत सारे गैर-जरूरी इल्जाम लगाए गए थे। कई ऐसे भी इल्जाम थे, जिन्हें साबित करना कठिन था। अण्णा के खिलाफ खूब पेपरबाजी हुई। जिन विधायकों और अफसरों को अण्णा ने नाराज किया था, वे अण्णा पर कुछ ज यादा ही गुस्सा दिखा रहे थे।

मैं अण्णा के पास नहीं गया, सक्सेना अण्णा से मिला भी तो यह बताने कि बात हाथ से बाहर है।

"तुम लोग प्रोटेस्ट नहीं कर सकते?" रीना अकसर कहती, "तुम्हारे साथी को वहाँ झूठे आरोपों में फँसाया जा रहा है और तुम अपने टेंडर और कोटेशन में उलझे हुए हो।"

रीना का विरोध जायज था। पर मैं क्या कर सकता था? मेरे हाथ-पैर जड़ हो चुके थे। वो ऐसी किसी चुनौती पर हिलने को भी तैयार नहीं थे।

रीना इस बीच हो भी आई थी अण्णा के यहाँ पीलूखेड़ी। अण्णा को झाबुआ में अटैच किया था। पर वहाँ उसे ज्वॉइन नहीं करने दिया।

"अण्णा टूट गए हैं। तुम कुछ करो। मुझसे उनकी यह हालत देखी नहीं जाती। उनकी बातों में इतनी बेचारगी मैंने कभी नहीं देखी। वो एक घायल शेर की तरह छटपटा रहे हैं, पिंजरे में बंद। उनका फोन कट गया है, नौकर छिन गए हैं, गाड़ी चली गई है, बैंक एकाउंट सीज कर दिया गया है। सबॉर्डिनेट्स इज्जत नहीं करते उनकी। लोगों के मन में उनके प्रति इज्जत है, मगर कोई उसे खुलेआम प्रदर्शित नहीं कर पाता। कहीं ऐसा न हो कि अण्णा को एक दिन उन्हीं के सामने झुकना पड़े, जिनके खिलाफ वो इतनी शान से लड़े हैं आज तक।"

रीना की ये बातें भी मुझ पर असर नहीं डाल पा रही थीं, बल्कि ये मुझे और भी हतोत्साहित कर रही थीं, अण्णा से मिलने के लिए, अण्णा के यहाँ जाने के लिए।

□

शायद महीना बीत गया था इस बात को। मैं अपने काम में मशगूल था कि गुप्ता धड़धड़ाते हुए मेरे कमरे में दाखिल हुआ…"सर…सर " गुप्ता हाँफ रहा था, उसके चेहरे पर पसीने की बूँदें छलक आई थीं, "सर, नायर साहब हैज कमिटेड सुसाइड।"

"क्या? ये क्या कह रहे हो तुम?" मैं बोल रहा था, पर लगा कि मेरे ही स्वर मुझे सुनाई नहीं पड़ रहे थे। लगता था मानो मेरी चेतना लुप्त होती जा रही है।

कुछ देर बाद जब संयत हो पाया, तभी गुप्ता ने सारी बातें बताईं, "सर, नायर साहब को कई दिनों से हैरेस किया जा रहा था। बाद में उन्हें उनके मकान से निकालकर छोटे से मकान में भेज दिया था। कल उसी एमेले ने उन्हें अपने घर बुलवाकर उनकी बेइज्जती की।"

"पर यह सब हुआ कैसे?"

"सर, उन्होंने रात में नींद की गोलियाँ खा लीं। इसके बारे में भी अफवाह है कि उनके डेथ ब्रेनहेमरेज से हुई है। क्योंकि नायर साहब तो उतनी गोलियाँ रोज ही खा रहे थे।"

"क्या नायर रोज नींद की गोलियाँ..."

"सर, जब से वो सस्पेंड हुए थे, मिसेज नायर कह रही थीं कि उन्हें बिना गोलियों के तो नींद ही नहीं आती थी।"

"हेमरेज कब हुआ?"

"कल रात दस बजे। जब वे एमेले के घर से लौटे थे। अरोड़ा साहब ने जीप तक प्रोवाइड नहीं की, आखिर रिक्शे में ही डालकर उन्हें अस्पताल तक ले गए।"

"यह तो सीधे-सीधे हत्या हुई, इसे सुसाइड क्यों कह रहे हो?"

मैंने कहा और गुप्ता की ओर देखा। उसके चेहरे का रंग उड़ा हुआ था। बेचारा नया-नया लड़का है, अभी-अभी नौकरी में लगा है।

"सर, जब नायर साहब के साथ ऐसा हो सकता है, तो हम और आप तो बहुत छोटी चीज हैं। हम तो कभी भी..." इसके आगे गुप्ता कुछ नहीं कह पाया, उसका गला भर आया था। मुझे दूर कहीं सूरज डूबता सा महसूस होने लगा।

□

ऑफिस से घर तक के रास्ते भर मैं यही सोचता आ रहा था कि रीना को यह खबर कैसे दे पाऊँगा? और फिर रीना के क्रोध का सामना कैसे कर पाऊँगा मैं?

घर पहुँचा तो नौकर ने सूचना दी, "बाईसाहब तो अटैची लेकर कहीं चली गई हैं। आपके लिए ये चिट्ठी छोड़ गई हैं।"

मेरे होश उड़ गए। समझ में नहीं आ रहा था कि यह सब क्या हो रहा है। काँपते हाथों से मैंने वो चिट्ठी खोली।

"मैं जानती हूँ कि तुम मुझे अण्णा की मौत की खबर बताने की हिम्मत जुटा रहे होगे। तुम्हारे पास इतनी हिम्मत नहीं है कि जो हुआ है, तुम मुझे बता सको। मैं तुम्हारी दयनीय सूरत नहीं देखना चाहती, इसलिए जा रही हूँ।

"मैंने विवाह किया था एक आदमी से, जिसमें संज्ञा हो, भावनाएँ हों।

पर मैं देख रही हूँ कि मैं एक नपुंसक से शादी कर बैठी हूँ। कहते हैं कि कभी-न-कभी आदमी के अंदर का इनसान जागता है, जिसे मॉरल कहते हैं। मैंने आज तक तुम्हारी हर बात को माना, सहा, शायद तब मेरा इनसान जागा नहीं था। मगर अब नहीं। अब मैं तुम्हारे साथ नहीं रह सकती। जिस दिन तुम्हारे अंदर का इनसान जाग जाए, मेरे पास आ जाना।

तुम्हारी
रीना''

अण्णा की चिता को अग्नि देकर हम वापस यहीं आ गए डायरेक्टरेट। अण्णा का केस फाइनलाइज करने और उसके क्लेम्स निकलवाने। हम अपनी ही नजरों में गिरे हुए थे। एक-दूसरे से नजर मिलाने की भी हिम्मत नहीं पड़ रही थी। डायरेक्टरेट के गलियारों में हम अण्णा के कागजात ढूँढ़ते फिर रहे थे कि अचानक किसी बड़े साहब के कमरे से बतियाने की आवाज सुनाई दी।

''नायर ने सचमुच पैसा खाया होगा, इसीलिए सुसाइड कर लिया।''

''और नहीं तो क्या, जब देखा कि बचने का और कोई रास्ता नहीं है तो सोचा होगा कि मरने से ही पाप धुलेंगे सारे!''

हम पाँचों ने चौंककर एक-दूसरे की ओर देखा। हम प्रतीक्षा कर रहे थे कि हममें से कोई चीख-चीखकर कह सके कि 'नायर निर्दोष था, उसे जान-बूझकर फँसाया गया, उसे सजा मिली है उसकी ईमानदारी की, उसकी कर्तव्यनिष्ठा की।'

मगर हममें से किसी ने कुछ नहीं कहा। हम सब जड़ हो चले थे, संज्ञाशून्य हो चले थे।

□□□